GOLDMANN

John Jakes, geboren in Chicago, hat sich vor allem durch seine historischen Romane einen Namen gemacht. Dem deutschsprachigen Publikum war er bisher durch seinen Bestseller »Die Erben Kains« bekannt, nach dem die Fernsehserie »Fackeln im Sturm« gedreht wurde. Nun setzt er seine Erfolge mit der »Chronik der Kent-Familie« fort. Sie erhielt den »Porgie Award« für »The Best Books in Series« und wird bald als ZDF-Filmserie zu sehen sein.

Aus der »Chronik der Kent-Familie« sind als Goldmann-Taschenbücher erschienen:

1: Der Bastard. Roman (9184)
2: Das Komplott. Roman (9228)
3: Der Rebell. Roman (9389)
4: Die Armee. Roman (9411)
5: Die Pioniere. Roman (9747)
6: Stimmen des Krieges. Roman (9748)
7: Die Rache. Roman (9749)
8: Die Stunde der Sühne. Roman (9750)

Weitere Bände sind geplant.

Außerdem liegt von John Jakes als Goldmann-Taschenbuch vor:

Feuerfahrt.
Ein Roman aus dem Amerika des 21. Jahrhunderts (9474)

JOHN JAKES

Die Stunde der Sühne

ROMAN

Aus dem Amerikanischen
von Hans Maeter

GOLDMANN VERLAG

Ungekürzte Ausgabe
Titel der Originalausgabe: The Furies
Originalverlag: Jove Publications, New York

Der Goldmann Verlag
ist ein Unternehmen der Verlagsgruppe Bertelsmann

Made in Germany · 1. Auflage · 9/90

Umschlagentwurf: Design Team München
Farbige Umschlagzeichnung: John Ennis / Schlück, Garbsen
Druck: Elsnerdruck, Berlin
Verlagsnummer: 9750
MV · Herstellung: Heidrun Nawrot
ISBN 3-442-09750-9

1. Kapitel

Das Erbe

1

Das riesige sechsmastige Dampfschiff, das den Hafen von Boston verließ, spuckte dicke schwarze Rauchwolken aus seinem Schornstein. Louis Kent blickte von der Backbordreling der *Yankee Arrow,* einem bedeutend kleineren Küstendampfer, zu dem Riesen hinüber.

»Ich kann den Namen nicht erkennen«, rief er, »aber ich sehe die britische Flagge.«

Ein paar Schritte von ihm entfernt, einen Sonnenschirm in der einen Hand und mit der anderen ihren Hut festhaltend, stand Amanda Kent im Gespräch mit einem breitschultrigen, großen Neger. Er hatte eine Hakennase, tief in den Höhlen liegende Augen und eine goldbraun glänzende Haut. Sein langes Haar, das bis auf den Kragen seiner Jacke reichte, wehte im Wind. Er trug einen eleganten Schoßrock und eine enge Hose, deren Gummibänder unter den Sohlen seiner spiegelblanken schwarzen Schuhe befestigt waren.

»Ist das einer der Cunard-Dampfer, Mister Douglass?« fragte Amanda. Sie und Louis hatten den Gentleman an Bord kennengelernt. Er war in Philadelphia zugestiegen.

»Nein«, antwortete Douglass mit seiner weichen Stimme. »Ich glaube, es ist ein Schwesterschiff der *Great Britain* und gehört einer anderen Reederei. Am Ende meiner Vortragsreise im Jahr 1847 bin ich an Bord der *Great Britain* zurückgereist. Sie wird von Schrauben angetrieben, genau wie jenes Schiff. Die Konstruktion der Masten ist auch neu. Alle bis auf einen sind mit Scharnieren an Deck befestigt und können heruntergeklappt werden, um den Luftwiderstand zu vermindern und dem Schiff eine höhere Geschwindigkeit zu geben. Die *Great Britain* hat mich in nur dreizehn Tagen von England nach Amerika gebracht.«

»In dreizehn Tagen von Europa nach Amerika!« rief Amanda erstaunt. »Es scheint, daß die Maschinen die ganze Welt verändern ...«

Mr. Douglass lächelte ein wenig bitter. »Bis auf das menschliche Gehirn. Vor zwei Jahren war ich der einzige männliche Delegierte auf der Konferenz über die Rechte der Frauen in Seneca Falls. Später erklärte ich, daß ich die Meinung der weiblichen Delegierten voll und ganz teile: Frauen sind diskriminiert. Die Leute von Rochester behandelten mich, als wäre ich gleich zweimal von der Lepra befallen – einmal, weil ich schwarz bin, und zum zweitenmal, weil ich die Ansicht vertrat, daß Frauen die gleichen Rechte haben sollten wie Männer. Die guten Leute von Rochester hielten mich für verrückt. Und eine solche Einstellung kann die Dampfmaschine auch nicht ändern, fürchte ich.«

»Ich begreife nur nicht, warum das Schiff auch noch Segel hat«, sagte Louis, der noch immer wie gebannt zu dem schwimmenden Giganten hinüberstarrte, der jetzt in See stach. Er hielt mit beiden Händen seinen Hut fest, den ihm der Wind vom Kopf zu blasen drohte. Er sah sehr elegant aus in seiner kurzen blauen Jacke, der gestreiften Hose, den Knöpfschuhen und der grünen Krawatte.

»Aus demselben Grund wie dieses Schiff«, sagte Douglass und deutete auf die Masten der *Arrow*. Er mußte sehr laut sprechen, da das Stampfen der Maschine und das Plätschern des Wassers von den großen Schaufelrädern einen ungeheuren Lärm machten. »Um Kohle zu sparen und die Maschinen zu schonen, wenn ein günstiger Wind weht. Und um das Schiff voranzutreiben, falls die Maschinen ausfallen.«

Er setzte seinen weißen Zylinder auf. »Wir werden gleich an der Pier festmachen. Ich werde in meine Kabine gehen und das Buch signieren, um das Sie mich gebeten haben.«

»Ich danke Ihnen – und auch für Ihre Gesellschaft während der Reise.«

Amanda lächelte, obwohl sie sich äußerst unbehaglich fühlte. Sie hatte sich noch nicht an den weiten Krinolinenrock und die gestärkten Unterröcke gewöhnt. Sie waren aus leichtem, sommerlichen Stoff, aber selbst der war unbequem für einen Menschen, der an die lässigere Kleidung Kaliforniens gewöhnt war.

Aber sie war entschlossen, die Garderobe zu tragen, die als elegant und schicklich galt, und sie sah in der teuren Kleidung auch wirklich sehr anziehend aus.

Als Douglass sich zum Gehen wandte, setzte sie hinzu: »Ich hoffe, bald in der Lage zu sein, Ihnen eine Spende für Ihre Zeitung zukommen lassen zu können.«

Der Mann lächelte. »Der *North Star* leidet bedauerlicherweise unter ständiger Geldknappheit. Ohne die Hilfe meiner Freunde hätte die Zeitung nicht überleben können. Und selbst jetzt verbringe ich viel Zeit damit, zu Vortragsreisen von einer Stadt zur anderen zu hetzen, um Spenden einzusammeln. Ihre Zuwendung ist also mehr als willkommen.«

Als Douglass gegangen war, lehnte sich Amanda an die Reling und sah nach Boston hinüber, auf ein wildes Durcheinander von Piers, Hügeln, Wohnhäusern und Fabrikgebäuden, aus deren Schornsteinen dunkler Rauch in die ohnehin schon graue Luft dieses Junimorgens quoll.

»Ich bin nicht sicher, ob all diese Fabriken wirklich ein so großer Segen sind, wie behauptet wird«, sagte sie zu Louis. »Sieh doch nur mal den Schmutz an, den sie in die Luft spukken.«

Aber der Junge war mehr an ihrem verschwundenen Begleiter interessiert. »Ist Mister Douglass wirklich berühmt, Ma?«

»Louis, ich habe es dir schon einige Male gesagt: Es wird Zeit, daß du dich daran gewöhnst, Mutter zu sagen.«

Der Junge mit den dunklen Augen runzelte die Stirn. »Was ist denn der Unterschied?«

»Das eine klingt kultivierter als das andere. Und zur Antwort auf deine Frage: Ja, Mister Douglass ist mit Sicherheit der berühmteste entflohene Sklave in ganz Amerika. Die Leute drängen sich, um einen seiner Vorträge zu hören.«

»Und warum sprechen dann nicht auch die anderen Leute an Bord mit ihm?«

»Weil er ein Neger ist.«

»Aber er ist doch sehr nett.« Die Falten auf Louis' Stirn wurden noch tiefer, als er die Menschen musterte, die an der Reling standen und zur Stadt hinüberblickten. »Man sollte die Leute auspeitschen, die ihn so behandeln.«

Amanda schwieg. Seine Bemerkung über das Auspeitschen verstörte sie. Louis begann, einige sehr unerfreuliche Charakterzüge zu zeigen.

Sie versuchte, sich daran zu erinnern, wann ihr diese aggressive Haltung ihres Sohnes zum erstenmal aufgefallen war. In Kalifornien, entschied sie. Kurz nachdem sie ihm von der Schießerei im Camp Hopeful berichtet hatte. Sie hatte sich große Mühe gegeben, ihm klarzumachen, daß der Mann sie mit einer Waffe bedroht hatte, aber ihn schien nur zu beeindrucken, daß sie den Mann getötet hatte. Und nach dieser Unterredung hatte sie ihn mehrmals dabei überrascht, daß er sie mit prüfenden, spekulativen Blicken musterte.

Louis war hübscher als sein Vater, Luis Cordoba. Aber ihm schien die Menschlichkeit des mexikanischen Offiziers zu fehlen. Während der langen Reise von San Francisco hatte sie Louis endlich von seinem Vater erzählt. Diese Beichte war für sie schlimmer gewesen als für ihn. Er hatte nur ein paar Fragen nach Cordobas Aussehen und Charakter gestellt und Amandas Erklärung, daß der Offizier ein Ehrenmann gewesen sei und daß sie ihn von ganzem Herzen geliebt habe, ohne jeden Kommentar akzeptiert.

Sie unterließ es bewußt, den Jungen darauf hinzuweisen, daß er seine uneheliche Geburt anderen Menschen gegenüber nicht erwähnen solle, weil sie befürchtete, diesem Umstand dadurch eine unnötige Bedeutung zu geben.

Louis hatte dieses Thema seit dieser ersten und einzigen Unterredung nie wieder erwähnt. In vieler Hinsicht war der Junge sehr selbständig und unabhängig. Das war kein Wunder, da sie bisher so sehr mit anderen Dingen beschäftigt war und sich kaum um ihn kümmern konnte. Das würde sich auch in den kommenden Wochen und Monaten kaum ändern, und sie fragte sich zum erstenmal ernsthaft, ob das Leben im Osten wirklich gut für ihn war.

Ein bißchen spät, um darüber nachzudenken, erkannte Amanda. Aber seine Worte über das Auspeitschen hatten sie hellhörig gemacht. Falls sie gezwungen werden sollte, bei ihrem Vorgehen gegen Hamilton Stovall zu harten Maßnahmen zu greifen, so durfte der Junge davon nichts mitbekommen.

Der Hafenlotse manövrierte die *Yankee Arrow* zwischen den eng beieinander auf der Reede liegenden Schiffen hindurch an die Pier. Der Anblick der riesigen Stadt schüchterte Amanda ein, und diese Reaktion ärgerte sie. Hier stand sie nun, um ein neues Leben zu beginnen, genau wie ihr Großvater vor achtzig Jahren – und ihre Hände zitterten!

Aber trotz ihrer Einschüchterung war sie fasziniert von dem Anblick der Stadt, von den Fabriken, vom chaotischen Durcheinander des Hafens. Wie alle anderen großen Städte, die sie auf der Reise kennengelernt hatte, schien auch Boston den Reichtum, die Macht, die menschliche Energie und Erfindungsgabe des industrialisierten Ostens zu demonstrieren. In all den Jahren hatte sie nichts gesehen, das diesem Teil Amerikas auch nur im entferntesten gleichkam.

Die Vereinigten Staaten waren inzwischen von fast fünfundzwanzig Millionen Menschen bevölkert. Mr. Douglass hatte ihr erzählt, daß der Bevölkerungszuwachs der letzten zehn Jahre die unglaubliche Zahl von sechsunddreißig Prozent erreicht hatte. Und die Erfindungsgabe der Menschen dieses Landes schien unerschöpflich zu sein.

Seit zwei Jahrzehnten steigerte die Mähmaschine McCormicks die Produktivität der Farmen. Drei andere Erfinder – Howe, Wilson und Singer – experimentierten mit Maschinen, die das Nähen mechanisieren sollten. Auf dem Schiff hatte sie ein Gespräch über einen Mann namens Otis mitgehört, der eine Art großer Kiste fabriziert hatte, mit der man Menschen innerhalb von Gebäuden von einem Stockwerk zum anderen transportierte. Und Otis hatte eine unglaublich klingende Voraussage gemacht: innerhalb weniger Jahre würden Gebäude von acht, zehn oder sogar zwölf Stockwerken nichts Besonderes mehr sein. Aber die Wunder des Ostens waren keineswegs auf voluminöse Neuerungen beschränkt. In ihrer Kabine hatte Amanda ein halbes Dutzend der gerade erfundenen Dinger entdeckt, die man Sicherheitsnadeln nannte.

Die Vorstellung, sich in dieser ruhelosen, hektischen Stadt einen festen Platz verschaffen zu müssen, erregte und beängstigte sie gleichzeitig. Aber sie würde es schaffen, das wußte sie. Sie hatte den Willen und die Mittel dazu. In einem ihrer Koffer befand sich das von Jephtha unterzeichnete Dokument, auf dem er ihr die Verwaltung des Claims übertragen hatte.

Ein paar Minuten lang dachte sie über das traurige Leben des Reverends Jephtha Kent nach, dieses frommen, gehetzt wirkenden jungen Mannes, der kaum Ähnlichkeit mit seinem Vater hatte. Irgend etwas stimmte nicht in seiner Familie, das hatte sie während ihres kurzen Besuchs festgestellt.

Vielleicht war es die Meinungsverschiedenheit über das Sklavenproblem. Jephthas zierliche, hübsche Frau hatte unzweideutig erklärt, daß sie das System befürworte. Sein Schwiegervater, ein widerliches Großmaul namens Tunworth, war in diesem Punkt noch deutlicher geworden. Doch Jephtha hatte zu allem geschwiegen, und Amanda hatte das Gefühl, daß er es nicht wagte, seine Meinung zu sagen. Nachdem sie erledigt hatte, wozu sie gekommen war, hatte sie das Haus in Lexington erleichtert wieder verlassen.

Die Gedanken an Jephtha erinnerten sie an Barts Warnung über die gespannte politische Situation im Osten. Vielleicht war diese soziale Unruhe und Unsicherheit einer der Gründe für ihre innere Anspannung. Sie wollte sich nicht mit hineinziehen lassen. Und doch, ohne es wirklich zu wollen, hatte sie sich bereits in diese Probleme verwickeln lassen, als sie an Bord der *Yankee Arrow* die Gesellschaft des einzigen Negers unter den Passagieren suchte.

Es hatte ihr zwar nicht geschadet – herablassendes Lächeln und ablehnende Blicke konnten ihr nichts anhaben –, aber sie wußte, daß sie in Zukunft vorsichtiger sein mußte und sich auf keinen Fall ernsthaft in Konflikte bringen lassen durfte. Es konnte sie von ihrem Ziel ablenken.

2

Mit ihrem signierten Exemplar des Buches *Narrative of the life of Frederick Douglass* unter dem Arm wartete Amanda ungeduldig im Vorzimmer von Benbow & Benbow.

Die *Yankee Arrow* hatte erst vor knapp einer Stunde an der Pier festgemacht. Die Kanzleisekretäre der Anwaltsfirma Benbow & Benbow hatten überrascht aufgeblickt, als sie und Louis in den nach Aktenstaub riechenden Raum getreten waren.

Auch jetzt spürte Amanda die verstohlenen Blicke der Männer auf sich ruhen.

Louis hob den Kopf, als weit entfernt Donner grollte. An der offenen Tür des Büros von Mr. Benbow stand einer der Sekretäre und sagte: »Eine Mistreß de la Gura für Sie, Sir.«

Eine sehr hohe Männerstimme sagte unwillig: »Wir haben keine Klientin dieses Namens. Einer der jungen Leute soll fragen, was sie möchte.«

Amanda trat auf die Tür zu. »Entschuldigen Sie.«

Der Sekretär mußte zur Seite treten, wenn er nicht von ihr umgerissen werden wollte.

»Ich bestehe darauf, einen der Seniorpartner zu sprechen.« Sie blieb an der Tür stehen. »Heißen Sie Benbow?«

An dem geschnitzten Schreibtisch vor einer Bücherwand saß ein älterer Mann mit schütterem weißem Haar und blassem Gesicht. Eine Hand hielt seine Brille, und er starrte die Besucherin unwillig an. »Ma, Madam, ich bin William Benbow junior.«

»Sie haben eben festgestellt, daß ich keiner Ihrer Klienten bin, aber ich werde dazu gehören, wenn wir unsere Unterredung beendet haben. Und jetzt möchte ich Sie bitten, diesen jungen Mann hinauszuschicken, ich möchte mit Ihnen über Geschäfte sprechen.«

Benbow warf seine Brille auf die Schreibtischplatte.

»Hören Sie, Madam, ich arbeite gerade an einem wichtigen Schriftsatz. Wenn Sie darauf bestehen, mit mir zu sprechen, lassen Sie sich einen Termin für die nächste Woche geben.«

Amanda schüttelte den Kopf und trat in das düstere Zimmer. »Ich bin nicht den ganzen Weg von Kalifornien gekommen, um tagelang auf einen Termin zu warten. Ich bin Gilbert Kents Tochter.«

William Benbow junior bekam plötzlich einen Hustenanfall. Er tastete nach einer Kristallkaraffe und stieß eines der Gläser um, bevor es ihm gelang, einzugießen und das Wasser hinunterzustürzen. Es dauerte eine volle Minute, bis Amanda sicher war, daß der alte Mann nicht doch noch in Ohnmacht fiel.

Sie wandte sich an den Sekretär: »Sie können gehen.«

3

»Unglaublich«, murmelte William Benbow, als Amanda ihm in knappen Sätzen ihren Lebensweg geschildert hatte. »Wirklich unglaublich. Sie haben Ähnlichkeit mit Ihrem Vater. Als er starb, war mein Vater« – eine Geste zu dem Porträt, das an der Wand gegenüber dem Schreibtisch hing – »sein Anwalt. Ich saß damals noch im Vorzimmer.« Er fuhr mit einem Taschentuch über seine Augen und setzte die Brille auf. »Sie erwähnten Geschäfte, über die Sie mit mir sprechen wollen. Falls es sich dabei um den Claim in Kalifornien handeln sollte, so möchte ich Sie vorsorglich darauf hinweisen, daß die Firma Benbow keinerlei Erfahrungen auf diesem Gebiet besitzt.«

»Nein, es hat nichts mit meinen kalifornischen Interessen zu tun«, sagte Amanda. »Ich brauche Ihre Hilfe für den ganz simplen Erwerb von Immobilien.«

Benbow sah sie verdutzt an. »Immobilien?«

»Sie können versichert sein, Mister Benbow, wenn Sie mir in dieser Angelegenheit helfen, werde ich später sicher eine Menge lohnenderer Aufgaben für Sie haben.«

»Sie wollen sich in Boston niederlassen?«

»Das hängt von einer Reihe von Faktoren ab, über die wir uns jetzt noch nicht zu unterhalten brauchen. Kennen Sie das Haus in der Beacon Street, das meinem Vater gehörte?«

»Selbstverständlich«, nickte Benbow. »Mein Vater und ich waren mehrmals Gäste Ihres Vaters.«

Louis hockte auf einem Stuhl neben seiner Mutter. Er langweilte sich und scharrte mit der Schuhspitze auf dem Teppich.

Benbow runzelte die Stirn, als würde ihn das Geräusch stören. Amanda bemerkte, daß Louis den mißbilligenden Blick des alten Mannes erwiderte, ohne auch nur zu blinzeln.

»Wer wohnt jetzt in dem Haus?« fragte Amanda rasch.

»Lassen Sie mich nachdenken . . . Ja, eine Familie mit dem

Namen Wheeler. Mister Charles Wheeler ist Möbelhändler. Er und seine Frau haben das Haus vor etwa zwanzig Jahren gekauft, wenn ich mich recht erinnere.«

»Ich interessiere mich dafür, weil mein Vater eine Reihe von Familienandenken im Haus aufbewahrte. Ich würde gern wissen, ob sie noch existieren. Die Andenken sind für jeden anderen Menschen völlig wertlos, aber es besteht doch die Hoffnung, daß sie nicht weggeworfen worden sind. Glauben Sie, daß mich die Wheelers nach diesen Gegenständen suchen lassen würden? Vielleicht sind sie auf dem Dachboden, im Keller . . .« – »Ich habe da nicht viel Hoffnung. Wheeler ist ein arroganter Bursche, und seine Frau scheint sehr darauf bedacht, ihre gesellschaftliche Position zu wahren.«

Amanda lächelte kalt. »Mit anderen Worten, Sie glauben, daß es die Wheelers einer fremden Frau aus dem Westen nicht gestatten würden, ihr Haus zu durchsuchen.«

»Ja, das glaube ich.«

»Würden Sie annehmen, daß sich Gegenstände, die für die neuen Eigentümer ohne jedes Interesse sind, noch irgendwo im Haus befinden?«

»Das kann ich beim besten Willen nicht sagen, Mistreß de la Gura. Wheeler und seine Frau sind Antiquitätensammler. Ich habe gehört, daß ihr Haus das reinste Museum von altem Plunder ist, den sie von ihren Europareisen mitgebracht haben. Das mag auf einen gewissen Hang zum Sammeln und Aufheben von Gegenständen hindeuten – aber es ist zuwenig, um darauf eine positive Beantwortung Ihrer Frage aufzubauen.«

»Dann finde ich die Antwort also nur, indem ich das Haus kaufe, oder?«

Benbow starrte sie überrascht an.

»Sie wollen wieder dort wohnen?«

»Nein, ich möchte es mir nur genau ansehen.«

»Sie . . . Sie haben wirklich recht extravagante Methoden.«

»Das kann ich nicht finden. Das Haus befindet sich in einer guten Gegend und stellt einen gewissen Wert dar . . .«

»Absolut.«

»Dann wäre es also eine gute Geldanlage. Und mir liegt daran, daß es wieder in den Besitz unserer Familie kommt. Nachdem ich nach den Dingen gesucht habe, von denen ich eben sprach, können Sie es vermieten.«

Benbow war sprachlos.

»Dann sind wir uns also einig, nicht wahr?« wollte Amanda wissen. »Sie werden sich mit den Wheelers in Verbindung setzen und ihnen sagen, daß Sie einen Kaufinteressenten für das Haus hätten. Wieviel ist es wert?«

»Nun ... ich denke ... in der Gegend ... so um die vierzigtausend ...«

Amanda öffnete ihre Handtasche und zog einen Briefumschlag heraus. Sie reichte ihn Benbow und sagte: »In dem Kuvert befindet sich ein Bankscheck über die Summe von neunzigtausend Dollar, die ich für den Verkauf meines Grundstücks in Kalifornien erhalten habe. Ich bin bereit, bis zu siebzigtausend für das Haus in der Beacon Street zu zahlen. Sie müssen darauf bestehen, daß die Wheelers nichts aus dem Haus mitnehmen oder entfernen, wenn sie ausziehen. Auch wenn ihnen das Objekt noch so trivial und wertlos erscheint.«

Benbow schob die Brille höher, zog den Scheck aus dem Kuvert und warf einen Blick darauf. Dann schüttelte er den Kopf.

»Was ist?« fragte Amanda irritiert. »Der Scheck ist in Ordnung.«

»Natürlich, natürlich. Ich bin nur ... nur ...«

»Schockiert über meine Art, Geschäfte zu machen?«

»Das wäre noch untertrieben.«

»Zeit ist kostbar, Mister Benbow. Ich werde Sie morgen wieder aufsuchen und mich erkundigen, ob Sie Erfolg gehabt haben.« – »Morgen?« echote Benbow erschüttert.

»Selbstverständlich.« Amanda ergriff einen sehr altmodischen Gänsekiel, tauchte ihn ins Tintenfaß und schrieb ein paar Worte auf ein Stück Papier. »Sie werden schon heute nachmittag einen Ihrer Leute zu den Wheelers schicken, nehme ich an.« Sie schob ihm den Zettel zu. »Unter dieser Adresse können Sie mich erreichen. Und ich erwarte sofortige Benachrichtigung, falls Sie schon heute erfolgreich sein sollten.«

»Sehr gut.« Der Anwalt war so verstört, daß er den Umschlag mit dem Scheck fast fallen gelassen hätte. »Aber bitte nehmen Sie das wieder mit. Es wäre mir lieber, wenn Sie den Scheck bei einer Bank deponieren würden. Ich möchte Rothmans Bank in der State Street empfehlen, bei der auch Ihr Vater seine Konten hatte. Fragen Sie nach Mister Joshua Rothman. Ich glaube, er hat eine sehr wichtige Information . . .«

»Welche?«

»Es wäre mir lieber, wenn Sie das von ihm erfahren würden«, sagte der Anwalt, noch immer verstört.

4

Joshua Rothman war ein schlanker, dunkelhaariger Mann mit schmalen Händen und nachdenklichen braunen Augen. Hinter seinem hochlehnigen Stuhl prasselte Regen gegen die Fensterscheiben seines Büros.

Die Einrichtung des Raums war konservativ, wie es einem der namhaften Bankiers von Boston zukommt, geschmackvoll und kostbar. Dicke Teppiche schluckten jedes Geräusch. Auf der Marmorplatte des Schreibtisches lag kein einziges Staubkörnchen. Die holzgetäfelten Wände reflektierten das bläuliche Licht der Gaslampen, deren leises Zischen Amanda bei ihrem Eintritt irritiert hatte. Bis jetzt hatte sie noch kein Gebäude mit Gasbeleuchtung betreten, obwohl ihr Hotel, das *America House,* sich rühmte, schon 1835 Gaslampen in allen Zimmern und in der Halle zu haben.

Hinter der Tür zu einem Nebenraum hörte Amanda plötzlich ein rasches, hartes Klicken. Neugierig wandte sie sich um.

»Es tut mir leid, wenn das Geräusch Sie stört, Mistreß Kent . . . ich meine Mistreß de la Gura«, korrigierte Rothman. »Das ist mein privater Telegraphenapparat. Die Bank steht in ständiger Verbindung mit der New Yorker Börse in der Wall Street. Wenn es um große Summen geht, ist eine schnelle und diskrete Nachrichtenübermittlung äußerst wichtig.«

Der junge Bankier erhob sich, trat zur Tür und öffnete sie. Dann sagte er zu Louis: »Du kannst hineingehen und dem Telegraphisten zusehen, wenn du Lust hast.«

Louis schüttelte den Kopf. Es langweilte ihn sichtlich, von einem Büro ins andere geschleppt zu werden. Joshua Rothman zuckte mit den Schultern, schloß die Tür und ging zu seinem Schreibtisch zurück.

»Ich wünschte nur, daß mein Großvater noch lebte und Sie begrüßen könnte. Er hat oft von den Kents gesprochen. Da Unternehmen, das Ihr Großvater gegründet hat, war lange Zeit eine schimmernde Perle in der Krone Bostons.«

»Ich habe den Eindruck, daß der Glanz der Perle unter der neuen Geschäftsführung stark verblichen ist.«

»Sie meinen Hamilton Stovall? Ja, er ist ... wie soll ich es ausdrücken ... nur an dem geschäftlichen Aspekt der Firma interessiert. Wissen Sie, ich habe mich immer gefragt, auf welche Weise er in den Besitz von Kent und Sohn gelangt ist. Es gibt da ein wildes Gerücht, nach dem er alles beim Kartenspiel gewonnen haben soll ...«

»Das stimmt«, sagte Amanda. »Der zweite Mann meiner Mutter wurde von Mister Stovall beim Kartenspiel betrogen.«

»Also ist es wirklich wahr. Ich wollte es einfach nicht glauben. Ich weiß nur, daß die Druckerei ausbrannte, und hörte, daß das Feuer ... Entschuldigen Sie, ich sollte diese unangenehmen Ereignisse nicht wieder in Ihre Erinnerung zurückrufen.«

»Sie mögen unangenehm sein, sind aber die Wahrheit. Mein Cousin Jared hat das Feuer gelegt. Er ist in Kalifornien gestorben. Dieser Teil der Vergangenheit ist abgeschlossen.«

Der Bankier nickte schweigend.

»Ich möchte gern Ihre Meinung zu einer Sache hören, die mir sehr am Herzen liegt. Angenommen, ich könnte in einigen Jahren aus dem Claim, von dem ich Ihnen berichtet habe, eine größere Summe zurücklegen, glauben Sie, daß ich Chancen hätte, Kent und Sohn zurückzukaufen?«

»Selbstverständlich.«

Amanda atmete erleichtert auf.

»Die Firma weist eine gute Rendite auf, wurde mir berichtet«, fuhr Rothman fort. »Aber Mister Stovall scheint mehr an den laufenden Jahresabschlüssen interessiert zu sein als an stetigem Wachstum und Stabilität.«

»Mit anderen Worten, er melkt die Firma wie eine Kuh?«

»Sehr richtig. Und das gleiche macht er auch mit seinen Eisengießereien. Er ist ein Mann von Mitte Fünfzig, soll aber noch immer sehr stark mit... nun, weltlichen Freuden beschäftigt sein. Als Kreditkunde ist er bei den Banken nicht sehr angesehen, weil er nicht für eine vernünftige Leitung seiner Unternehmen sorgt. Sein Erfolg ist einzig und allein auf den für ihn glücklichen Umstand zurückzuführen, daß der Bedarf an Eisen und Stahl zur Zeit kaum befriedigt werden kann. Und da er sich um den Verlag noch weniger kümmert als um seine anderen Unternehmen, wird er bestimmt sofort zugreifen, wenn ihm jemand ein lohnendes Angebot macht.«

Mit unbewegtem Gesicht hörte Amanda den Ausführungen des Bankiers zu und ordnete die darin enthaltenen Informationen in ihr Gedächtnis ein – einschließlich des Hinweises auf das Laster Stovalls, das Rothman dezent als »weltliche Freuden« bezeichnet hatte. »Ich danke Ihnen«, sagte sie. »Der Scheck, den ich Ihnen übergeben habe, sollte Sie davon überzeugen, daß es mir ernst ist mit dem Vorhaben, das frühere Heim meiner Familie wiederzuerwerben. Und genauso ernst ist es mir damit, Kent und Sohn zurückzukaufen.«

»Daran habe ich keine Sekunde gezweifelt, Mistreß de la Gura. Aber Sie brauchen nicht auf den Eingang von Geldern aus dem Claim zu warten, wenn Sie Stovall ein Angebot machen wollen.«

Zum erstenmal an diesem ereignisreichen Tag war Amanda überrascht. »Was wollen Sie damit sagen?«

Der Bankier lächelte. »Unsere Bank hat über die Jahre eine besondere Beziehung zu den Kents entwickelt. Und so ist sie jetzt Treuhänder eines Vermögens Ihres verstorbenen Vaters, von dem Sie wahrscheinlich nichts wissen.«

»Was für ein Vermögen?«

»Aktien, zum Beispiel. Haben Sie schon einmal von der Baumwollspinnerei Blackstone in Pawtucket, Rhode Island, gehört?«

»Nein.«

»Diese Firma ist im Jahr 1803 von meinem Großvater Royal, Ihrem Vater Gilbert Kent und ein paar Männern gegründet worden. Sie war und ist noch immer ein äußerst erfolgreiches Unternehmen. Aus Gründen, die nur Ihr Vater kannte, hatte er es vorgezogen, Ihre Mutter über seine Investitionen in Höhe von hunderttausend Dollar nicht zu informieren. Entschuldigen Sie, wenn ich Ihnen zu nahegetreten sein sollte ...«

»Nein, nicht im geringsten. Fahren Sie fort.« Amanda blickte ihn erwartungsvoll an.

»Ihr Vater hat anscheinend einen Teil seines Vermögens schützen wollen, indem er seine Blackstone-Aktien bei unserer Bank hinterlegte. Ihre Mutter erbte nur die Firma Kent und Sohn, aber nicht diesen Teil des Vermögens.«

Amanda verstand sofort, warum ihr Vater diese Vorsichtsmaßnahme ergriffen hatte. Die späteren Ereignisse, die unüberlegte Wahl ihres zweiten Mannes, machten den Entschluß Ihres Vaters mehr als verständlich.

»Rothmans Bank mußte annehmen, daß keine Erben vorhanden waren«, fuhr der junge Mann fort. »Trotzdem haben wir die Aktien so verwaltet, als wäre das der Fall. Im Gegensatz zur öffentlichen Meinung sind Bankiers keine Diebe. Die Aktien Ihres Vaters gehören jetzt Ihnen. Seine Einlage ist inzwischen zu einem erheblichen Vermögen angewachsen.«

»Wie erheblich, Mister Rothman?«

»Rund sechs Millionen – vorsichtig geschätzt.«

5

»Mein Gott! Sechs Millionen!« rief Louis erregt.

Amanda überwand den Schock der Überraschung schnell und erkannte, welche Möglichkeiten sich ihr eröffneten. Während der Regen gegen die Fenster trommelte und das grelle Licht eines Blitzes den Raum erhellte, überlegte sie sich ihre nächsten Schritte.

»Ich möchte, daß die Bank die Aktien vorläufig weiter für mich verwaltet.«

»Selbstverständlich. Die Dividende wird Ihrem neuen Konto gutgeschrieben.«

»Ich möchte auch die Blackstone Company inspizieren.«

Er blickte sie zweifelnd an. »Wenn Sie es wollen, kann ich es sicher arrangieren. Aber nicht einmal männliche Aktionäre lassen sich dort oft sehen. Es ist ein sehr lauter, unschöner Betrieb. Eine typische Fabrik eben.«

»Aber sie gehört zum Teil mir.«

»Sogar zu einem erheblichen Teil.«

»Wie kann ich vernünftige Entscheidungen treffen, wenn ich den Betrieb gar nicht kenne?«

»Nun« – er lächelte bewundernd –, »das ist natürlich unmöglich. Ich werde es arrangieren. Bitte, lassen Sie mich wissen, wann es Ihnen paßt.«

»Gut. Außerdem möchte ich Sie bitten, noch zwei andere Dinge für mich zu erledigen. Setzen Sie sich bitte sofort mit dem derzeitigen Eigentümer von Kent und Sohn in Verbindung und bahnen Sie den Kauf an. Aber seien Sie äußerst diskret. Sie können mit dem Anwalt William Benbow zusammenarbeiten, wenn Sie wollen. Es darf aber unter keinen Umständen bekannt werden, daß ich eine Kent bin. Mister Stovall könnte sich weigern, an ein Mitglied der Familie Kent zu verkaufen. Er haßte meinen Cousin Jared. Das war der Grund, warum er uns die Firma abgaunerte.«

»Ich habe so etwas schon gehört«, murmelte Rothman. »Wir könnten folgendermaßen vorgehen: Sie sind eine kapitalkräftige Frau, die eine lukrative Anlagemöglichkeit für ihr Geld sucht, und wir werden bei allen Verhandlungen Ihren ehelichen Namen gebrauchen.«

Amanda lächelte. »Sie haben mich sehr schnell verstanden, Mister Rothman. Ich glaube, daß wir ausgezeichnet miteinander auskommen werden.«

»Davon bin ich überzeugt. Aber seien Sie bitte nicht so förmlich und nennen Sie mich Joshua.«

»Gern ... Joshua.«

»Sie sprachen von einem zweiten Anliegen ...«

»Mister Frederick Douglass ist zur Zeit in Boston, um in der Bark-Street-Kirche einen Vortrag zu halten.«

Rothman nickte. »Meine Frau und ich wollen ihn hören.« Sein Blick sagte, daß er ihre politische Überzeugung erforschte.

»Ich habe ihn an Bord meines Schiffes kennengelernt und ihm eine Spende versprochen. Schicken Sie ihm bitte in meinem Namen einen Scheck über hundert Dollar, damit er weiß, daß ich mein Versprechen gehalten habe.«

»Gern.« Rothman wollte sich eine Notiz machen, bemerkte aber, daß Amanda die Hand gehoben hatte. »Ja?«

»Und in einer Woche schicken Sie ihm einen zweiten Scheck nach Rochester, aber dann soll der Spender anonym bleiben.«

Rothman nickte. »Ebenfalls hundert Dollar?«

»Nein. Fünftausend.«

»Sehr großzügig. Aber warum wollen Sie diesen Betrag anonym spenden?«

Amandas Gesicht wirkte seltsam blaß im bläulichen Licht der Gaslampen. Sie wählte ihre Worte sehr sorgfältig. »Aus zwei Gründen: Erstens bin ich der Ansicht, daß eine Spende nicht den Sinn haben sollte, den Geber zu glorifizieren . . .«

»Da haben Sie recht. Aber die meisten Menschen würden keinen Penny hergeben, wenn man ihnen dafür nicht die gebührende Anerkennung zollte. Trotzdem, Mister Dogulass fällt kaum in die Kategorie von Kirchen und Waisenhäusern. Boston ist zwar das Zentrum des Abolitionismus, aber es gibt auch hier eine Reihe von Menschen, die Garrison und Douglass hassen und alles, wofür diese Männer einstehen.«

»Da liegt mein zweiter Grund. Ich möchte mit Douglass nicht zu sehr identifiziert werden. Eine kleine Summe erregt kaum Aufmerksamkeit. Bei einer großen Summe ist das anders. Ich hoffe, Sie verstehen mich.«

Er schwieg. Amanda wußte, daß sie in seinen Augen verloren hatte. Aber sie war entschlossen, sich an der Auseinandersetzung um die Sklavenfrage nicht aktiv zu beteiligen. Ganz gleich, ob Rothman sie für feige hielt. Kent & Sohn hatte absoluten Vorrang.

»Ich habe noch eine letzte Frage«, sagte sie. »Die Verhandlungen mit Stovall werden eine gewisse Zeit in Anspruch nehmen, nicht wahr?«

»Ich fürchte ja, auch wenn ich in dieser Sache sofort tätig werde.«

»Ich würde den Betrieb gern sehen.«

Rothman legte die Fingerspitzen aneinander. »An Ihrer Stelle würde ich damit warten, bis wir festgestellt haben, ob der Eigentümer überhaupt an einem Verkauf interessiert ist. Im Grunde genommen wäre es sogar besser, wenn Sie von diesem Besuch generell Abstand nähmen . . .«

»Das kommt nicht in Frage.«

»Wie Sie wünschen.« Er war offensichtlich bedrückt. »Ich werde Ihnen Bescheid geben, wenn ich den Zeitpunkt für richtig halte. Ich möchte Ihnen nur den Rat geben, sich bei einer Besichtigung der Firma sehr distanziert und sachlich zu verhalten. Beschränken Sie Ihre Bemerkungen auf ein Minimum. Sie würden erstaunt sein, wenn Sie wüßten, wie oft eine anscheinend triviale Bemerkung oder Handlung eine Verhandlung zum Scheitern gebracht hat.«

»Ich werde Ihren Rat befolgen. Vielen Dank.«

Der Bankier lächelte.

»Amüsiert Sie das?«

»Entschuldigen Sie . . . aber ich habe den Eindruck, daß Sie einen Rat von Rothman befolgen, wenn er mit Ihren Wünschen übereinstimmt – und ihn in den Wind schlagen, wenn es nicht so ist.«

»Sie sind ein sehr kluger junger Mann, Joshua«, stellte Amanda fest. »Auf Wiedersehen. Komm, Louis.«

6

Regenwasser strömte die Marmorgrabsteine auf dem kleinen Friedhof von Watertown hinab.

Dunkle Gewitterwolken hingen am Himmel. Hinter Amanda, am Ende der schmalen Auffahrt, wieherte das Kutschenpferd. Sie sah sich nicht um. Ihr Blick war auf die verblichenen Inschriften von zwei Grabsteinen gerichtet:

Philip Kent

Anne Ware Kent

Anne war die erste Frau ihres Großvaters, die Tochter eines Bostoner Patrioten und Mitglied der kleinen Gruppe von Männern, die Massachusetts zur offenen Rebellion gegen König Georg III. geführt hatten. Amanda wußte, daß Anne Kent während der Revolution auf See umgekommen war. Ihr Stein war kein Grab-, sondern ein Gedenkstein. Rechts von Philip Kents Ruhestätte war der Grabstein ihrer Großmutter.

Peggy Ashford McLean Kent

Unmittelbar daneben befand sich der letzte Grabstein der Familie Kent:

Gilbert Kent

Ein Vogel hatte seine Exkremente auf dem Stein hinterlassen, und der Anblick störte Amanda. Ohne Rücksicht auf ihren Handschuh verrieb sie das weiße Zeug, bis es der Regen fortspülte. Dann ließ sie ihren Schirm zu Boden fallen, legte beide Hände auf den Grabstein und ließ ihren Tränen freien Lauf.

Nach einer Weile verdrängte sie ihre Trauer. Sie hatte es als unabdingbare Pflicht empfunden, den Friedhof zu besuchen. Jetzt aber mußte sie sich um ihre zweite, größere Aufgabe kümmern und dem Namen, den Steinmetze viermal in Stein gemeißelt hatten, zu neuem Glanz verhelfen – dem Namen Kent.

Sie war zu Hause. Zu Hause und bereit, dem Namen seine alte Bedeutung wiederzugeben.

Der Schirm bot keinen Schutz gegen den peitschenden Regen, als sie zu ihrer Kutsche zurückging.

»Abfahren«, rief sie dem Kutscher zu, der ebenfalls völlig durchnäßt auf dem Bock hockte.

Ein Blitz zuckte durch das kleine, ovale Fenster der Kutsche und beleuchtete das hübsche Gesicht von Louis Kent. Der Blitz erlosch. Das Gesicht verschwand.

Sie hatte ihn gebeten, nicht befohlen, mit ihr auszusteigen und die Gräber zu besuchen. Er hatte kein Interesse gehabt.

Welches emotionale Erbe hatte sie an ihn weitergegeben? fragte sie sich jetzt. Gab es denn gar nichts, das ihn berührte?

7

Die riesigen Räume des Hauses in der Beacon Street schienen in der Hitze des Septembertages zu dampfen. Es war bereits dunkel, und Amanda hielt eine Lampe in der Hand, als sie die Treppe zum Obergeschoß hinaufstieg. Das Licht malte tanzende Schatten an die Wände.

Sie hörte, daß Louis in die Küche zurückkehrte. Hin und wieder drangen Rufe und Pfiffe von Boston Common herüber. Um sieben Uhr war hier ein Fackelzug zu Ende gegangen. Der kahlköpfige Garrison sprach jetzt zu einer großen Menschenmenge von der Ungerechtigkeit der Wiederergreifung des entlaufenen Sklaven James Hamlet.

Der Neger war in New York City eingefangen worden, wenige Tage nachdem das neue Gesetz über die Verfolgung entlaufener Sklaven den Kongreß passiert hatte. Clays Kompromißvorschläge hatten sich schließlich durchsetzen können, obwohl Senatoren beider Seiten – darunter Seward aus New York und Jefferson Davis aus Mississippi – sich der Stimme enthalten hatten.

Der Staatsmann aus Kentucky hatte während der Debatten über die Gesetzesvorlage Schmährufe und persönliche Angriffe über sich ergehen lassen müssen. Einer seiner Gegner war sogar soweit gegangen, sich über Clays gescheiterte Bemühungen um die Präsidentschaft lustig zu machen. Clay hatte entgegnet, daß ihm die Aufgabe, eine nationale Katastrophe zu verhindern, weitaus wichtiger sei als alle persönlichen Ambitionen. Er würde viel lieber diesen Kampf gewinnen als den um die Präsidentschaft.

Als die Gesetze endlich verabschiedet worden waren, wurde die Rettung der nationalen Einheit im Norden mit Glockengeläut und beachtlichem Alkoholkonsum gefeiert. Aber die Menge, die da draußen Garrison zuhörte, hatte sicher nicht an dieser Freudenfeier teilgenommen. Von der *Massachusetts Anti-Slavery Society* war der Kompromiß als Verrat an der amerikanischen Freiheit bezeichnet worden.

Langsam stieg Amanda die Treppe zum zweiten Stockwerk hinauf. Die Dunkelheit bedrückte sie. Sie dachte an Bart McGill, sehnte sich nach ihm, nach der körperlichen Nähe eines Menschen, den sie sehr gern hatte. Ein Sohn konnte dieses Sehnen nie ganz befriedigen . . .

Ihre Knie schmerzten, als sie die Treppe emporstieg. Das Alter. Ihre Zeit lief ab.

Wenn sie daran dachte, tat es ihr fast leid, Barts Heiratsantrag abgewiesen zu haben.

Aber warum bedauerte sie es gerade jetzt so sehr? Die Dinge, die sie zu Beginn des Sommers in Bewegung gesetzt hatte, entwickelten sich planmäßig, und sie stand kurz vor der Erfüllung ihrer Wünsche. Durch die Vermittlung von Benbow hatte Joshua Rothman ein erstes, unverbindliches Kaufangebot an Stovall geschickt. Die darin angeführte Summe war zwar von Stovalls New Yorker Anwalt zurückgewiesen worden, aber im Prinzip schien man an einem Verkauf interessiert. Jetzt ging es nur noch um den Preis.

Auch die Wheelers hatten Amandas Wünschen entsprochen, als Benbow das Angebot auf siebenundsechzigtausend Dollar erhöhte. Heute früh hatten sie ihre letzten Sachen abholen und in ihr neues Haus in Cambridge schaffen lassen.

Auch in Kalifornien stand alles zum besten. Am letzten Augusttag hatte Amanda einen Brief von Israel Hope erhalten. Er schrieb ihr, daß die *Ophir Mineralogical Combine* wöchentlich Gold im Wert von zehntausend Dollar förderte und daß dieser Erfolg Francis Pelham dazu veranlaßt hätte, die Ausrüstung für eine Expedition in die Sierras anzuschaffen.

Aber trotz aller günstigen Entwicklungen war Amanda heute niedergeschlagen. Louis' Verhalten war einer der Gründe. Er verstand sich nicht mit dem Lehrer, den sie für ihn eingestellt hatte, um ihn in ihrer Hotelsuite zu unterrichten. Louis erledigte seine Aufgaben lustlos oder gar nicht – das hing völlig von seiner augenblicklichen Laune ab. Er fügte sich Amandas Anordnungen, aber mit Widerwillen. Sie hoffte, daß diese Aufsässigkeit an seinem Alter lag und daß die Flegeljahre bald vorüber sein würden.

Aber du kannst den Jungen nicht für deine Mißstimmung verantwortlich machen, sagte sie sich, als sie den winzigen Treppenabsatz vor der Dachbodentür erreichte. Du hast dir das alles selbst zuzuschreiben. Du hast Barts Antrag abgewiesen. Du hast dich entschlossen, deinen eigenen Weg zu gehen – allein.

Manchmal bezweifelte sie, daß ihr Ziel alle diese Opfer und Mühen wert war. Und wünschte sich sogar, sich der Familie gegenüber nicht so verpflichtet zu fühlen.

Seufzend zog sie den Riegel der Bodentür zurück und trat in

den staubigen, vollgestellten Raum. Wie abgemacht, hatten die Wheelers eine Anzahl großer Kisten stehenlassen.

Amanda stellte die Lampe auf dem Boden ab. Sie hockte sich vor eine der Kisten und versuchte, die Bretter an einer Seite zu lösen. Das Holz war dünn, und sie schaffte es mit den bloßen Händen.

Sie riß die Kiste auf und hustete, als eine dicke Staubwolke aus den darin gestapelten Frauenkleidern aufstieg. Sie rochen muffig und alt. Kleidungsstücke ihrer Mutter? Oder Sachen, die den Leuten gehört hatten, die vor den Wheelers Eigentümer des Hauses gewesen waren? Sie wußte es nicht.

Sie trat zu einer anderen Kiste und begann auch hier die Seitenbretter zu lösen, als ihre Aufmerksamkeit von einem Gegenstand gefangengenommen wurde, der an der anderen Seite der Kiste lehnte.

Ein gerahmtes Ölgemälde. Sie riß die zerfetzte Musselin-Abdeckung herunter und zerrte das Bild ins Licht der Lampe.

Ein dunkelhaariger Mann starrte ihr von der Leinwand entgegen. In ihrer Erinnerung sah sie das Bild an dem Platz, an dem es immer gehangen hatte: an der Wand der Bibliothek im Erdgeschoß.

Philip Kents Augen blickten in die von Spinnweben durchzogene Dachbodenkammer und auf die Frau, die vor Freude weinte, als sie die Seitenbretter der zweiten Kiste aufriß.

8

»Louis! Louis, komm und sieh dir das an!«

Der Junge, der an der offenen Haustür stand, wandte sich um. Amanda kam die dunkle Treppe herabgelaufen, Wangen und Hände staubig und schmutzig, Spinnweben im grauen Haar.

Auf dem Common schrie die Menge und schwenkte brennende Fackeln. Von Ferne sah Amanda eine kleine Plattform, auf der ein Mann erregt auf und ab schritt, ein Stück Papier in der Hand schwenkend.

»Louis, ich habe sie gefunden!« Sie packte ihren Sohn bei

den Schultern. »Das Portrait deines Urgroßvaters Philip Kent, den Säbel, das Gewehr, die Teeflasche . . . Es war alles auf dem Dachboden, sorgfältig verpackt. Sieh es dir an!«

Der Junge schüttelte den Kopf und deutete zum Common.

»Ich will lieber da zusehen. Ein Passant sagte mir, daß der Mann auf der Plattform Mister Garrison ist. Er wird ein Exemplar der Verfassung verbrennen.«

Enttäuscht sagte Amanda: »Du könntest wirklich etwas mehr Interesse zeigen . . .«

»Ich möchte aber da zusehen!« Louis ließ sie stehen und lief auf die Straße.

Jemand reichte eine brennende Fackel auf die Plattform.

»Sieh nur, Mutter – er macht es wirklich!«

Während er das letzte Wort aussprach, begann die Menge zu toben, und das Papier in der Hand des Mannes auf der Plattform fing Feuer. Das Toben der Menschen verstummte, als der Mann mit dem brennenden Papier um Ruhe bat.

Amanda hörte ihn rufen: ». . . so sollen alle Kompromisse mit der Tyrannei vernichtet werden. Amen!«

Die Menge jubelte. »Amen!«

Garrison warf das brennende Dokument zu Boden und trat darauf herum.

»Wir müssen ihn einmal reden hören«, sagte Louis. »Es gehört schon eine Menge Mut dazu, die Verfassung des Landes zu verbrennen.«

Der Junge drehte sich zu Amanda um und lächelte sie an. »Mister Garrison ist dir sehr ähnlich. Er tut das, was er will, und niemand hat den Mut, ihn daran zu hindern.«

Der Schein der Fackeln spiegelte sich in Louis' Augen, als er auf eine Reaktion auf seine Bemerkung wartete, die er für ein Kompliment hielt.

Amanda fühlte plötzlich eine eisige Kälte in ihrem Inneren. Sie wandte sich um und ging langsam ins Innere des Hauses zurück. Ihr Sohn starrte ihr nach, zuerst verblüfft, dann mit wachsendem Zorn.

2. Kapitel

Von Büchern und Damenhosen

1

Die Straße, in die Amanda mehrere Wochen später mit einer Kutsche fuhr, verriet den Geiz des neuen Eigentümers von Kent & Sohn. Die Firma befand sich seit ihrem Wiederaufbau in einem billigen Viertel der Stadt, zwischen Lagerschuppen und Werkstätten in der Nähe der Piers im North End. Trotz des hellen Oktobertages und der frischen, salzhaltigen Seeluft war Amanda ausgesprochen niedergeschlagen, als sie aus der Kutsche stieg und den Fahrer anwies, sie in einer Stunde wieder abzuholen.

Als die Mietdroschke über das unebene Kopfsteinpflaster davonpolterte, trat ein abgerissener Mann aus einem dunklen Eingang auf Amanda zu. Ein fleckiges blaues Stoffband war um seine Stirn gebunden und verbarg seine Augen. Amanda bemerkte, daß er ein faulendes Fischgerippe sorgfältig umging. Der Mann streckte eine schmutzstarrende Hand aus.

»Einen Penny für einen Veteranen des mexikanischen Krieges, Madam.«

Wütend über das verkommene Aussehen des Gebäudes von Kent & Sohn schwang Amanda ihren geschlossenen Schirm und schlug ihn dem Mann über den Kopf.

»Jesus Christus! Kennen Sie denn überhaupt keine Nächstenliebe?«

»Ich habe so viel Nächstenliebe, wie Sie blind sind, mein Freund. Suchen Sie sich einen anderen Dummen. Aber vorher sollten Sie die Binde etwas tiefer ziehen. Ich kann sehen, wie sich Ihre Augen bewegen.«

Der Mann murmelte wütend vor sich hin, als er davonhumpelte. Sobald er ein paar Schritte von Amanda entfernt war, humpelte er nicht mehr. Er zog sein Stirnband etwas tiefer über die Augen, als er immer noch fluchend um die Ecke bog.

Nun, seine Wut war bestimmt nicht größer als ihre. Das Gebäude war ein Schandfleck. Die hölzerne Fassade war verzogen, verrottet und von einer dicken Schmutzschicht bedeckt, genau wie das Firmenschild, das von einer rostigen Eisenstange über der Tür baumelte. Der Firmenname war unter dem klebrigen Schmutz kaum noch zu erkennen. Das e im Namen Kent war abgeblättert und das o in Sohn ganz verschwunden. Sie hob den Regenschirm und versetzte dem Schild einen wütenden Schlag, der es heftig hin und her pendeln ließ. Dann trat sie auf die Tür zu.

Während der Verhandlungen zwischen Rothman und den Anwälten Stovalls hatte sie es vermieden, an dem Gebäude auch nur vorbeizufahren. Jetzt sah sie ein, daß das ein Fehler gewesen war. Sie hätte sich allmählich auf den desolaten Zustand der Firma vorbereiten sollen.

Endlich hatte Joshua Rothman ihr widerwillig seine Zustimmung für einen Besuch gegeben. Mit Vorfreude und großem Enthusiasmus hatte sie vor einer Stunde das *America House Hotel* verlassen. Der Anblick des Gebäudes hatte ihre gute Stimmung gründlich zerstört.

Vor der Tür blieb sie ein paar Sekunden lang stehen und rief sich die Anweisung Rothmans in die Erinnerung, zurückhaltend und kühl zu bleiben. Rothman glaubte, daß die Anwälte Stovalls sich mit dem letzten Angebot einverstanden erklären würden, und er wollte vermeiden, daß diese Aussicht durch irgendeine unüberlegte Aktion ihrerseits zunichte gemacht würde – und das wollte sie auch nicht. Also versuchte sie, ihre Empörung zu unterdrücken. Es gelang ihr, kostete sie aber einige Mühe.

2

Sonnenlicht fiel durch die offene Tür auf den schmutzigen Boden. Das helle Licht schien die fünf kränklich wirkenden Männer zu stören, die an ihren mit unordentlichen Papierstapeln bedeckten Tischen saßen. Sie blickten auf und blinzelten unwillig wie Tiere, die man in ihrem Bau aufgestört hat.

Das Büro war schlecht beleuchtet. Nur zwei Öllampen baumelten von der Decke. Die Geschäftsleitung hielt augenscheinlich das durch zwei Fenster neben der Tür hereinfallende Tageslicht für ausreichend. Die Ausmaße der Fenster – sie hatten eine Kantenlänge von weniger als einem Meter – waren ein weiterer Beweis für Stovalls Geiz. An einem trüben Tag mußte das Büro eine Höhle sein, überlegte Amanda. Selbst jetzt, bei hellem Sonnenschein, wirkte es düster und bedrückend.

Die fünf Männer an den Schreibtischen sahen sie mißtrauisch an. Keiner von ihnen schien jünger als fünfzig zu sein. Alle wirkten blaß, kränklich und resigniert. Drei von ihnen wandten sich wieder ihrer Arbeit zu, als Amanda die Außentür zuschlug und das Sonnenlicht wieder aussperrte.

Der Fußboden vibrierte. Die Druckerpressen – irgendwo im Keller, nahm Amanda an – stampften langsam und schwerfällig wie die Lungen eines Kranken, der nach Atem ringt.

»Wer ist hier der Chef?« fragte Amanda, als sie auf die Balustrade zutrat, die das eigentliche Büro von dem winzigen Besucherraum trennte. Ihr befehlender Ton ließ einen der fünf Männer zusammenzucken. Der billige Spazierstock, der an seinem Stuhl lehnte, fiel um und schlug gegen den Rand des scheppernden Spucknapfes.

Eins der menschlichen Wracks stand schwerfällig auf und kam zur Balustrade geschlurft.

»Mister Payne ist der Geschäftsführer, Madam. Aber er ist zur Zeit beschäftigt.«

»Wo ist sein Büro?«

»Dort . . .« Eine dürre Hand deutete auf eine Art Verschlag. »Aber ich sagte Ihnen doch, er ist beschäftigt. Er hat gerade eine Besprechung mit einem unserer Autoren.«

»Und wer sind Sie?«

»Mister Drew, Bürovorstand. Darf ich fragen, was Sie wünschen? Sind Sie eine Buchhändlerin, die sich für unsere Publikationen interessiert?«

»Wenn ich das wäre, würde mich ein Blick davon überzeugen, daß die Kent-Bücher wahrscheinlich genauso veraltet und verkommen sind wie . . . Aber lassen wir das.«

Nimm dich zusammen, sagte sie sich, als sie auf den Verschlag zuging. Aber sie konnte ihre Erregung kaum beherrschen.

»Wie kommen Sie dazu, einfach da einzudringen?« rief Drew empört. »Sie haben kein Recht . . .«

Sie fuhr herum. »Doch, das habe ich. Ich verhandle mit dem Eigentümer über den Kauf dieses Unternehmens. Ich bin gekommen, um mir den Betrieb anzusehen.«

Er starrte sie an. »Sie sind . . .«

»Allerdings. Und wenn meine Verhandlungen erfolgreich sind, wird sich hier einiges ändern, darauf können Sie sich verlassen!«

3

Hinter dem Verschlag befand sich ein Korridor. Er war noch dunkler als das Büro und führte zur Rückfront des Gebäudes. Amanda entdeckte eine ähnlich schmale und dunkle Treppe, die zu den oberen Stockwerken führte. Sie stieg sie hinauf. In der ersten Etage sah sie eine Tür mit dem Schild T. Payne, sie stand einen Spaltbreit offen.

Sie wollte gerade klopfen, als sie die müde und ergeben klingende Stimme eines Mannes innehalten ließ.

»Natürlich gefällt mir Ihr Manuskript nicht. Aber ich muß die trivialen Auswüchse Ihrer Phantasie ja nicht mögen. Ich bekomme meine Anweisungen von Mister Stovall. Gehen Sie zu Drew und lassen Sie sich einen Scheck geben.«

»Theo . . .«

Amandas Augen weiteten sich verblüfft. Die Stimme klang tief und fast maskulin, aber es war eine Frauenstimme.

». . . Ihr Harvard-Snobismus ist unerträglich. Sie wissen, wie viele Exemplare meines Romans *A Frenchman's Passion* abgesetzt worden sind, und die Verkaufsziffer von *Bartered Virtue* liegt fast doppelt so hoch. Dieses neue Buch wird so erfolgreich sein wie die beiden zusammen.«

»Allein der Titel läßt mich schaudern.«

»Was haben Sie gegen *Convicted by Love?*«

»Wenn Sie das nicht wissen, kann ich es Ihnen auch nicht erklären. Können Sie nicht endlich aufhören, mir den Rauch dieses Krauts ins Gesicht zu blasen?«

Amanda war zum zweitenmal verdutzt. Sie war überzeugt gewesen, daß es der Mann war, der die Zigarre rauchte, deren Rauch sie roch.

Die Frau lachte, ein volles, zynisches Lachen, das Amanda irgendwie reizte.

»Haben Sie etwas Geduld mit mir, Theo. Sie haben Ihre Laster, und ich habe meine. Und ich kann keine Zigarre rauchen, wenn ich bei Mister Vanderbilt zum Dinner bin. Ich muß schließlich meinen Ruf in der New Yorker Gesellschaft wahren. Deshalb komme ich so gern nach Boston, um Ihnen ein Manuskript zu bringen – und mit Ihnen über die Worte zu sprechen, die Sie aus meinem Manuskript von *Bartered Virtue* gestrichen haben. Hier ist die Liste: zweiundsechzig Adjektive und neunundachtzig Adverbien.«

»Ein guter Autor braucht solche Krücken nicht, Rose.«

»Wer hat denn gesagt, daß ich ein guter Autor bin, Theo?«

»Ich bestimmt nicht.«

»Theo, waren Sie betrunken, als Sie das Manuskript redigiert haben?«

»Sie werden beleidigend . . .«

»Verdammt noch mal, ich habe die Fahnenabzüge korrigiert, bis mir die Augen tränten! Ich habe jedes einzelne Wort wieder eingefügt, das Sie gestrichen haben! Und Sie haben das einfach ignoriert!«

»Rose, bitte.« Die Stimme des Mannes klang noch müder. »Sie wissen genau, daß Mister Stovall uns angewiesen hat, alle Ausgaben auf das absolut Notwendige zu beschränken. Wir können uns soviel Neusatz nach dem Umbruch nicht leisten.«

»Das sollten Sie aber tun, Theo. Sonst bringe ich mein nächstes Manuskript zu Harper in New York. Der weiß den Wert meiner Arbeit zu schätzen. Wenn Sie mit meinen Romanen nicht soviel Geld verdienen würden, könnten Sie es sich nicht leisten, diesen langweiligen literarischen Kram zu drucken, den jeder lobt und niemand kauft. Ich verstehe mehr vom Verlagsgeschäft als Sie!«

»Und warum übernehmen Sie dann nicht meinen Job? Mir

steht er bis zum Hals, das können Sie mir glauben. Mein Gott, ich wünschte, ich wäre bei der Zeitung geblieben!«

Amanda entschloß sich endlich, an die Tür zu klopfen.

Sie wartete eine Aufforderung gar nicht erst ab, sondern stieß die Tür auf. »Entschuldigen Sie . . .«

Der Mann hinter dem Schreibtisch war Mitte Dreißig. Er war schlank, hatte ein blasses Gesicht, rotgeränderte hellbraune Augen und eine Knollennase. Sein Seidenhalstuch und das Hemd hatten schon bessere Tage gesehen, und er roch nach Whiskey. »Wir sind in einer Besprechung, Madam!« rief er unwillig. »Reden Sie mit einem der Leute im Büro.«

Sie war eher amüsiert als verärgert. In dem großen, hochlehnigen Stuhl wirkte der kaum mittelgroße Mann wie ein kleiner Junge. Das Gesicht aber sprach von hundert Jahren Lasterleben, die in ein Drittel dieses Zeitraums gedrängt worden waren.

Die Frau, die ihm gegenübersaß, war etwa in Amandas Alter und wirkte sehr robust. Sie hatte ein auffallend breites Kinn, offene blaue Augen und weißes Haar. Ihre Krinoline war noch weiter als die Amandas – und sicher erheblich teurer. In der behandschuhten Hand hielt sie eine halbgerauchte Zigarre.

»Ich würde es vorziehen, mit Ihnen zu sprechen«, erklärte Amanda und drehte sich, um ihre Krinoline durch die enge Tür zu manövrieren. »Ich bin Amanda de la Gura und habe die Absicht, Kent und Sohn zu kaufen.«

Seine Reaktion entsprach der Drews. Er starrte Amanda überrascht an und sagte: »Sie?« Dann sprang er auf. Er war wirklich klein. Sein Kopf war in Amandas Schulterhöhe. »Entschuldigen Sie . . . ich hatte keine Ahnung . . . das heißt, Mister Stovalls Anwälte haben mich zwar informiert, daß jemand am Verlag interessiert wäre, aber es wurde kein Name genannt.«

»Ich bin gekommen, um mir den Betrieb anzusehen.«

»Soll das heißen, daß Stovall wirklich verkauft?«

»Es ist gut möglich.«

»Hurra!« rief der kleine Geschäftsführer begeistert. »Ich glaube, ich gehe einen trinken. Das muß begossen werden!«

»Aber nicht sofort«, sagte Amanda. »Wir ist Ihr Vorname, Mister Payne?«

»Theophilus.«

»Ich ziehe Theo vor.« Sie lächelte. »Ich hörte, daß Ihre Besucherin Sie auch so ansprach.«

Sie blickte die dickliche Frau an, die sie durch eine graue Wolke von Zigarrenqualm musterte. Payne wurde bewußt, daß er die Damen noch nicht miteinander bekannt gemacht hatte, und er sagte verlegen: »Sie müssen meine Nachlässigkeit entschuldigen, Mistreß . . . de la Gura?« Er machte eine Geste zu der anderen Frau. »Dies ist die Autorin romantischer Romane unseres Hauses, Mistreß Rose . . . ich wollte sagen . . .«

Seine Wangen wurden so rot wie seine Knollennase. Er sah die elegante Frau aus New York flehend an.

»Schon gut, Theo«, kam sie ihm zu Hilfe. »Da sie den Verlag ohnehin kaufen wird, dürfen Sie auch mein Pseudonym lüften.« Sie streckte Amanda die Hand entgegen. »Rose Ludwig aus New York City.«

»Freut mich, Sie kennenzulernen«, sagte Amanda.

»In New York weiß kein Mensch, daß ich die Autorin A. Penn bin«, sagte die Frau. »Das Schreiben von Romanen ist eine Tätigkeit, die mein verstorbener Mann und seine Freunde bestimmt nicht gutheißen würden.«

»Ich werde Ihr Geheimnis wahren«, versprach Amanda.

Rose Ludwig paffte eine dicke Rauchwolke. »Auch mein Laster?«

»Auch das«, erwiderte Amanda lachend. Dann wandte sie sich an Payne: »Der Kauf ist zwar noch nicht perfekt, aber es dürfte eigentlich kaum noch etwas dazwischenkommen. Deshalb sollten wir einander etwas näher kennenlernen. Ich will Kent und Sohn kaufen, um Kapital anzulegen.« Die Lüge kam ihr glatt von den Lippen. »Wenn der Kauf zustande gekommen ist, würde ich Sie gern als Cheflektor und Geschäftsführer behalten. Vorausgesetzt, wir kommen gut miteinander aus.«

Payne betrachtete das offenbar als Bedrohung seiner Position. Feine Schweißperlen traten auf seine Stirn. Amanda erkannte, daß Stovall diesen Mann in ständiger Angst hielt.

Rose Ludwig setzte sich bequemer zurecht und sagte: »Woher kommen Sie, Mistreß de la Gura?«

»Kalifornien.«

»Sind Sie einer dieser Goldmillionäre?«

»Noch nicht.«

Die Frau übte auf Amanda eine etwas einschüchternde Wirkung aus. Sie dachte an die Bemerkung über Dinners bei Vanderbilt, dem Dampfschiff-Magnaten. Mrs. Ludwig schien sich in den ersten Kreisen der New Yorker Gesellschaft zu bewegen.

Aber hier benahm sie sich natürlich und ungezwungen. Sie warf den Zigarrenstummel in Paynes Spucknapf und nickte zufrieden.

»Freut mich, daß Sie den Laden hier übernehmen. Sie gefallen mir. Was denken Sie, Theo, ist sie nicht ein erheblich besseres Exemplar der menschlichen Rasse als unser Mister Stovall?«

»Weiß Gott!« sagte Payne inbrünstig. Dann legte er warnend den Finger auf die Lippen. »Vorsicht«, flüsterte er. »Drew.«

Amanda erfuhr auf diese Weise, daß der fast senile Bürovorsteher eine Art Spion Stovalls war. Sie sagte leise: »Kennen Sie Mister Stovall persönlich, Mistreß Ludwig?«

»Leider ja. Mein verstorbener Mann hat mich einige Male gezwungen, ihn als Gast in unser Haus zu bitten. Adolph, mein Mann, besaß ein ziemlich dickes Aktienpaket der Stovall-Werke. Als Stovall das letztemal bei uns war, trank er zuviel – das soll keine Spitze gegen Sie sein, Theo –, ignorierte seine Frau völlig – sie ist inzwischen gestorben, und das wundert mich nicht – und schenkte seine ganze Aufmerksamkeit einem anderen Gast – einem Gentleman«, fügte sie betont hinzu. »Und ausgerechnet dieser Mann tut so, als hätte er die Moral gepachtet! Er ist wirklich ein Scheusal. Und irgendwie grotesk. Er trägt immer einen Seidenschal, der eine Hälfte seines Gesichts verdeckt, und er zieht selbst im Haus nie seine Handschuhe aus. Man sagt, daß seine Hände von Narben entstellt seien.«

Theo Payne schloß die Bürotür und ergänzte Rose Ludwigs Schilderungen im Flüsterton: »Und außerdem ist er ein politischer Primitivling. Er brüstet sich sogar, ein Mitglied des *Order of the Star Spangled Banner* zu sein.«

»Der ist mir unbekannt«, sagte Amanda.

»Es ist der innere Kreis der Ich-weiß-nicht-Partei.«

Amanda nickte. Ihr war klar, daß Payne die politischen Ansichten Stovalls verabscheute und jetzt vielleicht versuchte, ihre Einstellung in Erfahrung zu bringen.

Sie wechselte das Thema. »Ich sehe ein, daß Sie sich hier nicht wohl fühlen, Theo. Warum haben Sie nicht gekündigt.«

Payne kratzte sich seine Knollennase und setzte sich wieder an seinen Schreibtisch. »Ich habe vier Kinder, Mistreß de la Gura, und gute Stellungen sind heutzutage selten.«

Amanda fragte sich, ob er wegen seiner Vorliebe für Alkohol Schwierigkeiten mit der Stellungssuche hatte. Sie versuchte, ihn zu beruhigen. »Ich hoffe auf jeden Fall, daß Sie noch eine Weile bleiben. Wenn der Kauf perfekt ist, finden Sie Ihre Situation vielleicht etwas erträglicher.«

»Wie Sie vorhin sagten, hängt es davon ab, ob wir miteinander auskommen. Und was für Veränderungen Sie vorzunehmen gedenken . . .«

»Ich kann Ihnen versichern, daß ich alles tun werde, um Mistreß Penn zufriedenzustellen.« Sie wandte sich an Rose Ludwig. »Vorhin im Hotel habe ich zwei Frauen gesehen, die Exemplare Ihres letzten Romans bei sich hatten.«

»Wirklich? Ich weiß natürlich, daß Theo recht hat. Meine Romane sind sentimentaler Kitsch. Aber ich muß irgend etwas tun, um nicht in dem Mausoleum zu ersticken, das Adolph mir hinterlassen hat.«

Amanda wandte sich wieder an Payne, der zusammengesunken in seinem Stuhl hing.

»Ich bin sicher, daß die neue Firmenleitung die Mittel erübrigt, Mistreß Ludwigs Romane nach der Korrektur neu setzen zu lassen – vorausgesetzt, daß Sie beide Ihre Meinungsverschiedenheiten über Stilfragen beilegen können . . .«

»Mein Gott, schon das wäre ein riesiger Fortschritt!« rief Rose Ludwig begeistert. »Und dafür möchte ich Sie heute abend zum Dinner einladen, Mistreß de la Gura – falls Sie Zeit haben.«

»Ich habe nichts vor«, sagte Amanda, »vielen Dank.« Sie wandte sich an Payne. »Würden Sie mir jetzt kurz den Betrieb zeigen, Theo?«

Selbstverständlich.«

»Mistreß Ludwig, Sie müssen uns für ein paar Minuten entschuldigen.«

»Nein, ich werde mitkommen. Ich hoffe, Sie haben gemerkt, daß Theo und ich nicht wirklich Feinde sind«, sagte sie, als sie das Büro verließen. »Dieses verdammte Literaturstudium in Harvard hat sein Gehirn ein bißchen aufgeweicht, aber er ist trotzdem ein kluger Junge. Und er arbeitet unter sehr belastenden Einschränkungen. Statt der Romane von Mistreß A. Penn würde er viel lieber Traktate über den Abolitionismus veröffentlichen.«

»Nicht so laut«, zischte Payne warnend und warf einen vorsichtigen Blick über die Schulter. Amanda wandte ebenfalls den Kopf und sah gerade noch, wie sich der hagere Mr. Drew hastig in eine dunkle Ecke des Korridors drückte.

4

Amanda fühlte, daß ihr mühsam unterdrückter Groll wiederkehrte, als sie durch die engen, unordentlichen Lagerräume des obersten Stockwerks gingen. Sie sah große Stapel billiger Nachdrucke beliebter Werke, Romane von Scott und Cooper zum Beispiel, die ursprünglich von anderen Verlagen veröffentlicht worden waren. Als sie in einem Regal mehrere hundert Exemplare von Maria Monks *Awful Disclosures* entdeckte, blieb sie stehen und fragte wütend: »Verkaufen Sie diesen Schund immer noch?«

Payne verzog das Gesicht. »Anweisung von Mister Stovall.«

»Sie können versichert sein, an dem Tag, an dem ich diesen Verlag übernehme, wird dieses Zeug verbrannt!«

»Das wäre für mich ein Freudenfeuer.«

Ein weiterer unerfreulicher Anblick wartete im Keller auf Amanda. Die Druckräume waren lärmerfüllt, feucht und schlecht beleuchtet. Es roch nach Druckerschwärze und dem Schweiß der acht mit sichtlichem Widerwillen arbeitenden Männer, welche die altmodischen Flachbettpressen bedienten. Amanda mußte schreien, um sich verständlich machen zu können.

»Dauert es bei dieser Feuchtigkeit nicht sehr lange, bis die Drucke trocknen?«

»Natürlich«, rief Payne. »Mir wird manchmal übel, wenn ich sehe, wie viele Bogen verschmiert und verdorben werden. Aber Mister Stovalls Buchhalter meint, daß dieser Verlust kleiner ist als die Kosten einer ordentlichen Belüftung.«

»Ich verstehe zwar nicht viel von der Druckerei, aber ich bin doch der Ansicht, daß diese Maschinen nicht in den Keller gehören.«

»Sie haben völlig recht. Die Pressen müßten in einem der oberen Stockwerke stehen.«

»Und warum hat man sie nicht dort aufgestellt?«

»Stützpfeiler und Träger hätten zusätzliche Kosten verursacht«, meinte Payne lakonisch.

»Wie alt sind diese Pressen?«

»Oh, so dreißig, vierzig Jahre.«

»Gibt es nichts Neueres?«

»Natürlich. Hoe in New York hat dampfgetriebene Rotationspressen entwickelt, die erheblich schneller drucken. Einige der Zeitungsverlage haben sie seit Jahren in Betrieb.«

»Es muß wirklich eine Menge geändert werden«, erklärte Amanda energisch, als sie den Keller verließen.

Payne sagte eifrig: »Ich hoffe, daß Sie auch in unserem Verlagsprogramm einiges ändern werden, Mistreß de la Gura. Wir sind von Mister Stovall auch auf diesem Gebiet stark eingeschränkt worden, einerseits durch seine Knauserigkeit, andererseits durch seine politischen Vorurteile. Vor zwei Jahren wollte ich zum Beispiel die amerikanischen Rechte für *Jane Eyre* kaufen. Zu teuer, wurde nur gesagt. Und einer der führenden Lyriker des Landes, Professor Longfellow, lebt drüben in Cambridge, aber auch ihn können wir uns nicht leisten.«

»Angesichts dieser anspruchsvollen Ambitionen können wir Mistreß A. Penns Zukunft abschreiben«, seufzte Rose Ludwig.

»Ganz und gar nicht«, sagte Amanda lachend. »Wie ich Ihnen schon sagte, habe ich nicht die geringste Lust, die beliebteste Autorin des Verlages zu verlieren.«

»Aber bei gewissen Kirchenleuten bin ich in Ungnade, Mistreß de la Gura.« – »Nennen Sie mich Amanda, bitte.«

»Gern. Sie wissen, daß etliche Kirchenleute meine Bücher als anstößig bezeichnen?«

»Die Leser auch?«

»Nicht generell. Ich übe mich in Zurückhaltung. Als Mister van Dugdale in *Bartered Virtue* Mercy Twickington vergewaltigte, schloß sich im entscheidenden Augenblick die Schlafzimmertür. Ich weiß jedoch, warum Frauen meine Bücher lesen. Die Themen Leidenschaft und Geld sind unwiderstehlich – mitunter kann ein Autor das Geld sogar weglassen. *A Scarlet Letter* von Hawthorne ist ein blendendes Beispiel dafür. Theo hat aber völlig recht: Kent und Sohn stünden ein paar Werke guter Autoren, die über wichtige Themen schreiben, gut zu Gesicht.«

»Ich hatte die Möglichkeit, die Nachdruckrechte von Fred Douglass' Autobiographie zu erwerben«, sagte Payne. »Ich habe diese Chance nicht einmal erwähnt, weil ich genau wußte, daß Mister Stovall ablehnen würde.«

Amanda schüttelte aufgebracht den Kopf. »Das Buch ist ein riesiger Erfolg!«

»Die Auflagenzahlen sind unglaublich«, bestätigte Payne. »Schicksalsschilderungen entlaufener Sklaven sind sehr beliebt. Und sie dienen einem wichtigen Zweck«, fügte er hinzu, als sie die Tür seines Büros erreicht hatten und den Raum betraten.

»Ich vermute, daß die meisten Autoren von Biographien ihre Manuskripte mit Hilfe eines erfahrenen Schriftstellers zustande bringen, oder?«

»Im allgemeinen ja. Douglass hat sein Buch allein geschrieben. Er ist eine Ausnahme.«

»Es ist vielleicht zu früh, darüber zu sprechen, Theo, aber ich kenne einen ehemaligen Sklaven aus Mississippi, der jetzt in Kalifornien lebt, und ich glaube, daß ich ihn dazu bringen könnte, seine Lebensgeschichte niederzuschreiben. Der Mann ist mein Interessenvertreter in den Gold-Claims.«

Die Erwähnung Kaliforniens erregte Rose Ludwigs Interesse: »Sie kommen wirklich von der Westküste?«

»Ja. Ich habe einige Zeit in Texas gelebt und bin dann nach Kalifornien gegangen.«

»Dann sind Sie genau der Mensch, den ich suche! Sie könnten mir bei Recherchen für mein nächstes Buch helfen. Theo, ich habe bisher noch nicht davon gesprochen, aber ich habe diese sentimentalen, seufzenden Heroinen reichlich satt. Das ist eines meiner weiteren Laster, Amanda: Ich verliere schnell die Lust. Nach Adolphs Tod begann ich zu schreiben, weil ich mich langweilte, und nach drei Romanen mit dem Schauplatz New York ist mir das Thema schon zuwider. Der bedeutendste, stetig wachsende Teil dieses Landes ist der Westen. Ich möchte einen Roman über einen echten Helden des Westens schreiben.«

Payne sah sie zweifelnd an.

»Ich glaube nicht, daß die Leser ein solches Buch von A. Penn akzeptieren.«

»Aber natürlich werden sie es akzeptieren, wenn es interessant geschrieben ist und die Tatsachen authentisch sind. Und hier ist meine Quelle!« Sie legte die Hand auf Amandas Arm.

»Wenn Ihnen die Schilderung des Lebenslaufes meines Mannes reicht – er war Trapper –, will ich Ihnen gern alle Einzelheiten berichten, an die ich mich erinnere.«

»Ich habe im ersten Augenblick gewußt, daß Sie eine prächtige Person sind«, strahlte Rose Ludwig. »Theo, ich glaube, wir können nach dieser Besprechung alle drei viel optimistischer in die Zukunft blicken.«

»Das glaube ich auch«, nickte Payne. »Ich hoffe nur, daß der Verkauf glatt über die Bühne geht.«

»Kann ich mich darauf verlassen, daß Sie alles, was wir besprochen haben, vertraulich behandeln werden?« fragte Amanda.

»Selbstverständlich.«

»Sowie die Anwälte ihre Hakelei beendet haben und Mister Stovalls Unterschrift unter dem Vertrag steht, werde ich mich telegraphisch mit Ihnen in Verbindung setzen.«

»Telegraphisch?« fragte Payne verblüfft. »Sie werden nicht in Boston bleiben?«

»Ich habe vor, mir in New York ein Haus zu kaufen. New York ist das wirtschaftliche Zentrum des Landes, und ich muß im Zentrum leben, wenn meine Unternehmungen ein Erfolg werden sollen. Aber ich werde mir eine Telegraphenverbindung zwischen meinem Haus und meiner hiesigen Bank einrichten lassen.«

»Mein Gott, Mistreß de la Gura, wissen Sie denn, was so etwas kostet?«

»Nein«, sagte Amanda. »Wenn ich mir darüber den Kopf zerbrechen müßte, könnte ich es mir vermutlich nicht leisten.«

Rose Ludwig lachte. »Theo, ich glaube, Sie haben endlich einen gleichwertigen Gegner gefunden. Vielleicht sogar einen überlegenen – obwohl sie nicht in Harvard studiert hat.«

5

An diesem Abend saßen Amanda und Rose Ludwig an einem der Tische des gasbeleuchteten Speisesaals im *American House* Hotel. Amanda hatte festgestellt, daß ihr erster Eindruck von dieser Frau sie nicht getäuscht hatte. Rose Ludwig war offen und ehrlich, hatte feste Standpunkte, war gelegentlich profan – und die beiden Frauen verstanden sich glänzend.

Während der Kutschenfahrt von Kent & Sohn zum Hotel hatte Rose Ludwig Amanda in kurzen Zügen ihren Lebensweg geschildert. Ohne jede Scheu gab sie zu, daß sie aus einfachen Verhältnissen stammte. Ihr Vater war Schleusenwärter am Erie-Canal in der Nähe von Buffalo gewesen. Ihr Zusammentreffen mit ihrem späteren Mann, dem Eigentümer einer Flotte von Kanal-Passagierschiffen, war rein zufällig gewesen: Ludwig hatte sein Schiffsimperium besichtigt.

Offen gab Rose zu, daß es der Reichtum und der gesellschaftliche Status Ludwigs gewesen waren, die sie angezogen hatten, nicht sein Aussehen oder sein Charakter.

»Er war zehn Zentimeter kleiner als ich und ein ziemlich spilleriger Bursche. Sein Kopf lief nach oben spitz zu, und die Glatze machte ihn auch nicht gerade schöner. Andererseits war er ein kluger Mann. Zu mir war er vom ersten Augenblick an höflich und zuvorkommend. Als er ein Jahr danach wieder auf einer Inspektionsreise in unsere Gegend kam, war ich bereit, ihn mir zu angeln. Mein Gott, ich war damals schon dreißig und noch immer nicht verheiratet – weil es mir nicht gepaßt hatte, den erstbesten Kanalbootschiffer zu nehmen. In der Beziehung hatte ich meine Lektion von meiner älteren Schwester Lily gelernt. Sie konnte es nicht erwarten, vor den Altar zu kommen, und der erste Kerl, der ihren Puls etwas rascher schlagen ließ, wurde ihr Mann. Der erste von sieben oder acht. Das arme Kind hat so oft geheiratet, daß ihr Gesicht Narben hat von dem vielen Reis, mit dem sie beworfen wurde. Der letzte, den sie sich einfing, gab vor, ein bayerischer Herzog zu sein. Ich glaube, Lily ist zur Zeit gerade mit ihm in Europa. Inzwischen wird sie festgestellt haben, daß er kein Adeliger ist, sondern ein Pastetenkoch mit Akzent. Wie gesagt: Ich war durch Lily gewarnt und entschlossen, einen guten Fang zu machen. Als Adolph im folgenden Sommer wiederkam, hatte ich mich aus den Zeitungen ausreichend über ihn informiert und wußte, daß er der Richtige war. Ich brachte ihn in Rekordzeit dazu, den Haken zu schlucken: sechs Tage, zwei Stunden und dreiundzwanzig Minuten. Und das ist einer der Gründe, warum Sie mir vom ersten Augenblick an gefallen haben, Amanda: Sie sind genauso geradeheraus und direkt wie ich. Das heißt, so direkt, wie ich bin, wenn ich mit Theo streite. In New York ist das anders.«

»Beim Dinner müssen Sie mir unbedingt von Ihrem Leben in New York erzählen«, sagte Amanda.

»Ich fürchte, ich würde Sie nur enttäuschen, weil alle meine Ansichten negativ sind. Ich hasse die sogenannte Gesellschaft. Unglücklicherweise bin ich durch meine Heirat ein Teil von ihr geworden – das heißt, man rechnet mich dazu, das ist alles. Im großen und ganzen sind die Menschen nichts weiter als eingebildete Mumien – mit einigen Ausnahmen, wie Vanderbilt, der so herrlich fluchen kann, daß die Farbe von der Wand rieselt, und noch ein paar andere. Mein Gott, wie ich diese Reifenröcke hasse!«

Sie versuchte vergeblich, sich auf dem Sitz der Kutsche bequemer zu setzen und fluchte dabei so herzhaft, daß der Kutscher erschreckt die Klappe aufschob und fragte, ob etwas nicht in Ordnung sei.

Sie fuhren zunächst in Rose Ludwigs Hotel. Rose nahm

Amanda mit in ihre Suite, und als erstes stieg sie aus dem verhaßten Musselin-Unterrock, in den vier dünne Stahlreifen eingenäht waren. Amanda, die bisher nur Unterröcke aus gestärktem Stoff trug, um ihrem Rock die modische Glockenform zu geben, inspizierte das reifenverstärkte Untergewand höchst interessiert.

Der oberste Stahlreifen des Unterrocks hatte einen Umfang von einem Dreiviertelmeter, schätzte sie. Nur er war ein geschlossener Kreis, die drei unteren, zunehmend größer werdend, waren vorn nicht zusammengefügt, sondern wiesen einen Spalt von knapp dreißig Zentimetern auf.

»Man kann beim Gehen noch so vorsichtig sein«, rief Rose aus dem Schlafzimmer, »die verdammten Dinger schlagen einem die Schenkel grün und blau. Ich käme ganz schön in Verlegenheit, wenn ich noch so jung wäre, daß ein Mann meine Beine sehen wollte.«

Sie kehrte in den Salon zurück, und ihre Aufmachung ließ Amanda erstarren. Rose trug eine Jacke und einen nur knielangen Rock in Himmelblau und darunter, aus dem gleichen Material eine Herrenunterhose, die an den Knöcheln zusammengebunden war.

»Aber ein Wort wie Schenkel dürfte ich überhaupt nicht aussprechen, oder? Frauen haben keine Schenkel, Brüste oder Bäuche, von anderen Teilen der Anatomie ganz zu schweigen ... Amanda, meine Liebe? Was starren Sie mich so an?«

»Entschuldigen Sie. Ich habe noch nie eine Frau in Bloomers gesehen. Das sind doch Bloomers, oder?«

»Sie sind den Dingern nachempfunden, die Amelia Bloomer trägt. In New York riskiere ich es noch nicht, sie anzuziehen, obwohl ich überzeugt bin, daß sie innerhalb eines Jahres in Mode sein werden, auch wenn die Pfaffen sie jetzt noch als unkeusch und Machwerk des Teufels verdammen. Hoffentlich wird man mir in Ihrem Hotel in diesem Aufzug nicht die Tür weisen ...«

Aber genau das wäre fast geschehen. Der Oberkellner kniff erregt die Lippen zusammen, und seine Blicke eilten zwischen den Bloomers und den Gesichtern der empörten Gäste hin und her. Amanda drückte dem Mann ein fürstliches Trinkgeld in die Hand, um seine moralischen Skrupel zu beschwichtigen, und dann segelten sie und Rose auf ihren Tisch zu. Sie zeigten dem Oberkellner gegenüber gewisse Nachsicht und gestatteten ihm, sie an einem Tisch in der hintersten Ecke zu placieren. Auf diese Weise war der untere Teil von Roses extravaganter Garderobe für die meisten anderen Gäste unsichtbar.

Amanda hatte ihren Sohn gebeten, etwas später zu erscheinen, weil sie nicht wußte, wie man auf Roses Aufzug reagieren würde. Sie wollte Louis etwaige Peinlichkeiten ersparen. Außerdem – auch wenn sie es nicht zugab – wußte sie nicht, wie er darauf reagieren würde, daß ein für ihn fremder Mensch mit ihnen zusammen am Tisch saß.

In diesem Punkt zumindest war ihre Besorgnis überflüssig gewesen. Vom ersten Augenblick an war Louis von Rose Ludwig begeistert. Er war so zugänglich und höflich wie seit Wochen nicht mehr.

Als die drei beim Dessert angelangt waren, brachte Amanda ihren stark zensierten Bericht über die Umstände, die sie nach Boston geführt hatten, zu Ende. Sie hatte Rose anvertraut, daß Kent & Sohn früher einmal ihrer Familie gehört hatte. Rose Ludwig versprach Stillschweigen. Aber Amanda hatte nichts von den Umständen erwähnt, unter denen die Firma ihren Besitzer gewechselt hatte. Rose sah sie überrascht an. »Theo hat immer behauptet, daß es da irgendeinen Skandal gegeben hätte. Er deutete etwas von einem Kartenspiel an . . .«

»Ich weiß wirklich nicht, woher solche Gerüchte kommen«, sagte Amanda und konzentrierte sich auf ihr Eis. Sie spürte, daß die andere Frau sie kritisch musterte. Ob sie ihr glaubte? Wenn nicht, so ließ sie es sich nicht anmerken.

»Wir haben wirklich vieles gemeinsam«, sagte sie. »Wir haben uns beide aus kleinen Anfängen emporgearbeitet. Glücklicherweise lief bei mir alles nach Wunsch, sobald es mir gelungen war, Adolph zu angeln. Aber Sie dürfen nicht gauben, daß ich deshalb ein leichtes Leben habe. Durch die Heirat gehörte ich automatisch vom ersten Tag an zur sogenannten Gesellschaft, mit allen Pflichten, die dazugehören. Diese Heimsuchung zumindest wird Ihnen erspart bleiben.«

»Was meinen Sie damit?«

»Sie brauchen sich nicht mit all diesen langweiligen, eingebildeten Affen abzugeben. Sie haben doch nicht etwa vor, in die sogenannte Gesellschaft einzudringen?«

»Nein. Sie haben doch gehört, was ich Theo Payne gesagt habe. Ich will in New York wohnen, weil es das Wirtschaftszentrum ist.«

»Gut. In diesem Punkt hält die Stadt wirklich alles, was sie verspricht. Aber Sie wären überrascht, wenn Sie wüßten, wie viele Witwen aus Ohio mit ein paar Dollar in der Tasche nach New York kommen und sich ernsthaft einbilden, bald mit den Rensselaers, den Belmonts und den Vanderbilts zu dinieren. Die Gesellschaft hat sich in den letzten zwanzig oder dreißig Jahren in einen geschlossenen Club verwandelt. Heutzutage wird man entweder hineingeboren, man heiratet ein – oder muß eine Generation lang warten, bevor auch nur die erste Einladung zum Tee eintrifft. Ein paar arme Narren versuchen, diese Wartezeit abzukürzen . . .«

Rose erzählte eine Anekdote von einer jungen Dame, die in Erfahrung gebracht hatte, daß die Spitzen der New Yorker Gesellschaft häufig morgens einen bestimmten Weg entlangritten. Trotz ihrer Angst vor Pferden und ihrer völligen Unerfahrenheit im Reiten wollte sie die Gelegenheit nutzen; sie erfand ein System von Riemen und Schnüren, die sie fest im Sattel hielten. So ausgerüstet ließ sie sich fast täglich auf dem Reitweg sehen und versuchte, mit wohlhabenden Junggesellen ins Gespräch zu kommen.

»Gott ist mein Zeuge, daß es wahr ist, Amanda: Eines Morgens zog ein Gewitter herauf. Bei einem dröhnenden Donnerschlag bäumte sich das Pferd auf, und die junge Dame landete auf ihrem Arsch – entschuldige, Louis – ihrem Allerwertesten. Alle Riemen und Schnüre ihres normalerweise sorgfältig verborgenen Haltesystems waren den Augen der amüsierten Öffentlichkeit preisgegeben. Eine Woche darauf hat sie New York verlassen.«

Amanda lachte.

»Ich habe nicht das geringste Verlangen, irgendwelche Junggesellen kennenzulernen, weder reiche noch arme, und schon gar nicht irgendwelche Mitglieder der Gesellschaft.«

»Bravo!« Rose stützte ihre Ellenbogen auf die Tischdecke. »Sie haben versprochen, mir etwas von dem Leben im Westen zu erzählen. Ich bin überzeugt, daß Theo meine Idee entsetzlich findet, aber ich weiß, daß sich die Leser um einen Abenteuerroman reißen werden, der im Westen spielt.«

»Ich werde Ihnen alles erzählen, was ich weiß.«

»Wunderbar! Warum reisen wir nicht zusammen nach New York?«

»Eine glänzende Idee. Und gleich nach unserer Ankunft müssen Sie mir zeigen, wo man diese Bloomers kaufen kann.«

»Mit Vergnügen. Entschuldigen Sie die Sentimentalitäten einer alten Frau, aber ich habe das Gefühl, daß wir gute Freunde werden können. Freundschaft ist etwas sehr Seltenes. Ich habe Hunderte von Bekannten, aber es gab in meinem ganzen Leben nur zwei Menschen, die ich Freunde nennen könnte. Nein, drei. Ich habe auch Adolph als Freund betrachtet. Glauben Sie mir, es ist viel angenehmer, mit einem Freund verheiratet zu sein als mit einem Liebhaber.« Sie lächelte. »Ich mag Sie wirklich, Amanda.« Sie streckte ihren Arm über den Tisch und griff in Louis' schwarzes Haar. »Und ich mag auch Ihren Sohn. Mein Gott, mit diesen Augen wird er in ein paar Jahren einige Dutzend Herzen brechen. Wenn ich etwas jünger wäre . . . na ja.« Sie seufzte. »Seid ihr beiden mit dem Essen fertig? Ich lechze nach einer guten Zigarre. Das ist ein Laster, das ich von Adolph übernommen habe. Er hat sogar im Bad Zigarren geraucht. Haben Sie schon einmal Zigarrenasche auf dem Badewasser schwimmen sehen? Ekelerregend!«

Als sie den Speisesaal verließen, zogen sie wieder erstaunte und schockierte Blicke auf sich. Amanda war äußerst zufrieden. Endlich schien sich alles nach ihrem Willen zu entwickeln. Bevor dieses Jahr vorüber war, würde sie fest in New York etabliert sein.

Mit Kent & Sohn in ihrem Besitz.

6

Zwei Tage später erschien Joshua Rothman in Amandas Suite im *America House Hotel.* Sie war gerade beim Packen. Überall standen offene Koffer.

»Mistreß de la Gura«, sagte der Bankier verärgert, »was haben Sie gesagt, als Sie das Verlagsgebäude besucht haben?«

Sie blickte ihn schuldbewußt an. »Vielleicht etwas mehr, als ich sollte . . .«

»Das ist mir heute klargeworden.«

Amanda legte das Kleid zur Seite, das sie gerade in einem der Koffer verstauen wollte.

»Was wollen Sie damit sagen?«

Rothman trat zum Fenster.

»Sie haben mich um meine Hilfe gebeten, halten sich aber nicht an meine Anweisungen!« Er fuhr herum. »Haben Sie eine Bemerkung gemacht, daß Sie einen bestimmten antikatholischen Titel vonder Liste der Kent-Publikationen streichen lassen wollen? Und daß Sie die Autobiographie eines entlaufenen Sklaven veröffentlichen wollen?«

»Und wenn? Ich war entsetzt über das, was ich im Verlag sah: den Verfall, die Gleichgültigkeit – und außerdem habe ich nur mit Mister Payne, dem Geschäftsführer, geredet. Es war ein rein persönliches Gespräch, und er hat versprochen, kein Wort davon weiterzugeben.«

Rothman zuckte mit den Schultern. »Theo Payne ist ein notorischer Trinker. Ein Mann mit einem erstklassigen Kopf – aber einer losen Zunge, wenn er zuviel getrunken hat. Und er trinkt sehr oft zuviel.«

Amanda fühlte, wie sich ihr Magen zusammenkrampfte. »Das habe ich auch gemerkt«, gab sie zu.

»Haben Sie im Verlag einen Mann namens Drew kennengelernt?«

»Leider.«

»Er ist Mister Stovalls Spion in der Firma Kent und Sohn. Nachdem Sie gegangen waren, Mistreß de la Gura, war Payne so glücklich über die bevorstehenden Veränderungen, daß er den ganzen Nachmittag feierte – in einem Bierlokal. Soweit ich verstanden habe, ist er am frühen Abend zurückgekehrt, so betrunken, daß er sich kaum auf den Beinen halten konnte, und hat triumphierend vor der ganzen Belegschaft erklärt, daß Sie bald sehr durchgreifende Veränderungen vornehmen würden – mit einer ausführlichen Schilderung der von Ihnen geplanten Veränderungen, für die natürlich besonders Mister Drew großes Interesse zeigte. Ich habe Sie gewarnt – Sie hätten diesen Besuch unterlassen sollen. Oder zumindest hätten Sie sich davor hüten müssen, über politische Themen zu sprechen. Ich habe leider versäumt, Sie davor ausdrücklich zu warnen. Und nun müssen wir beide dafür zahlen . . .«

»Kommen Sie zur Sache, Joshua.«

»Heute früh erhielt ich ein Telegramm von Stovalls Anwälten. Die Verhandlungen sind abgebrochen. Endgültig.«

»Mein Gott . . .«

»Es war mein Fehler, Ihnen nicht zu sagen, daß Stovall aktives Mitglied der ›Ich-weiß-nicht-Partei‹ ist.«

»Machen Sie sich keine Vorwürfe, Joshua. Ich wußte es dennoch.«

»Wie können Sie dann erwarten, daß er Kent und Sohn an jemanden verkauft, der die Haltung des Verlags radikal ändern will?« Rothman seufzte. »Entschuldigen Sie. Ich habe kein Recht, Ihnen Vorwürfe zu machen. Ich bin nur so erregt, weil ich weiß, wieviel Ihnen an Kent und Sohn liegt . . .«

»Ich habe nicht überlegt, daß Paynes Trunksucht eine wirkliche Gefahr darstellen könnte. Also trifft mich die Schuld, Joshua, mich allein.«

»Das wird Stovall leider auch nicht dazu bringen, Ihnen den Verlag zu verkaufen.«

»Wenn wir ihn nicht auf legale Weise erwerben können, müssen wir eben einen anderen Weg finden, um ihn in unseren Besitz zu bringen.«

Rothman starrte sie schweigend an. Dann sagte er unsicher: »Ist das Ihr Ernst?«

»Natürlich. Wir haben eine Schlacht verloren, aber nicht den Krieg. Es wird unsere Pläne nur ein wenig verzögern, nicht mehr.«

Aber Amanda fühlte die Niederlage mehr, als sie zugeben

wollte. Sie hatte sich bei dem Besuch im Verlag zurückgehalten und nicht ihre ganze Meinung gesagt. Aber sie hatte genau gewußt, daß sie am besten überhaupt nichts sagen sollte. Ihre Verärgerung war wieder einmal stärker gewesen als ihre Vorsicht.

Stovalls schnelle Reaktion auf ihre Kommentare verriet mehr als deutlich, was für ein Mensch er war: Er gehörte zu den Männern, die ihr Großvater verachtet hätte.

Mit ruhiger Stimme fuhr sie fort: »Ich werde dafür sorgen, daß Sie angemessen entschädigt werden, sobald wir Kent und Sohn in unseren Besitz gebracht haben.«

»Mistreß de la Gura, ich halte es wirklich für klüger, wenn Sie Ihren Plan aufgeben.«

»Nein«, sagte Amanda entschlossen. »Niemals.«

»Ich sehe keine legalen Möglichkeiten mehr . . .«

»Dann werden wir eben eine illegale Möglichkeit suchen, wenn es sein muß. So oder so, Joshua, irgendwie werde ich Kent und Sohn in meinen Besitz bringen!«

3. Kapitel

Der Zorn eines Gerechten

1

Sechzehn Monate später – an einem Freitagabend im Februar 1852 – saßen Amanda und Rose Ludwig in einer Loge des *Bowery Theatre,* einem Bau, der schon fünfundzwanzig Jahre alt war, aber einen besonderen Ruf unter den Theatern New Yorks besaß, weil es das erste war, in dem Gasbeleuchtung installiert wurde.

Die meisten Gaslampen im Saal waren für die Versammlung abgedreht worden. Nur die Kerzen des Rampenlichts beleuchteten den langen Tisch, hinter dem ein halbes Dutzend Männer saßen, die an diesem Abend zu den dreitausend Menschen sprachen, die das Theater bis auf den letzten Platz füllten. Im Moment lauschten sie aufmerksam dem Pastor, der hinter dem kleinen Podium in der Mitte der Bühne stand.

Hinter dem Tisch sah man Kulissen, die ein europäisches Wohnzimmer darstellten. Dieser Hintergrund, der so gar nicht zu der Veranstaltung dieses Tages paßte, war auf die Weigerung der Theaterleitung zurückzuführen, die gesamte Dekoration der Komödie zu entfernen, die derzeit aufgeführt wurde. Mit sehr mäßigem Erfolg übrigens, und diesem Umstand war es zu verdanken, daß die Theaterleitung gern eine Vorstellung ausfallen ließ, um den Saal an die Abolitionisten zu vermieten.

Der Pastor sprach seit zwanzig Minuten. Seine Funktion war die gleiche wie die der anderen vier Männer am Tisch: die Zuhörer auf den Hauptsprecher einzustimmen: Frederick Douglass. Der Ehrengast des Abends saß an der Tischmitte zwischen den anderen Sprechern dieses Vortragsabends, reglos und aufmerksam.

William Cullen Bryant, der ihn vorstellen sollte, begann in seinen Notizen zu lesen, als er an den sich häufenden Adjektiven erkannte, daß sich der Pastor dem Höhepunkt und Ende seiner Rede näherte. Und das tat er mit weitausholenden Gesten und großer Lautstärke. Er beschwor göttliche Verdammnis auf den ganzen Süden des Landes herab. Aber dieses Verlangen nach einem Strafgericht des Herrn rief bei den Zuhörern nur mäßigen Beifall hervor. Sie hatten bereits vier Reden mit ähnlichem Inhalt über sich ergehen lassen.

Ein hörbarer Seufzer der Erleichterung lief durch die Reihen der Zuhörer, als sich der Pastor endlich wieder auf seinen Platz setzte und mit dem Taschentuch über seine schweißbedeckte Stirn fuhr. Bryant, der Rechtsanwalt aus Massachusetts, der Dichter und Journalist geworden war, nahm seine Unterlagen auf und erhob sich. Eine erwartungsvolle Stille verbreitete sich im Theater.

Amanda hörte Rose Ludwig murmeln: »Na endlich! Der alte Horace da drüben ist schon eingeschlafen – und mein Allerwertester auch.«

Amanda sah zu dem Mann in einer der vorderen Logen, den Rose als »alten Horace« bezeichnet hatte. Der Verleger Greeley schreckte hoch, als ihn der Applaus, der Bryants Weg zum Podium begleitete, aus dem Schlummer riß. Sie warf einen Blick auf die Log, die an die Greeleys grenzte. Seltsam, sie schien leer zu sein, jedenfalls konnte sie niemanden darin entdecken. Und dabei war das Theater völlig ausverkauft, und eine ganze Reihe von Interessenten hatte abgewiesen werden müssen, weil kein Platz mehr für sie da war.

»Ladies und Gentlemen«, begann Bryant, »ich werde mich kurz fassen . . .«

Lautes Lachen und donnernder Applaus begrüßten dieses Versprechen. Bryant lächelte. Er war ein Mann von Ende Fünfzig und Chefredakteur der *New York Post.* Er war an diesem Abend hier, weil er einer der prominentesten und entschiedensten Gegner der Sklaverei war. Bei der Wahl des Jahres 1848 war Bryant Mitglied der Barnburner Partei gewesen, die sich von den Demokraten getrennt hatte, weil diese damals eine Wahlplattform errichtet hatten, in der nur eine Planke wirkliche Substanz besaß: eine vage Befürwortung der Kriegführung gegen Mexiko. Aus den Barnburners – die 1848 für den früheren Präsidenten Van Buren eingetreten waren – hatte sich die sogar noch militantere Free Soil Party entwickelt, die radikale Reformen forderte und gegen jede Ausweitung des Sklavereiprinzips auf die neuerworbenen Territorien der Vereinigten Staaten eintrat.

Aber Bryant enthielt sich an diesem Abend jedes Kommentars zum Thema des Abends, sondern beschränkte sich darauf, ein Resümee der Laufbahn des Mannes zu geben, um dessentwillen die dreitausend Menschen gekommen waren.

Er erwähnte Douglass' Geburt als Sklave in Maryland und seine frühen Jahre in Baltimore, wo er dank seines fortschrittlich denkenden Herrn, Hugh Auld, lesen und schreiben lernen konnte, während er als Hausdiener und später als Arbeiter auf Aulds Schiffswerft arbeitete.

Es war der Tod Aulds, erinnerte Bryant die Zuhörer, der Douglass nach St. Michaelis bei Baltimore gebracht hatte, zu einem anderen Mitglied der Familie, Thomas Auld, der sich als weniger liberal erwies.

Douglass hatte zu der Zeit bereits begonnen, seine Unfreiheit als Bürde zu empfinden. Thomas Auld merkte, daß der junge Neger aufsässig war – und gab ihn zu einem bekannten Sklavenschinder namens Edward Covey.

Covey benutzte seine Peitsche einmal zu oft. Douglass setzte sich zur Wehr. Nach der Schlägerei, in der Covey von Douglass fast besiegt worden war, ließ er den Sklaven in Ruhe, dessen Willen er gegen Bezahlung brechen sollte.

»Und so«, sagte Bryant, »wurde aus einem Sklaven ein Mensch, wie es unser Ehrengast selbst ausdrückte!«

Tosender Beifall.

Amanda und Rose klatschten begeistert mit. Als der Applaus verebbte, hörten sie ein unerwartetes Geräusch aus der scheinbar leeren Loge neben der Greeleys.

Die anderen Zuhörer vernahmen es auch und wandten erstaunt und empört die Köpfe. Greeley erhob sich sogar und blickte in die Nebenloge, um zu sehen, wer dort gepfiffen hatte.

Es war nicht ungewöhnlich, daß Gegner der Abolitionisten deren Veranstaltungen besuchten, und manchmal versuchten diese unwillkommenen Gäste, die Treffen zu stören. Dies war offensichtlich heute auch der Fall. Amanda versuchte, die Menschen in der Loge zu erkennen, aber das war von ihrem Platz aus nicht möglich.

Bryant war sichtlich verärgert. Er verlor den Faden seiner kurzen Einführung und mußte in seine Notizen blicken, bevor er fortfahren konnte. Douglass schien der Zwischenfall nicht zu stören.

Hastig brachte Bryant seine Rede zu Ende. Er beschrieb den ersten vergeblichen Versuch Douglass', in die Nordstaaten zu fliehen, und seinen zweiten, erfolgreichen, im Jahr 1838. Mit siebzehn Dollar in der Tasche und einem Ausweis, den er sich von einem freien schwarzen Seemann ausgeborgt hatte, hatte Douglass in Baltimore einen Eisenbahnzug bestiegen und nervös darauf gewartet, daß der Schaffner kam, um das Fahrgeld zu kassieren und seine Identifikation zu überprüfen.

Doch der Schaffner warf nur einen flüchtigen Blick auf das ausgeliehene Dokument, und nach der Fahrt nach Washington, einer Schiffsreise von dort nach Philadelphia und einer weiteren Zugfahrt, erreichte Douglass New York und war ein freier Mann.

Bryant würdigte die Tatsache, daß Douglass sich nicht damit zufriedengab, für sich selbst die Freiheit erlangt zu haben, sonden sein Leben der Befreiung aller Neger in den Vereinigten Staaten gewidmet habe. Er sprach von seiner Karriere als Verleger und Redakteur der Zeitung *The North Star* in Rochester. Dann legte er seine Notizen zur Seite und schloß mit den Worten: »Es ist mir eine Ehre und ein Vergnügen, nunmehr das Wort Mister Frederick Douglass zu erteilen.«

Die Menschen sprangen auf und applaudierten begeistert. Douglass lächelte zum erstenmal, legte den Kopf ein wenig schief und bedankte sich für den stürmischen Empfang mit einer leichten Verbeugung, als er auf das Podium zutrat.

2

Douglass begann seine Rede ruhig und verhalten.

»Mister Bryant, Ladies und Gentlemen, auch ich möchte mich kurz fassen. Meine Botschaft an Sie ist sehr einfach. Aber zuerst lassen Sie mich sagen, daß ich noch nie vor einer Zuhörerschaft wie dieser gestanden habe, ohne meine Unfähigkeit zu fühlen, der Sache, für die ich mich einzusetzen versuche, gerecht zu werden.« Er erlaubte sich wieder ein vages Lächeln.

»Und den Erwartungen, die in Ihnen von meinen Vorrednern geweckt worden sind. Wenn die Elogen, die sie ausgesprochen haben, zutreffen würden, wäre es mir natürlich ein leichtes, Sie durch meine Eloquenz stundenlang zu unterhalten. Aber ich schmeichle mir nicht, so perfekt zu sein, wie ich eben dargestellt wurde. Ich bin Ihnen überaus dankbar für Ihren Beifall, mit dem Sie mich begrüßt haben, aber ich habe ihn kaum verdient – denn ich war ein Sklave. Ich habe keinen einzigen Tag meines Lebens in einer Schule verbracht. Alles, was ich weiß, habe ich mir gestohlen . . .«

Dieser indirekte Hinweis auf seine Flucht rief zustimmenden Beifall hervor, den er wieder mit einem Lächeln quittierte. Als der Beifall abflaute, hörte man abermals lautes, wütendes Pfeifen.

Diesmal sprang ein Mann im Parkett erregt auf und rief: »Eine Schande ist das!«

Andere griffen den Ruf auf. Douglass würdigte die dunkle Loge keines Blickes. Er hob die Hand, um die Zuhörer um Ruhe zu bitten.

»Ich möchte Ihnen deshalb gleich zu Beginn sagen, daß Sie von mir keine großartige, geschliffene Rede erwarten dürfen. Daß ich mich ernsthaft und mit allen mir zur Verfügung stehenden Kräften für meine Brüder einsetze, wissen Sie natürlich, und ich danke Ihnen von ganzem Herzen für das Interesse, das Sie dieser Sache zeigen. Ich werde Sie und den mir erwiesenen Beifall niemals vergesen, und diese Erinnerung wird mir Mut geben, wenn ich durch dieses Land reise, das so stolz auf seine Freiheit und seine Fortschrittlichkeit ist . . .«

Seine Stimme war lauter geworden.

». . . durch dieses Land finsterster Sklaverei, um dieses teuflische System zu zerstören und dem Neger seine verlorenen Rechte wiederzuerkämpfen!«

Tosender Applaus begrüßte diesen ersten emotionalen Höhepunkt seiner Rede.

Amanda starrte in die dunkle Loge. Und wie erwartet, wurde beim Abklingen des Beifalls wieder das schrille Pfeifen hörbar.

Wieder ärgerliche Rufe aus dem Parkett. Ein untersetzter Mann erhob sich und machte sich auf den Weg zur Loge. Seine beiden Begleiter mußten ihn mit Gewalt daran hindern.

Douglass kam nun zu seinem Thema: dem zweiten Absatz des Artikels vier der Verfassung. Zur Einführung zitierte er den dritten Paragraphen des Absatzes. Dann erinnerte er seine Zuhörer daran, daß die Väter der Verfassung diesen Paragraphen geschaffen hätten, um das Recht der Sklavenhalter zu schützen, entlaufene Sklaven auch in jenen Staaten wieder einfangen zu können, in denen es keine Sklaverei gab, obgleich der Terminus Sklave sehr sorgfältig vermieden und durch die unverfänglichere Bezeichnung Person ersetzt worden war.

»Oberflächlich betrachtet«, sagte Douglass, »kann man deshalb keinerlei Ungerechtigkeit erkennen, keinerlei Unmenschlichkeit – der Wortlaut ist völlig legal und human. Aber was bedeutet dieses Gesetz wirklich?

Es bedeutet, daß jeder Sklave, der sich als Mensch betrachtet und glaubt, die Rechte eines Menschen für sich in Anspruch nehmen zu können, und der sich deshalb im Dunkel der Nacht aus seiner Hütte oder seinem Stall schleicht . . . der die Ketten zerbricht, mit denen man ihn gebunden hat . . ., der die Fesseln zerschneidet, die ihn zum Sklaven machen . . .

Es bedeutet, daß ein Mann, der all dies tut und aus einem Staat flieht, in dem Sklaverei herrscht, in einem anderen, in dem sie nicht praktiziert wird, wie ein Verbrecher gejagt und mit Gewalt in die Sklaverei zurückgeschleppt werden soll, der er gerade mit Müh und Not entkommen ist!«

Amanda beugte sich vor, gefesselt von der Eloquenz dieses Mannes. Auf Douglass' Stirn stand ein leichter, glänzender

Schweißfilm. Er hatte keinerlei Notizen, und er benötigte sie offensichtlich auch nicht. Weil alles, was er sagte, nicht nur durchdacht, und überlegt, sondern erlebt worden war. In jedem Wort, das er sprach, klangen seine Ängste, seine Hoffnungen, seine Enttäuschungen und seine Auflehnung gegen das System mit.

Er nahm die Hände vom Rednerpult und ballte sie zu Fäusten.

»Dieser Passus der Verfassung«, rief er donnernd, »ist eine der wichtigsten Verankerungen des Sklavensystems, zu dessen Verdammung wir uns heute hier zusammengefunden haben!

Dieser Passus der Verfassung, der durch das jeder Zivilisation Hohn sprechende Gesetz über die Wiederergreifung entflohener Sklaven eine neue und größere Bedeutung erhalten hat, gibt dem Sklavenhalter das Recht, seine Bluthunde auf die Spur des Flüchtenden zu setzen, ihn wieder einzufangen und erneut in das Joch der Sklaverei zu zwingen!

Dieser Passus der Verfassung erklärt jede Straße und jeden Weg in diesem Land und überall, wo das Sternenbanner weht, zum freien Jagdrevier auf Sklaven!«

Die Stimme ging unter in empörten Rufen: »Schande! Schande! Schande!«

Falls der unsichtbare Gegner in der dunklen Loge wieder mißbilligend pfiff, so hörte es niemand.

Douglass stellte nun die Forderung, daß alle Menschen, die ein Gewissen besäßen, sich weigern sollten, diesem Gesetz zu gehorchen.

Während Amanda bisher genau wie alle anderen lebhaft applaudiert hatte, hielt sie sich jetzt zurück. Weil sie Douglass in diesem Punkt nicht unbedingt recht geben konnte. Der Kongreß hatte das Gesetz erlassen in der Hoffnung, dadurch den Streit zwischen Nord- und Südstaaten beilegen und doch zumindest eindämmen zu können und die Einheit der Union zu erhalten. Douglass war ein Gegner dieses Kompromisses. Er hatte behauptet, daß das Gesetz jeder Moral widerspräche – und vielleicht hatte er recht. Er forderte eine ersatzlose Streichung des Gesetzes – und vielleicht auch das zu Recht.

Aber wenn er verlangte, daß dieses Gesetz bis zu seiner

Streichung mißachtet werden sollte, mußte Amanda ihm ihre Zustimmung versagen.

»Dies ist die Lage der Dinge in den Vereinigten Staaten.« Douglass sprach wieder ruhiger, und es wurde sofort stiller im Saal. »Deshalb dürfen Sie von mir nicht erwarten, daß ich ein begeistertes Loblied auf dieses Land anstimme. Nein, meine Freunde, ich muß offen mit Amerika sein ... die Verlogenheit des Republikanismus der Vereinigten Staaten aufzeigen ... Verlogenheit seiner sogenannten Christlichkeit darstellen ... seine Heuchelei, sich als zivilisierter Staat darzustellen, verdammen ... Wir müssen den Amerikanern zurufen: Wie lange noch wollt ihr euch mit anhören, wie Menschen Tag für Tag und Nacht für Nacht das Unrecht beklagen, das ihnen geschieht, und den Himmel fragen: ›Wie lange noch? Oh, wie lange noch, mein Herr und Gott?«

Das *Bowery Theatre* erbebte unter dem tosenden Beifall, dem Klatschen der Hände und dem Trampeln der Füße. Douglass verneigte sich tief. Sein Atem kam in flachen, keuchenden Stößen, und er hielt sich während der Unruhe im Publikum mit beiden Händen am Rednerpult.

Die Ovationen hielten minutenlang an. Rose klatschte frenetisch, und auch Amanda schob ihre Bedenken beiseite und applaudierte begeistert, hingerissen von der einmaligen Rednergabe dieses Mannes.

Endlich erstarb der Tumult wieder, und Douglass konnte fortfahren.

»Lassen Sie mich zum Abschluß nur noch eines sagen: Trotz des düsteren Bildes, das ich für Sie gemalt habe, trotz der Ungerechtigkeit eines Gesetzes, das in den Herzen aller Menschen, die an die Prinzipien glauben, auf denen dieses Land gegründet ist, nur Ekel und Abscheu hervorrufen kann, verzweifle ich nicht an Amerika. Es gibt Kräfte, die mit allen Mitteln daran arbeiten, dieses Gesetz und das ganze System der Sklaverei zu Fall zu bringen, und sie werden ... sie müssen siegen! Der Arm des Herrn reicht weit. Das Schicksal der Sklaverei ist besiegelt!«

Wieder hatte er sich allmählich zu größerer Lautstärke gesteigert. Amanda fühlte, daß ihr ein Schauer den Rücken hinablief. Der Mann auf dem Podium hielt sie in seinem Bann – genau wie alle anderen Menschen in diesem Saal.

»Die Unabhängigkeitserklärung und die großen Prinzipien, die sie enthält, und der Geist der Institutionen Amerikas geben mir Vertrauen, Kraft und Mut, und ich fühle mich in meinem Bemühen auch gestärkt von den Strömungen der Zeit, in der wir leben.

Kein Land kann sich heute noch von den anderen Nationen isolieren und auf dem Pfad trotten, den schon seine Väter gegangen sind. Die Geschicke der Menschheit haben sich grundlegend gewandelt.

Stadtmauern und Kaiserreiche sind aus der Mode gekommen. Der Arm des Handels hat die Mauern zerbrochen. Selbst in die dunkelsten Ecken der Erde ist die Intelligenz vorgedrungen. Sie ist die entscheidende Kraft unserer Epoche, der Wind, der Dampf und der Blitz sind ihre Hilfskräfte. Der Befehl des Allmächtigen ›Es werde Licht!‹ gilt auch heute noch. Kein Mißbrauch und kein Frevel kann sich mehr vor dem alles durchdringenden Licht des Anstandes, der Demokratie und der Ehre verbergen.

Ungerechte Gesetze werden vergehen. Ungerechte Menschen werden unbeweint und in Unehre sterben. Eine Zeit universeller Freiheit wird anbrechen, wenn wir diesem Ziel unsere Herzen, unseren Verstand und unsere unsterbliche Seele hingeben, wenn wir uns der Tyrannei des Gesetzes widersetzen, wo dieser Widerstand erforderlich ist. Und wenn unser Gebet inbrünstiger Hoffnung für immer das Gebet von William Lloyd Garrison bleibt . . .«

Douglass hob beide Arme und rief: »Gott segne dieses Jubeljahr – auf der ganzen Welt!«

3

Amanda und Rose brauchten fast zwanzig Minuten, um sich durch die dichte Menschenmenge zu drängen, die auf die Bühne geströmt war, um Douglass zu gratulieren. Er begrüßte Amanda herzlich und dankte für ihre Spende.

Sie versprach, bald eine weitere folgen zu lassen, und sagte dann: »Ich muß Ihnen aber ehrlich sagen, daß ich mich mit einem Punkt Ihrer Ausführungen nicht einverstanden erklären kann.«

»Und welcher Punkt ist das, Mistreß de la Gura?«

»Daß es eine Gewissenspflicht ist, das Gesetz zur Flucht von Sklaven zu mißachten. Wenn Sie verlangt hätten, daß man für die Widerrufung dieses Gesetzes kämpfen soll, wäre das etwas anderes. Aber Ihre Aufforderung, gegen geltendes Recht zu verstoßen . . .«

»Ich verstehe Ihren Standpunkt, halte ihn aber für falsch. Die praktische Auswirkung dieses Gesetzes ist für Sie etwas Abstraktes. Etwas, wovon Sie lesen, das Sie vielleicht intellektuell zu erfassen versuchen. Aber ich bi n überzeugt, daß Sie Ihren Standpunkt ändern, sobald Sie einmal den Opfern dieses Gesetzes Auge in Auge gegenüberstehen – oder wenn Sie selbst eines dieser Opfer sind.«

»Da bin ich nicht sicher, Mister Douglass.«

Er lächelte. »Aber ich.«

Die nachdrängenden Menschen zwangen Amanda, das Gespräch abzubrechen. Als sie und Rose durch das Parkett des Theaters zum Ausgang gingen, warf Amand a einen raschen Blick in die Loge, aus der das mißbilligende Pfeifen gekommen war. Aber falls noch jemand da war, so konnte sie ihn auch jetzt nicht sehen.

Kurz darauf erreichten die beiden Frauen die überfüllte Halle. Durch die offenen Außentüren sah Amanda, daß es zu schneien begonnen hatte. Es war unmöglich, hinauszugelangen. Die Menschen stauten sich an den engen Ausgängen. Drei Reihen von Mietkutschen warteten auf Fahrgäste. Jedesmal, wenn ein Wagen vorgefahren war und zwei oder drei Passagiere einstiegen, konnten Rose und Amanda wieder einen Schritt vorrücken. Es würde eine Ewigkeit dauern, bis sie auf diese Weise zur Tür gelangten.

Amanda steckte die Hände tiefer in ihren Muff, um sie vor der hereindringenden eisigen Februarluft zu schützen, als Rose ihr auf die Schulter tippte. Sie wandte den Kopf und erkannte hinter sich Mr. Greeley von der *Tribune.*

Amanda hatte den Verleger auf einer Weihnachtsparty in Rose Ludwigs Haus in Gramercy Park kennengelernt. Sie war fast erschrocken gewesen, als Rose ihr gesagt hatte, daß Greeley erst vierzig Jahre alt war. Er machte den Eindruck eines alten Mannes. Haar und Bart waren fast weiß, und seine durchdringenden Augen erinnerten an die eines Greises, der die Welt kannte, sie durchschaute und mit zunehmender Unzufriedenheit betrachtete.

Greeley war beeindruckt gewesen, als Rose ihm berichtet hatte, daß Amanda zu den wenigen Überlebenden des Massakers von Alamo gehörte. Aber auch hier hatte seine gallige Skepsis die Oberhand behalten, und er hatte Amanda gesagt, daß es nur einen Amerikaner gäbe, der nicht abgeschlachtet worden sei, eine Mrs. Dickinson.

Amanda hatte ihm geantwortet, daß sie wahrscheinlich unter dem Namen ihres Mannes registriert worden war, und da dies ein spanischer Name sei, habe man sie vermutlich in die Liste der überlebenden Mexikanerinnen eingetragen – oder überhaupt nicht.

Ein paar Einzelheiten des Massakers hatten Greeley sehr bald davon überzeugt, daß Amanda die Wahrheit sagte, und er hatte sie gebeten, sich einem seiner Reporter für ein Interview zur Verfügung zu stellen. Amanda hatte das abgelehnt, weil sie sich nicht als Heldin sah, sondern lediglich als einen Menschen, der versucht hatte, irgendwie zu überleben. Aber das war nur ein Vorwand gewesen. Ihr wirklicher Grund für die Ablehnung war, daß sie auf jeden Fall vermeiden wollte, den Namen Kent in einer Zeitung gedruckt zu sehen. Greeley hatte ihr ihre Ablehnung übelgenommen und sie seine Verstimmung den ganzen Abend spüren lassen.

Aber jetzt war der Zwischenfall längst vergessen. Er zog höflich seinen Hut und sagte: »Mistreß de la Gura . . . Rose, guten Abend.«

»Es freut mich, Sie wieder hellwach zu sehen, Horace«, stellte Rose lächelnd fest.

Greeley ignorierte die Spitze. »Das war eine wirklich gute Rede, die Douglass gehalten hat, nicht wahr?«

»Sie war wunderbar«, sagte Amanda.

»Aber geschändet durch das widerliche Pfeifen.«

»Haben Sie die Leute in der Loge erkennen können?« fragte Amanda.

»Natürlich. Ein gewisser Gentleman, der keine Gelegenheit vorbeigehen läßt, seine hinterwäldlerische Meinung anderen Menschen aufzudrängen. Ein Mitglied des *Order of the Star Spangled Banner.* Ich ziehe es vor, mich nicht weiter zu diesem Thema auszulassen. Dieser Mensch macht mich krank.«

»Aber wer ist er, Horace?«

Greeley ignorierte Roses Frage. Er blickte auf zwei Männer in der Menge, verzog verächtlich den Mund und sagte: »Und dieses Gefühl habe ich jetzt auch wieder.«

Amanda erkannte den gutaussehenden, blauäugigen Fernando Wood, einen reichen Politiker, der den Ehrgeiz hatte, Bürgermeister von New York zu werden, und seinen Bruder Ben. Beide Männer waren Demokraten und damit Gegner Greeleys.

Fernando Wood und sein Bruder waren in Begleitung von zwei auffällig gekleideten jungen Damen, die aussahen, als würden sie sonst ihre Abende im Paradise-Square-Bordell verbringen. Aber die Woods hatten noch nie ein Geheimnis daraus gemacht, daß sie auch um die Stimmen der Benachteiligten, Armen und sogar Kriminellen warben.

Sie waren durch Grundstücksspekulationen reich geworden und durch eine Lizenz für den Betrieb von Spielkasinos aufgrund einer dubiosen Genehmigung, die ihnen in Louisiana erteilt worden war. Sie waren enge Freunde des Tammany-Politikers Isaiah Rynders, der eine Reihe von Slum-Saloons betrieb und immer in der Lage war, eine Bande von Schlägern zu organisieren, um einen Gegenkandidaten einzuschüchtern. Rynders war berüchtigt für seinen Haß auf Neger und Ausländer – mit Ausnahme seiner irischen Wähler, natürlich.

Die Wood-Brüder wirkten elegant und selbstsicher, als sie sich nun langsam zum Ausgang des Theaters schoben. Dann entdeckten sie Greeley, und Fernando machte eine Bemerkung, die augenscheinlich abfällig war. Sein Bruder und die beiden Mädchen lachten amüsiert. Greeleys Gesicht lief rot an, und er wandte sich rasch wieder den beiden Frauen zu.

»Übrigens, haben Sie schon Mistreß Stowes Roman gelesen?« – »Aber er soll doch erst im kommenden Monat herauskommen, oder?« fragte Rose zurück.

»Das stimmt. Aber der Jewett-Verlag in Boston hat ein paar Dutzend Besprechungsexemplare verschickt.«

Dieses Thema fachte Amandas Verstimmung neu an. Wenn nur der heimliche Feldzug, den sie und Rothman begonnen hatten, etwas weiter fortgeschritten wäre, wenn sie schon jetzt die Kontrolle über den Verlag Kent & Sohn hätten, hätte sie dieses Buch herausgeben können, von dem Kenner der Materie sagten, daß es die literarische Sensation des Jahres werden würde.

Es kostete sie Mühe, ruhig und sachlich zu sprechen. »Ich fürchte, Rose und ich sind nicht bedeutend genug, mit Besprechungsexemplaren von Büchern bedacht zu werden. Wie hat der Roman Ihnen gefallen, Mister Greeley?«

»Nicht besonders, offen gestanden. Ich habe bereits den Vorabdruck in der *National Era* gelesen. Das Buch ist für meinen Geschmack zu sentimental und kitschig. Aber es dient auf jeden Fall einer guten Sache.«

»Rose hat mich in der vergangenen Woche mit Mistreß Stowes Bruder bekannt gemacht«, sagte Amanda. »Wir sind zur Plymouth Church in Brooklyn gefahren, um Reverend Beecher predigen zu hören.«

Greeley zog ein kleines Notizbuch aus der Tasche und schrieb etwas auf. »Ich muß Dana erinnern, einen Reporter hinüberzuschicken, um nachzufragen, ob Henry noch immer plant, diese Parodie einer Sklavenauktion zu veranstalten. Als ich ihn das letztemal sah, versuchte er gerade, eine hübsche, junge Negerin zu finden, die bereit ist, eine zum Verkauf stehende Sklavin zu spielen.«

Als Greeley das Notizbuch fortsteckte, sagte Amanda: »Der Reverend hat uns gesagt, daß sie an einer Bühnenfassung von *Onkel Toms Hütte* arbeiten, um es im kommenden Herbst in Purdys Theater aufzuführen.«

»Inzwischen werde ich veranlassen, daß Ihnen der Kent-Verlag ein neues Exemplar meines Romans *The White Indian* zugehen läßt. Das erste haben Sie offenbar verlegt.«

»Ich glaube nicht«, erwiderte Greeley.

»Wirklich, Horace. Sie sollten diesem Buch mehr Beachtung schenken. Es geht bereits in die vierte Auflage.«

»Rose«, seufzte Greeley, »ich mag Sie wirklich gern. Aber von Ihren Büchern kann ich das nicht gerade sagen.«

»Nicht so laut!« flüsterte sie. »Sie sind einer der wenigen Menschen in New York, die die Identität von Mistreß A. Penn kennen.«

»Ich wünschte wirklich, daß diese Mistreß A. Penn ihren Stil gründlich ändert. Wenn die Figur eines Buches vier Seiten lang über die Tugend des Mutes monologisiert, wird mir übel.«

»Mir beim Lesen einiger dieser unverständlichen ausländischen Autoren, deren Tiraden Sie drucken!«

»Mister Marx und Mister Engels sind zwei sehr aufmerksame Beobachter der politischen und sozialen Szene in Europa.«

»Ich falle spätestens beim zweiten Absatz in Schlaf. Wenn Sie noch ein paar dieser Essays bringen, werde ich Gordon Bennetts Zeitung lesen. Oder die *Times*.«

»Die *Times*!« rief Greeley empört. »Dieser Parvenü-Fetzen! Es wundert mich, daß sie sich bis heute halten konnte. Aber spätestens am Jahresende ist sie wieder verschwunden, darauf können Sie sich verlassen. Und was Ihre Story über den Pelzhandel betrifft . . .«

»Amanda hat mir das nötige Hintergrundmaterial geliefert. Es ist absolut authentisch.«

Greeley runzelte die Stirn. »Na schön. Schicken Sie meinem Redakteur, Mister Dana, ein weiteres Exemplar. Auf Ihr Risiko!«

Rose verzog das Gesicht. »Horace, Sie können manchmal wirklich verletzend sein.«

»Die Aufgabe der freien Presse ist die Provokation, nicht Pazifizierung, liebe Dame.«

»Ich nahm an, Sie sind am Westen interessiert.«

»Am wirklichen Westen«, sagte er betont und ließ durchblikken, daß er Roses Story nach wie vor für etwas anderes hielt. »Es ist erstaunlich, wie sehr die Leser reine Erfindung noch immer den Tatsachen vorziehen.« Er tippte an seinen Hut. »Dort kommt mein Wagen, entschuldigen Sie mich, bitte.«

Rose reckte sich auf die Zehenspitzen und versuchte, in dem Durcheinander von Kutschen und Mietdroschken ihren eigenen Wagen zu entdecken. Eine eisige Bö wehte Schnee in die Halle.

Rose stieß einen leisen Fluch aus und sagte irritiert: »Ich habe jetzt genug davon, mich von anderen drängen und schieben zu lassen. Komm, Amanda, wir werden endlich etwas unternehmen.«

Sie wandte sich zur Seite. »Entschuldigen Sie, bitte ... wir möchten zum Ausgang ... Verdammt, gehen Sie doch von meinem Rock!«

Der Mann wandte sich abrupt um. Amanda verkrampfte unwillkürlich ihre Hände.

Sie war jetzt länger als ein Jahr in New York. Und obwohl sie einige Male an dem riesigen Haus am Washington Square vorbeigefahren war, hatte sie seinen Besitzer noch nie gesehen.

Und jetzt stand er völlig unerwartet vor ihr, noch immer schlank und hoch aufgerichtet, trotz seines Alters – er mußte jetzt achtundfünfzig sein. Falls Roses Bemerkung ihn verärgert hatte, so ließ er es sich nicht anmerken. Sein zurückgeschlagenes Cape legte das karmesinrote Seidenfutter frei, als er mit dem Handschuh an den Rand seines Zylinders tippte. In der anderen Hand hielt er einen Stock mit goldenem Knauf.

Ein weißes Seidentuch war um seinen Kopf gebunden. Es verdeckte die Hälfte seines Gesichtes. Das Tuch flatterte im Windzug. Amanda sah rotbraune, faltige Narben.

Amanda starrte schweigend geradeaus.

»Ich bitte aufrichtig um Entschuldigung, Mistreß Ludwig«, sagte Hamilton Stovall.

4. Kapitel

Verdacht

1

»Mister Stovall! Ich habe Sie im Theater gar nicht bemerkt!«

»Ich war auch nicht im Parkett, Mistreß Ludwig. Ich hasse es, in der Menge zu sitzen. Ich nehme mir stets eine Loge.«

Rose hob die Brauen. »Neben Greeleys?«

»Sehr richtig.«

»Dann waren Sie es also, der Mister Douglass' Vortrag ständig gestört hat!«

Stovall lachte. »Der Kerl ist doch unmöglich! Schade, daß er eine solche Macht auf die Menschen ausübt. Es müßte Spaß machen, ihn gründlich vorzuführen. Unter den gegebenen Umständen halte ich es für meine moralische Pflicht . . .«

Bis jetzt hatte er keinerlei Notiz von Amanda genommen. Sie versuchte, ruhig zu atmen und ein höfliches, nicht allzu interessiertes Gesicht zu machen.

»Ich frage mich, ob es kein Gesetz gibt, das einem solchen Affen verbietet, sich wie ein Mensch zu kleiden«, fuhr Stovall fort. »Aber was soll's . . .«, eine vage Geste mit dem Spazierstock, »ich möchte mich nochmals wegen meines Ungeschicks entschuldigen, Mistreß Ludwig.«

Sein ironischer Tonfall nahm seinen Worten jede Ernsthaftigkeit. Stovall wandte sich an einen etwa zwanzig Jahre jüngeren Mann, der neben ihm stand.

»Darf ich Ihnen meinen Sekretär Mister Jonas vorstellen? Jonas, das ist Mistreß Rose Ludwig . . .«

»Ach ja, eine der Bloomer-Ladies«, gab Jonas zurück. Er hatte ein feminines Gesicht und volle, aufgeworfene Lippen.

Stovall sah Amanda an. »Leider habe ich noch nicht die Bekanntschaft Ihrer charmanten Begleiterin gemacht, Mistreß Ludwig . . .«

Amanda wußte, daß ihr Gesicht rot anlief. Dem Mann so

nahe zu sein, der Jared hatte leiden lassen, war fast unerträglich. Sie hatte den brennenden Wunsch, ihm ins Gesicht zu schlagen ...

Aber sie unterdrückte diesen Impuls und versuchte, Hamilton Stovall frei von jeder Emotion zu betrachten, so wie sie es mit einem geschäftlichen Gegner tun würde. Es war offensichtlich, daß dieser Mann einmal ausnehmend gut ausgesehen haben mußte. Jetzt aber hatte die sichtbare Hälfte seines Gesichts eine rötliche, fleckige Färbung. Die Haare, die unter dem Hutrand zu sehen waren, sahen schlohweiß aus. Seine Zähne waren so perfekt – und so gelb –, daß sie unmöglich echt sein konnten. Ihre unnatürliche Regelmäßigkeit gab seinem Gesicht das Aussehen eines grinsenden Totenkopfes. Sein funkelndes braunes Auge schien sich in ihr Gehirn bohren zu wollen, nach ihren Geheimnissen zu graben ...

Was soll der Unsinn! Nimm dich zusammen! Er hat keine Ahnung, wer du bist!

Aber das änderte Rose Ludwig jetzt.

»Amanda, darf ich dir Mister Hamilton Stovall vorstellen? Und das ist Mistreß Amanda de la Gura.«

Stovalls Auge blinzelte überrascht. Aber es war der junge Jonas, der ungewöhnlich nahe neben seinem Brotherrn stand, der diese Überraschung in Worte kleidete.

»Wirklich? Sie sind also die Lady, die Kent und Sohn kaufen wollte!«

Amandas Magen krampfte sich zusammen. »Ja, die bin ich, Mister Jonas.«

Stovalls Auge hielt ihren Blick fest.

»Ich bin fasziniert, endlich Ihre Bekanntschaft zu machen. Ich bedaure natürlich, daß ich mich nicht in der Lage sah, auf Ihr Angebot einzugehen – ich hätte sehr gute Verwendungsmöglichkeiten für das Geld. Aber es war mir wirklich unmöglich, den Verlag jemandem zu übergeben, dessen Ansichten den meinen so völlig entgegengesetzt sind. Irregeleitete Ansichten, wenn Sie diesen Ausdruck entschuldigen wollen.« Sie sah ihm an, daß es ihm völlig gleichgültig war, ob sie das tat oder nicht. »Ich könnte sogar so weit gehen, sie als gefährlich radikal zu bezeichnen.«

Amanda hoffte, daß ihre Stimme einigermaßen ruhig und beherrscht klang. »Es war mein Fehler, Sie auf meine Ansichten aufmerksam zu machen, Mister Stovall.«

»Sehr richtig.« Die gelben Zähne zeigten ein starrres Lächeln. Aber in Stovalls Auge lag keine Erheiterung.

»Ich konnte natürlich nicht ahnen, daß Sie Spitzel in der Firma haben.«

Stovall zuckte mit den Schultern. »Das ist leider notwendig. Man muß seine Interessen wahren . . .«

»Sie sind aus Kalifornien, nicht wahr?« fragte Jonas abrupt.

Amanda spürte wieder den harten Druck in ihrem Magen. Also hatte Stovall Auskünfte über sie eingeholt.

»Ja.« Sie hoffte, mit dieser einsilbigen Antwort das Thema beendet zu haben, aber Stovall gab noch nicht auf.

»Ich verstehe nicht, warum ein Mensch, der sehr einträgliche Anteile an einer Goldmine und einem Textilunternehmen besitzt . . .«

Das wußte er also auch!

». . . sich plötzlich entschließt, einen Buchverlag zu kaufen.«

»Ich wollte freies Geld anlegen. Und ein Verlag scheint mir eine lohnende Investition zu sein.«

»Ja, ich erinnere mich, eine ähnliche Erklärung von den Gentlemen gehört zu haben, die die Kaufverhandlungen in Ihrem Auftrag führten. Trotzdem finde ich etwas sehr merkwürdig.«

»Was?«

»Sie haben nach dem Scheitern unserer Verhandlungen nicht versucht, einen anderen Verlag zu erwerben. Kent und Sohn ist schließlich nicht das einzige Unternehmen der Branche.« Er lächelte. »Oder waren Sie nur an meinem Verlag interessiert?«

»Zur Zeit unserer Verhandlungen ja.«

»Tatsache ist, daß Sie Ihr Geld überhaupt nicht angelegt haben – jedenfalls nicht unter Ihrem Namen. Entschuldigen Sie meine Offenheit, aber ich habe fast den Eindruck, als wollten Sie Kent und Sohn nicht nur aus geschäftlichen Gründen kaufen.«

»Das ist reine Spekulation, Mister Stovall.«

»Zugegeben. Aber gab es da nicht vielleicht doch irgendein persönliches Interesse?«

»Nein.«

»Und wir sind uns auch nie zuvor begegnet?«

»Nie.«

»Nun, dann muß ich mich geirrt haben.« Er zuckte mit den Schultern.

»Und das geschieht Mister Stovall nur sehr selten«, setzte Jonas mit einem arroganten Lächeln hinzu.

Die plumpe Schmeichelei schien dem so viel älteren Mann zu gefallen. Er berührte Jonas' Hand mit einer fast zärtlichen Geste und sagte zu Amanda: »Aus finanziellen Gründen hätte ich mir wirklich gewünscht, zu einem Abschluß zu kommen. Ein Buchverlag ist ein riskantes Geschäft – ein weiterer Grund, mich über Ihre Wahl der Kapitalanlage zu wundern. Mich interessiert das Unternehmen eigentlich kaum, lediglich die Einkünfte, die ich dadurch erziele. Sein Erwerb war für mich Mittel zum Zweck. Ich habe Kent und Sohn vor vielen Jahren bei einem Kartenspiel gewonnen . . .«

Amanda hörte, daß Rose überrascht die Luft einzog. Stovalls braunes Auge starrte sie herausfordernd an. Oder bildete sie sich das nur ein?

». . . das ich initiiert hatte, um die damaligen Besitzer, einen Clan Bostoner Mobokraten, zu ruinieren.« Er leckte eine Schneeflocke von seiner Unterlippe. »Die Erben eines gewissen Gilbert Kent. Völlig indiskutable Leute . . .«

Amanda preßte die Lippen zusammen. Sie spürte, daß sie zitterte. Sie krampfte ihre Hände im Muff zusammen und wußte, daß Rose und Stovall sie sehr genau beobachteten.

»Ich kenne diese Familie nicht, Mister Stovall. Wie Sie wissen, habe ich den größten Teil meines Lebens im Westen zugebracht.«

»Natürlich«, murmelte Stovall. »Nun, unter zivilisierten Menschen ist es nicht üblich, sich wegen eines fehlgeschlagenen Geschäfts gram zu sein.« Er tätschelte Jonas' Arm. »Sei so lieb und sieh nach, wo die Kutsche bleibt.«

Der Sekretär drängte sich ins Freie.

Stovall tippte wieder an seinen Hutrand.

»Mistreß de la Gura, Mistreß Ludwig, es war mir ein großes Vergnügen.«

Nach einem letzten durchdringenden Blick auf Amanda wandte er sich um und drängte ebenfalls zum Ausgang.

Wußte er mehr, als er sich anmerken ließ?

Nein, das war unmöglich. Außer Louis wußten nur Rose, William Benbow und Joshua Rothman, daß sie Gilbert Kents Tochter war.

Ein Mann blockierte Stovalls Weg zur Tür seiner Kutsche. Stovall hob den Stock und tippte dem Mann mit dem goldenen Knauf auf die Schulter.

»Zur Seite!«

Der Mann, weitaus weniger elegant gekleidet als Stovall, fuhr herum. »Wie kommen Sie dazu, mir auf die Schulter . . .«

»Weil Sie, mein schäbiger Freund, kein Recht haben, anderen Leuten den Weg zu verstellen. Ihr Aussehen verrät, daß Sie sich keine eigene Kutsche leisten können, während meine dort auf mich wartet.« Stovall schien bereit, zuzuschlagen. Seine Stimme war hart und schneidend. »Falls Sie sich mit mir anlegen wollen, werde ich dafür sorgen, daß Sie eine Woche lang kein Glied rühren können!«

Der Mann starrte Stovall ein paar Sekunden lang an, dann senkte er den Blick auf den schweren Knauf. Der Anblick dieser Waffe und der aggressive, schneidende Ton, mit dem Stovall die Drohung ausgesprochen hatte, schienen den Mann einzuschüchtern. Schweigend trat er zur Seite.

Hamilton Stovall kletterte in die Kutsche. Jonas ergriff seinen Arm. Dann stieg auch er ein und zog die Tür zu. Der Kutscher knallte mit der Peitsche, und die beiden prachtvollen Apfelschimmel trabten los.

Amanda sah dem davonrollenden Wagen nach, bis er im Schneegestöber verschwunden war.

Ich habe einen schweren Fehler begangen, erkannte sie. Nachdem die Verhandlungen über den Kauf von Kent und Sohn fehlgeschlagen waren, hätte ich ein anderes Objekt erwerben müssen, um meine Behauptung glaubhaft zu machen . . .

Und hatte sie vielleicht auch auf Stovalls Bemerkungen über die Kent-Familie zu deutlich reagiert? Nicht mit Worten, da war sie völlig sicher, aber Stovalls scharfem Blick wäre auch ein winziges, impulsives Zeichen innerer Erregung nicht entgangen, eine leichte Verfärbung des Gesichts, ein Zucken der Lippen, eine nicht rechtzeitig unterdrückte Reflexbewegung . . .

Und das bereitete ihr die größten Sorgen. Vielleicht hatte sie sich wirklich irgendwie verraten oder sein Mißtrauen so weit geweckt, daß er sich entschloß, weitere Nachforschungen anstellen zu lassen. Vielleicht sogar in Kalifornien . . .

Was sollen diese dummen Vermutungen? Das ist doch wirklich zu weit hergeholt!

Aber war es das wirklich?

»Sag mal, hörst du mir überhaupt nicht zu?« Rose stieß sie mit dem Ellenbogen an.

»Entschuldige . . .«

»Ich sagte, die Kutsche ist vorgefahren. Willst du nach Hause oder hast du die Absicht, die ganze Nacht hier stehenzubleiben?«

Amanda blickte sich um. Die Halle hatte sich merklich geleert.

»Entschuldige. Natürlich will ich nach Hause.«

Sie spürte, daß Rose sie verwundert und prüfend betrachtete, als sie rasch auf die Straße trat.

2

New York City wirkte fast schön an diesem Abend, an dem alle Straßen, Häuser und Bäume mit einer dicken Schneeschicht bedeckt waren.

Ein Wintermärchen, dachte Amanda, als sie durch das Fenster von Roses Kutsche blickte.

Die Bevölkerung New Yorks war jetzt auf fast eine Dreiviertelmillion angewachsen, und der durch den ständigen Zustrom angeheizte Bauboom dehnte das Häusermeer immer weiter nach Norden aus.

Aber heute abend war die Häßlichkeit einer expandierenden Stadt von Reichen und Armen – ihre unfertigen Bauten, ihr Schmutz, ihre frei umherstreifenden Rinder und Schweine – hinter dem dichten Schneegestöber verborgen.

Die Straßen waren ausnahmsweise menschenleer. Amanda hatte bei ihren Fahrten durch New York immer den Eindruck gehabt, daß die Hälfte der Bevölkerung Iren waren – und Tagediebe. Ständig sah man sie auf den Hauptstraßen der Stadt, und offensichtlich hatten sie dort nichts anderes vor, als in Gruppen herumzustehen. Es gab Viertel, die von irischen Einwanderern bewohnt und beherrscht wurden, in die sich keine Frau – und auch kein Mann, sofern er kein Ire war – nach Anbruch der Dunkelheit allein hineinwagen durfte. Michael Boyle, der jetzt zu Hause auf sie wartete, um die seit dem Nachmittag angefallenen geschäftlichen Fragen mit ihr durchzusprechen, war auch das Produkt eines solchen Slums, der Five Points.

Es war eisig kalt in Roses Kutsche. Oder war es die innere Kälte, die Amanda so frösteln ließ? Sie konnte sich des nervösen Angstgefühls nicht erwehren, daß Stovall ihr doch etwas angemerkt hatte, als er seine Bemerkungen über die Kents machte.

Die Räder der Kutsche holperten über Schlaglöcher und ausgefahrene Wagenspuren der ungepflasterten Straße.

Der Kutscher hieb fluchend auf die beiden Pferde ein. Der Wagen schwankte durch eine besonders tiefe Auswaschung.

Rose stieß einen sehr undamenhaften Fluch aus, weil sie sich den Handschuh bei dem Versuch versengt hatte, ihre Zigarre in Brand zu stecken.

Als die Zigarre brannte, ließ sie das Fenster herunter und warf das abgebrannte Streichholz auf die Straße.

Amanda spürte, daß ihrer Freundin etliche Fragen auf der Zunge lagen, von denen sie zumindest einige nur ungern beantworten würde – jedenfalls, ohne Zuflucht zu Lügen zu nehmen. Sie versuchte, sie abzulenken.

»Rose, du hast von Stovalls Frau gesprochen. Wann ist sie gestorben?«

»Oh, laß mich nachdenken ... vor ein paar Jahren. Sie stammte aus einer guten Familie. Aus Baltimore, aus Hamiltons teurer Heimat ...«

»Und wann hat er sie geheiratet?«

»Vor einer Ewigkeit. Es ist ein offenes Geheimnis, daß er sie nur genommen hatte, weil er das Kapital ihrer Familie benötigte, um sein eigenes Unternehmen über Wasser halten zu können.«

»Er hat keine Kinder?«

»Nein.«

»Und seine Frau ist eines natürlichen Todes gestorben?«

»Das wird zumindest behauptet.«

»Was soll das heißen?«

»Ich habe etwas von Selbstmord flüstern hören.«

Amanda lächelte hart. »Vielleicht hat sie herausgefunden, daß Stovall nicht so tugendhaft ist, wie er sich gibt.«

Rose nickte und zog nachdenklich an ihrer Zigarre. Der dichte blauche Rauch machte die Luft in der engen Kutsche schwer und stickig.

»Nun ja, er hat schon einige Laster. Er trinkt ziemlich stark und ist ein unheilbarer Spieler. Aber wenn man alle Säufer und Spieler aus der Stadt jagen würde, wäre New York bald menschenleer.« Sie paffte wieder eine blaue Rauchwolke in die Luft. »Aber dieser Sekretär . . .«

»Ja?« Amanda sah sie gespannt an.

»Irgendwie kommt er mir komisch vor. Ich frage mich, ob Mister Jonas wirklich nur Stovalls Schreibarbeiten erledigt . . .«

»Vielleicht ist er sein Geliebter.«

»Genau das habe ich auch gedacht.«

»Ich habe Beweise, daß Stovall junge Männer bevorzugt.«

Rose Ludwig war so überrascht, daß sie vergaß, ihre Zigarre zum Mund zu führen. »Was für Beweise?«

»Michael kehrt hin und wieder in die Five Points zurück«, erklärte Amanda. »Ich glaube, er hat keine Familie mehr, aber er besucht anscheinend ein paar Freunde, die er aus der Zeit kennt, als er noch im Hafen gearbeitet hat. Und von Michael weiß ich, daß in den Five Points davon gesprochen wird, daß Stovall sich gelegentlich in der Mulberry Street amüsiert. Unter anderem Namen natürlich.«

»Und wen besucht er dort?«

»Eine junge Hure – und ihren Bruder. Ich halte es für möglich, daß seine Besuche wirklich beiden gelten und nicht nur einem der Geschwister. Eine Art Dreieck, verstehst du . . .«

Rose hob angewidert die Schultern. »Mein Gott! Ich bilde mir ein, sehr liberal zu sein. Aber solche Ferkeleien sind wirklich etwas zu viel . . .«

»Vielleicht hat Stovalls Frau davon erfahren«, meinte Amanda.

»Vielleicht«, sagte Rose. »Aber wenn er die Gesellschaft von Männern bevorzugt, warum sollte er dann auch mit Frauen . . .«

»Ich habe gehört, daß es Männer gibt, die beides tun. Man nennt das bisexuell, glaube ich.«

»Du hast von Beweisen gesprochen, Amanda. Aber was du mir bisher gesagt hast, ist doch nur ein vages Gerücht, und noch dazu aus zweiter Hand. Und so wie ich Stovall kenne, wird er alles tun, damit niemand irgendwelche Beweise gegen ihn in die Hände bekommt. Genausowenig, wie die Leute dir beweisen könnten, daß deine Beziehungen zu Michael Boyle nicht nur geschäftlicher Natur sind.«

Amanda starrte ihre Freundin entsetzt an. »Glauben die Leute ernsthaft, daß Michael mein Liebhaber ist?«

»Aber selbstverständlich, meine Liebe. Ich habe dir doch gesagt, daß es das Hobby unserer besseren Damen und Herren ist, den Ruf anderer zu ruinieren.«

»Ich wußte gar nicht, daß ich schon so bekannt bin, um diese Aufmerksamkeit zu erregen.«

»Du bist bereits länger als ein Jahr in New York, Amanda, und du hast dafür gesorgt, daß deine Anwesenheit in dieser City nicht unbeachtet geblieben ist. Trotzdem wirst du es nicht schaffen, die sogenannte gesellschaftliche Barriere zu zerbrechen, von der wir früher einmal gesprochen haben. Aber eine reiche und gutaussehende Frau, die eine Goldmine in Kalifornien und Anteile an einer der größten Textilfabriken des Nordens besitzt, ist Wasser auf die Mühlen des Gesellschaftsklatsches.«

»Aber wie kommen die Leute dazu, solche widerlichen Gerüchte über Michael . . .«

»Mein Gott, Michael ist ein gutaussehender Junge, er ist dein Privatsekretär, und du hast ihm ein Zimmer in deinem Haus gegeben.«

»Er ist ein intelligenter junger Mann. Warum sollte ich ihm nicht ein vernünftiges Quartier geben, anstatt ihn weiter in den Slums hausen zu lassen? Ich finde diese Gerüchte einfach widerlich und . . .«

»Hör auf, hör auf«, unterbrach Rose lachend. »Zumindest gehört Michael dem richtigen Geschlecht an, was man von Stovalls Angestelltem nicht gerade behaupten kann. Stovall wird diese Gewohnheit aufgeben müssen, falls die Gerüchte zutreffen, daß er ernsthaft daran denkt, wieder zu heiraten.«

»Heiraten? Davon habe ich noch nichts gehört.«

»Es scheint aber zu stimmen.«

»Und wer ist die Frau?«

»Coralie Van Bibb. Ihr Vater ist ein primitiver Klotz. Aber er hat mit dem Bau von Kutschen eine Menge Geld gemacht. Dieser Wagen stammt auch aus seiner Werkstatt, glaube ich. Die Ironie der Sache ist wirklich einmalig: Die besten Leute New Yorks fahren in Van Bibbs Kutschen, aber er selbst schafft es nicht, zur Vordertür hereingelassen zu werden.«

»Wie ist die Tochter?«

»Ziemlich häßlich und auch sonst nicht besonders reizvoll. Sie ist jetzt vierunddreißig und war noch nie verheiratet. Sagt das nicht alles? Außerdem fromm wie ein Puritaner aus Plymouth. Wenn es wirklich stimmt, was du mir von Stovall erzählt hast, wird der sich verdammt ändern müssen. Oder zumindest so tun, als ob. Schluß mit den Ausflügen in die Mulberry Street. Und Schluß mit Mister Jonas. Es gibt kein vernünftiges Mädchen im ganzen Staat, das sich freiwillig mit Stovall einlassen würde, mußt du wissen. Aber er hat nun einmal eine gewisse gesellschaftliche Position – und der alte Van Bibb ist versessen darauf, dazu zu gehören. Was Stovall betrifft, so ist er sicher weniger an einer zweiten Frau interessiert als an einer zweiten Mitgift. Papa Van Bibb muß ihm kräftig unter die Arme greifen . . .«

Amanda schloß seufzend die Augen.

»Ja, das würde Bemerkungen bestätigen, die Rothman vor einiger Zeit machte. Stovall versucht, ein größeres Darlehen zu bekommen, um seine Fabrik in Pittsburgh zu modernisieren.

Bisher scheint er damit kein Glück gehabt zu haben. Die Banken an der Ostküste halten ihn nicht für besonders kreditwürdig.«

»Kein Wunder! Er nimmt sich doch nicht die Zeit, seine Unternehmen wirklich zu leiten. Und seine Geschäftsführer hat er nach dem Gesichtspunkt ausgesucht, daß sie ihm nie widersprechen.«

Amanda nickte. »Das gilt auch für seinen Aufsichtsrat. Er hat zwei Cousins hineingebracht, und er selbst besitzt das größte Aktienpaket – vierzig Prozent. Keiner der anderen Aktionäre besitzt auch nur annähernd so viele Anteile.«

Rose paffte heftig an ihrer Zigarre. »Du scheinst dich sehr genau über Mister Stovalls Angelegenheiten informiert zu haben . . .«

»Nicht mehr als du. Ich habe während meiner Verhandlungen über den Kauf von Kent und Sohn einiges über ihn in Erfahrung bringen können und nach dem Scheitern dieser Sache noch einiges mehr, das ist alles. Die Information, die ich von Michael bekommen habe, war rein zufällig und . . .«

»Wirklich?« Rose blickte Amanda durch eine dicke Rauchwolke an. »Du hast nicht doch noch die Hoffnung, den Kent-Verlag eines Tages kaufen zu können?«

»Nein«, erwiderte Amanda wahrheitsgemäß.

Ich werde ihn auf andere Weise in meinen Besitz bringen!

»Glaubst du, Stovall weiß – oder ahnt –, daß du eine Kent bist?«

»Das ist unwahrscheinlich. Wie sollte er darauf gekommen sein? Es sei denn, ich hätte mich vorhin selbst verraten.«

»Nicht wirklich«, meinte Rose nachdenklich. »Aber deine Reaktion war ein wenig . . .« Sie zögerte und sah Amanda ein paar Sekunden lang schweigend an. »Wir sind doch Freunde, nicht wahr, Amanda? Ich meine, wirklich Freunde . . .«

»Die besten Freunde, Rose. Das weißt du doch.«

»Warum bist du dann nicht ehrlich mit mir?«

»Was meinst du damit?«

Rose beugte sich zu ihr. Das glühende Ende der Zigarre spiegelte sich in ihren Augen.

»Stovall hat angedeutet, daß er den Verlag beim Kartenspiel

gewonnen hätte. Als wir uns damals in Boston kennenlernten, hast du mir gegenüber so getan, als wäre die Firma auf ganz normale Weise an ihn verkauft worden. Was ist nun die Wahrheit?«

Amanda seufzte. »Stovalls Darstellung stimmt. Ich habe dich belogen. Wir hatten uns gerade erst kennengelernt, und ich glaubte, eine gewisse Vorsicht . . .«

»Jetzt begreife ich auch, warum du alles unternimmst, um deinen Geburtsnamen zu verheimlichen!« unterbrach Rose. »Die Kents haben natürlich einen Haß auf ihn, und deshalb . . .«

»Und er auf die Kents«, unterbrach Amanda.

»Ist das der Grund dafür, daß du in New York und nicht in Boston lebst? Weil Stovall hier lebt, und weil du nur hier Informationen über ihn bekommen kannst?«

»Zum Teil.«

»Aber dieses Spiel können auch zwei spielen . . .«

»Ja, das weiß ich.«

»Du willst mir also ernsthaft einreden, daß du alle Versuche, dich wieder in den Besitz des Verlages zu setzen, aufgegeben hast?«

»Rose, wir wollen das Thema wechseln . . .«

»Tut mir leid, aber das kann ich nicht. Weil ich nicht will, daß dir etwas zustößt. Mister Hamilton Stovall ist nicht der Mensch, mit dem man auf faire Weise die Klingen kreuzen kann. Du hast selbst gesehen, wie er diesen Mann behandelt hat, der ihm im Weg stand, als er in seine Kutsche steigen wollte – einen Mann, den er nicht einmal kannte. Jetzt überlege dir einmal, wozu er fähig sein könnte, wenn ihm jemand ernsthaft in die Quere kommt. Er ist hinterhältig und brutal. Ich rate dir: Laß ihn in Ruhe, Amanda. Ganz egal, was für Gründe du haben magst, ihn zu hassen, laß ihn in Ruhe. Er könnte dir sehr weh tun . . .«

Diese Warnung war wie ein Echo derjenigen, die sie früher gehört hatte. Aber es gab zu viele Sünden der Vergangenheit, die korrigiert werden mußten, als daß sie sich von einem einzigen Fehlschlag entmutigen ließe – oder von der unbegründeten Angst, daß sie sich vielleicht eine Blöße gegeben hatte, als

Stovall seine beleidigenden Bemerkungen über die Kents machte.

»Ich bin schon mit Schlimmerem fertig geworden als mit diesem Mister Stovall, Rose. Und ich werde mich vorsehen, das verspreche ich dir.«

»Also bist du noch immer fest entschlossen, ihm Kent und Sohn wieder abzunehmen?«

»Felsenfest entschlossen, Rose.« Sie machte eine kurze Pause. »Aber es besteht kein Grund, dich in diese Sache hineinzuziehen.«

»Er hat dir unmißverständlich gesagt, daß er auf keinen Fall an dich verkaufen will. Es gibt für dich doch gar keine legalen Möglichkeiten mehr . . .«

Amanda schwieg.

Rose starrte auf das glühende Ende ihrer Zigarre.

Der Wagen verlangsamte seine Fahrt. Amanda warf einen Blick aus dem Fenster. Sie hatten den Madison Square erreicht, eins der elegantesten Wohnviertel der Stadt, das erst in den letzten zehn Jahren erschlossen und bebaut worden war. Warmer Lichtschein fiel aus den Fenstern der großen, vornehmen Häuser und malte gelbliche Reflexe in den weißen Schnee. Die Kutsche rollte zur Ostseite des Platzes und hielt unter dem Portikus des dreistöckigen Hauses, das Amanda gekauft hatte. Mit Hilfe eines von Rose empfohlenen Architekten war es umgebaut und neu eingerichtet worden.

Der Kutscher kletterte steifbeinig vom Bock und riß die Tür auf. Hut und Mantel waren mit einer dicken Schneeschicht bedeckt, und er stand fröstelnd im kalten Nachtwind. Der Schein der Lampen, die die breite Haustür flankierten, fiel auf Rose Ludwigs besorgtes Gesicht.

»Bitte, Rose, du darfst mir nicht böse sein . . .«

»Ich bin dir überhaupt nicht böse. Ich habe Angst um dich. Ich würde lieber pudelnackt und mit einem fünf Kilo schweren Goldbarren in der Hand quer durch die Five Points marschieren, als mich mit Hamilton Stovall anzulegen. Du kannst nur verlieren, glaube es mir, Amanda. Er ist schon mißtrauisch geworden und ahnt, daß du unbedingt Kent und Sohn kaufen wolltest, kein anderes Objekt. Und seit heute abend weiß er, daß dich schon die Erwähnung des Namens Kent zusammenfahren läßt. Daraus könnte er eine ganze Menge Schlüsse ziehen ...«

»Ja, du hast recht, das könnte er.«

»Dann laß ihn doch in Ruhe, um Himmels willen! Bitte, Amanda ...«

»Gute Nacht, Rose. Ich danke dir für das Dinner und deine Begleitung zu der Veranstaltung. Wollen wir uns in der nächsten Woche zum Lunch treffen?«

»Amanda ...«

Sie schloß die Tür der Kutsche.

Sie stand im dichten Schneetreiben auf der unteren Stufe der Marmortreppe. Der Kutscher knallte mit der Peitsche und zog die Zügel an. Die Kutsche rollte die Auffahrt hinab, und ihre Lampen wurden zu verwaschenen Lichtflecken im wehenden Schnee. Ein Schlitten, mit jungen Ladies und Gentlemen besetzt, fuhr auf der anderen Seite des Platzes vorbei. Fröhliches Gelächter und das Klingeln der Schlittenglocken tönten noch zu Amanda herüber, als er längst außer Sicht war.

Sie war müde, todmüde. Die Konfrontation mit Stovall und das Gespräch mit Rose hatten sie erschöpft. Aber sie konnte jetzt noch nicht schlafen. Sie mußte sich überlegen, welche Konsequenzen ihr aus Stovalls Mißtrauen erwachsen konnten.

Vielleicht würde er doch nicht so viel Interesse an ihr haben, um sich Gedanken über sie zu machen. Aber wenn er es doch tat und Nachforschungen über ihre Vergangenheit anstellen ließ, mußte sie jetzt handeln. Bevor er irgend etwas herausfinden konnte ...

Sie raffte die Krinoline und lief die Stufen hinauf.

5. Kapitel

Das Mädchen, das sich weigerte

1

Louis Kent kam die geschwungene Treppe herab, ging an der Tür des Speisezimmers vorbei und passierte den Eingang zum Musikzimmer, in dem ein Klavier stand, auf dem niemand spielte. Die Uhr in der Bibliothek schlug neunmal.

Trotz der Kälte, die im Haus herrschte und alle Räume durchdrang, fühlte er, daß seine Wangen glühten. Nur noch etwas mehr als eine Stunde! Den ganzen Abend hatte er an sie gedacht, mit wilden, konfusen Gedanken, die sein Herz schneller schlagen ließen. Den ganzen Abend hatte er sich einzureden versucht, daß das, was er vorhatte, völlig in Ordnung sei und einem reichen Jungen von fast fünfzehn Jahren zustünde. Einige seiner Klassenkameraden in Professor Pembertons Tagesschule rühmten sich häufig ihrer Affären mit weiblichem Haushaltspersonal. Einer der Jungen hatte sogar behauptet, daß er schon mit zwölf Jahren damit angefangen hätte.

Das konnte Louis nicht so recht glauben. Aber trotzdem fühlte er sich angesichts dieser Prahlereien den anderen unterlegen und fast minderwertig. Als seine Mutter vor einigen Wochen zwei neue irische Hausmädchen eingestellt hatte, war er zu dem Entschluß gekommen, endlich etwas zu unternehmen.

Die anderen beiden Mädchen und die Köchin waren älter und häßlich. Kathleen dagegen war jung und hübsch. Sie war erst siebzehn Jahre alt und etwas mollig, aber gerade das fand Louis besonders anziehend. Sie roch auch frisch und sauber. Das war am ersten Tag, als sie sich vorgestellt hatte, nicht der Fall gewesen. Sie stammte aus den Slums in den Five Points.

Seine Mutter hatte das Haus gegen drei Uhr verlassen, um mit Mrs. Ludwig zum Dinner zu gehen, und anschließend wollten die beiden Damen gemeinsam einen Vortrag der Abolitionisten besuchen. Die Gelegenheit war günstig. Aber er hatte

Angst. Seine Unerfahrenheit ließ ihn befürchten, daß er es verpatzte. Kathleen konnte sich weigern, ihn auslachen. Statt also oben auf sie zu warten – Kathleen begann ihre abendliche Runde durch die Schlafzimmer immer kurz nach neun Uhr –, war er ins Erdgeschoß geflüchtet. Und jetzt versuchte er sich einzureden, daß sein Vorhaben einfach zu riskant war.

Geräuschlos ging er über den dicken Orientteppich der langen Halle. Zu seiner Linken, vor dem Musikzimmer, war der große Salon. Seine Tür war geschlossen. In der Bibliothek, die rechts von ihm zwischen dem Eßzimmer und dem kleinen Salon lag, brannte Licht. Eine Gaslampe im Korridor warf Louis' Schatten riesengroß an das Holz der Haustür. Er wuchs noch weiter, als der Junge auf die Tür zutrat und sie öffnete. Er blieb eine Weile reglos stehen, die rechte Hand auf dem Türdrücker, und sah überrascht hinaus. Eine dicke weiße Schneedecke lag auf dem Madison Square, und es schneite noch immer.

Er starrte hinaus, ohne das winterliche Bild richtig wahrzunehmen. Er konnte seine Gedanken nicht von Kathleen lösen.

Hausmädchen fragst du nicht, Lou, hatten die Jungen bei Pemberton ihm gesagt, du befiehlst ihnen, was du von ihnen willst. Und wenn sie sich weigern, drohst du ihnen mit Entlassung. Aber das ist nur selten nötig. Die meisten warten doch nur darauf, mit dem Sohn der Herrschaft ins Bett gehen zu können. Sie sagen zuerst ein paarmal nein, weil es sich nicht schickt, sofort nachzugeben, aber am Ende tun sie es dann doch.

Warum hatte er sich darauf eingelassen? Warum hatte er den anderen, ohne zu überlegen, versprochen, daß er es tun würde, bevor die Schule in der nächsten Woche wieder begann? Es war sogar zu einer Schlägerei gekommen, als zwei der Jungen bezweifelten, daß er es wahrmachen würde.

Natürlich könnte er am Montag einfach lügen. Aber sie würden ihm eine Menge Fragen stellen, eine genaue und detaillierte Schilderung fordern. Louis fürchtete, daß sie ihn als Lügner entlarvten, wenn er ihnen eine erfundene Story aufzutischen versuchte.

Es wäre eine Erlösung von den schlaflosen Nächten, in denen er an nackte Brüste und an Beine dachte, an Lippen, die über sein Gesicht strichen . . . Immer öfter waren diese Vorstellungen über ihn gekommen, und seit einigen Monaten konnte er kaum noch an etwas anderes denken. Er träumte sogar von diesen Dingen, und die Träume hinterließen stets peinliche Spuren.

Er drückte seinen Leib gegen die Kante der offenen Tür. Am unangenehmsten war, daß es ihm niemals gelang, die sichtbaren Zeichen seines Verlangens zu unterdrücken, die sich zu den ungelegensten Zeiten bemerkbar machten.

Du mußt es tun! sagte er lautlos. Heute abend, wenn Ma nicht im Haus ist.

Er sagte in seinen Gedanken noch immer Ma zu ihr, obwohl Amanda ihn seit langem dazu gebracht hatte, sie wenigstens in Gegenwart anderer mit Mutter anzureden.

Ein feiner Schweißfilm bildete sich auf seiner Stirn, während er auf den verschneiten Platz hinausblickte. Er wußte, daß niemand ihn hören würde, wenn er im oberen Stockwerk war.

Außer Kathleen, die als Zimmermädchen die Aufgabe hatte, sich um die drei Schlafräume zu kümmern, hatte keiner der anderen Dienstboten oben etwas zu suchen. Um diese Stunde, kurz bevor ihr Dienst zu Ende war und sie nach Hause gingen, saßen sie immer in der Küche beim Abendessen ...

Der Druck zwischen seinen Beinen ließ nicht nach.

Aber es ist zu riskant!

Und eine innere Stimme sagte herausfordernd: Es ist nicht zu riskant. Du hast nur Angst, das ist alles.

Was würde seine Ma in einer vergleichbaren Situation tun? Er glaubte, die Antwort zu wissen. Ma tat immer das, was sie wollte, ging, wohin sie wollte, und duldete keinerlei Einmischung in ihre Angelegenheiten. Das war ihm kurz vor ihrer Abreise aus Kalifornien klargeworden, als er von dem Zwischenfall im Goldgräber-Camp erfuhr. Damals hatte sie einen Mann erschossen, er sich ihr in den Weg gestellt hatte.

Sein dunkles Gesicht wirkte bedrückt, und seine schwarzen Augen blickten auf etwas, das jenseits des schneebedeckten Platzes liegen mußte. Louis trat langsam zurück und schloß die Tür. Er hatte Angst vor seiner Mutter. Ihre Härte und ihre Konzentration auf ihre Geschäfte erschreckten ihn. Und doch bewunderte er sie.

Er entschied, daß es albern war, sich über vielleicht eintretende Konsequenzen Gedanken zu machen. Sie tat es ja auch nicht.

Also gut. Er würde genauso handeln wie seine Ma: Er würde sich nehmen, was er haben wollte. Schließlich war das das Privileg der Reichen, oder?

Als er sich umdrehte, trat er dem weißen Kater auf den Schwanz. Der Kater, der den Namen Mr. Mayor hatte, war offenbar aus der Bibliothek gekommen und lautlos hinter ihn geschlichen.

Mr. Mayor miaute kläglich auf und rannte zu der einen Spaltbreit offen stehenden Tür der Bibliothek, die sich einen Moment später ganz öffnete.

Michael Boyle trat heraus und blickte Louis an. Der Junge war sicher, daß Michael ihm die Schuld ansah.

Mr. Mayor suchte hinter Michaels Beinen Schutz und funkelte Louis mit großen grünen Augen an. Plötzlich wußte Louis, was er brauchte, um seinen Plan erfolgreich durchführen zu können. Und er wußte auch, wo er es finden konnte: im Eßzimmer.

Wenn nur Michael keinen Verdacht schöpfte und ihn zurückhielt . . .

»Was schleichst du um diese Zeit hier herum, Louis?« fragte er lächelnd. »Ich dachte schon, ich hätte einen Einbrecher erwischt.«

»Ich habe nur den Schnee draußen angesehen.«

Louis ging mit kleinen, schleppenden Schritten auf Michael zu. Er spürte den brennenden Wunsch, an sich hinabzublicken, um zu sehen, ob die verräterische Schwellung ihn preisgab. Aber er wagte es nicht.

2

Michael Boyle war einen guten Kopf größer als Louis. Er war zweiundzwanzig Jahre alt, hatte ein gut aussehendes, helles Gesicht, rostbraunes Haar und goldbraune Augen. Er hatte breite Schultern, schmale Hüften und sah immer elegant aus, ganz egal, was er anhatte. An diesem Abend trug er ein loses weißes Seidenhemd, eine enge graue Hose und teure Stiefel. Nur eine lange weiße Narbe auf seiner Stirn störte den Gesamteindruck etwas.

Die Narbe war das Andenken an eine Auseinandersetzung im Hafen. Michael Boyle hatte seit seinem elften Lebensjahr als Stauer gearbeitet. Mit zwanzig Jahren hatte er sich einem Protest von Arbeitern angeschlossen, die eine Lohnerhöhung von fünf Cents pro Stunde forderten.

Die Bosse der Hafen-Crews standen den Schiffseignern näher als ihren eigenen Männern, und einer von ihnen verriet die Namen der Anführer dieses Protests. Und die erlittenen, einer nach dem anderen, auf ihrem Heimweg mysteriöse Unfälle. Michael Boyle wurde eines Abends von mehreren Männern so zusammengeschlagen, daß er kaum noch nach Hause kriechen konnte. Während der Schlägerei hatte einer der Angreifer mit einem Messer nach seinem Hals gestochen. Michael hatte versucht, der Klinge auszuweichen, aber es war ihm nicht ganz gelungen. Sie riß eine klaffende Wunde in seine Stirn.

Nach diesem Zwischenfall hatte er keinen Job mehr im Hafen finden können. Alle Bosse wiesen ihn als Aufrührer ab. Er hatte sich mehr schlecht als recht mit Gelegenheitsarbeiten über Wasser halten können, bis sich ihm vor einem Jahr eine einmalige Chance bot: In einer Zeitung, die er aus dem Straßenschlamm gefischt hatte, entdeckte er das Inserat, daß eine Dame einen zuverlässigen, diskreten Privatsekretär suchte. Er hatte nie zuvor eine vergleichbare Arbeit ausgeübt, und wenn ihn nicht die nackte Not dazu gezwungen hätte, wäre er kaum auf den Gedanken gekommen, sich um diesen Posten zu bewerben. Als er im Hause der Dame mehrere andere junge Männer warten sah – alle besser gekleidet als er –, wäre er am liebsten wieder gegangen. Es waren insgesamt elf Bewerber erschienen, erfuhr Michael später, und er hatte bis heute nicht begriffen, warum Mrs. de la Gura ausgerechnet ihm den Posten gegeben hatte.

Aber inzwischen hatte er den Eindruck gewonnen, daß Mrs. de la Gura ihre Wahl nicht bereute. Michael hatte zwar keine Schule besucht und sich alles, was er wußte, selbst beibringen müssen, aber er besaß eine wache Intelligenz und hatte schon als Junge jedes Buch verschlungen, das ihm in die Hände geriet – eine äußerst seltene Erscheinung in den Slums von Five Points. Seine Eltern waren aus einem Dorf in Antrim eingewandert. Sein Vater hatte dort zu den »Hearts of Steel« gehört, einer der Banden, die den englischen Grundbesitzern hart zusetzten.

»Er war ein Raufbold«, hatte Michael einmal Amanda gegenüber seinen Vater beschrieben, ohne damit Lob oder Bewunderung ausdrücken zu wollen. »Und das Dorf entsprach dieser Veranlagung. Mein Vater hat mir häufig einen Witz erzählt – ob er auf eine wahre Begebenheit zurückging oder von ihm erfunden war, weiß ich nicht –, nach dem eine Dame eines Tages aus der Tür ihres Hauses trat und strahlend verkündete: ›Ein herrlicher Tag ist das heute! Schon zehn Uhr, und noch keine einzige Schlägerei im Gange!‹«

Als 1822 die erste Hungersnot über Irland hereinbrach, wanderten die Boyles nach Amerika aus. Sie kamen nur bis New York, weil sie kein Geld für die Weiterreise hatten und keine Lust, wieder auf dem Land zu arbeiten. Davon hatten sie genug, nachdem das Land in der alten Heimat sie fast hatte verhungern lassen.

Fünf Jahre nach Michaels Geburt war sein Vater bei einer blutigen Schlägerei zwischen zwei Five-Points-Gangs getötet worden. Seine Mutter hatte ihn nur um zwei Jahre überlebt. Und Michael hatte es allein seiner Intelligenz und seinem Willen zu verdanken, daß es ihm gelungen war, sich allein durchzuschlagen.

Louis bewunderte die Kraft dieses Mannes. Er mochte seinen stillen Humor. Doch gleichzeitig mißfiel ihm die zunehmende Vertrautheit zwischen Michael und seiner Mutter.

Jetzt bückte sich Michael und hob seine weiße Katze hoch. Mr. Mayor war ein riesiger, recht finster wirkender Kater. Seine funkelnden Augen starrten Louis mißtrauisch und ablehnend an, als er sich am Arm seines Herrn festkrallte.

»Du siehst so komisch aus, Louis«, sagte Michael. »Was ist los mit dir? Hast du Bauchschmerzen?«

»Nein«, sagte Louis etwas zu hastig.

Michael grinste. »Dann ist es gut. Vielleicht hast du Hunger? Ich habe einen Teller Lammbraten in der Bibliothek. Willst du etwas abhaben?«

»Nein, danke.«

»Dann komm wenigstens herein und leiste mir Gesellschaft.«

Louis zögerte. Wenn er wieder ablehnte, konnte Michael Verdacht schöpfen, überlegte er. Also sollte er lieber annehmen.

»Gut.« Er folgte Michael durch die Doppeltür in das überheizte Zimmer.

Zwei Wände der Bibliothek waren von bis zur Decke reichenden Bücherregalen verdeckt. In der Nähe des Fensters stand ein Tisch mit Stapeln zusammengeschobener Papiere und mehreren Kontenbüchern. An der Wand neben der Tür befand sich die telegraphische Anlage, die das Haus mit Rothman's Bank von Boston verband.

Michaels Stiefel schlurften über den Teppich, ein Geräusch, das etwas lauter war als das Zischen der beiden Gaslampen über dem Kamin. Vier dicke Scheite brannten auf dem schmiedeeisernen Rost und füllten den Raum mit einer fast ungemütlichen Wärme. Neben Michaels Stuhl stand ein kleiner Tisch mit einem Teller, auf dem Stücke kalten Bratens lagen.

Mr. Mayor sprang von Michaels Arm. Die Katze hatte den jungen Iren aus seiner früheren Unterkunft in den Five Points hierher begleitet und war sein einziger persönlicher Besitz. Michael hatte ihn Mr. Mayor genannt, »weil er zehnmal so intelligent ist wie die meisten Bürgermeister und diesen Posten zehnmal besser ausfüllen konnte, auch wenn er der Sprache nicht mächtig ist. Aber die ist bei den meisten Politikern eher ein Nachteil, weil sie ihre idiotischen Vorstellungen hörbar macht.«

Die Katze reckte sich und legte die Vorderpfoten auf die Kante des kleinen Tisches. Sie streckte den Kopf vor und schnupperte am Fleisch. Michael versetzte ihr einen leichten Klaps, und sie schoß beleidigt davon.

Michael trat vorsichtig zwischen mehreren Stapeln Manuskriptpapier auf den Stuhl zu und setzte sich. Er nahm ein

Stück kalten Hammelbraten vom Teller, riß es mit den Händen in schmale Streifen und schob sie sich nacheinander in den Mund.

»Ich habe noch nie einen Menschen so oft essen sehen wie Sie«, stellte Louis fest. »Bei dieser Hitze bekäme ich nicht einen Bissen hinunter.«

»Du hast ja auch nicht die Winter auf der Straße zubringen müssen. In meiner Kindheit habe ich nie die Wärme eines Feuers gespürt – und auch kein anständiges Essen gekannt. In vierzig Jahren, schätze ich, werde ich von beidem endlich genug haben oder zumindest nicht mehr von der Idee besessen sein, jede Gelegenheit nützen zu müssen.« Die kleine grüne Flasche, halb mit Teeblättern gefüllt, schimmerte im Gaslicht.

Louis trat zum Kaminsims und betrachtete das französische Schwert, das über dem langläufigen Kentucky Rifle hing.

Er hörte ein raschelndes Geräusch hinter sich und wußte, daß Michael in Papieren blätterte. Und dann vernahm er ein leises Knarren über sich – das Knarren eines Dielenbrettes im Obergeschoß.

Kathleen.

Jetzt war sie dabei, die Betten aufzudecken . . .

Wenn er sich noch länger hier aufhalten ließ, würde er nie erreichen, was er sich vorgenommen hatte.

»Wie gefällt es dir bei Professor Pemberton?« fragte Michael.

Louis drehte sich zu ihm um und fragte sich, warum Michael ihm diese Frage stellte. Er wich dem Blick des jungen Mannes aus und starrte statt dessen auf das Ölgemälde seines Urgroßvaters Philip Kent, das gegenüber dem Kamin an der Außenwand hing. Unter dem Porträt stand ein kleiner Tisch mit einem Etui, das mit Samt ausgeschlagen und von einer Glasscheibe abgedeckt war. In ihm befand sich Jareds Medaillon. Es steckte senkrecht in einem schmalen Schlitz des Etuis und wirkte wie ein Monument auf einem Piedestal. Und vor diesem Piedestal, ebenfalls auf dem Samt des Etuis, lag ein ausgefranstes Armband aus geteertem Tauwerk.

»Mich langweilt die Schule«, wich Louis aus.

»Das kann ich verstehen, aber du mußt sie schon über dich

ergehen lassen, wenn du nach Harvard willst, wie es deine Mutter wünscht.«

»Ich frage mich, ob ich dort endlich meinen richtigen Namen führen darf. Ich komme mir komisch vor, wenn man mich Louis de la Gura nennt. Alle glauben, daß ich Ausländer bin.«

»Und Ausländer sind in New York nicht gerade beliebt, was?« Michaels Stimme klang bitter.

»Michael, hat meine Mutter Ihnen gesagt, warum sie mir nicht erlaubt, mich Louis Kent zu nennen?«

»Nein, warum sollte sie es mir sagen und dir nicht? Ich bin schließlich nur ein Angestellter. Warum fragst du deine Mutter nicht selbst?«

»Das habe ich schon getan.«

»Und was hat sie dir erwidert?«

»Sie hat mir nur mitgeteilt, daß es aus bestimmten Gründen nötig sei, den Namen Kent für eine Weile nicht bekannt werden zu lassen. Verstehen Sie das?«

Michael schüttelte den Kopf.

Louis deutete auf das Schwert und das Gewehr über dem Kaminsims. »Wenn sie so stolz auf unsere Familie ist, wie sie immer tut, müßte sie doch Wert darauf legen, daß jeder unseren richtigen Namen kennt.«

Michael blickte ein paar Sekunden nachdenklich vor sich hin, dann hob er den Kopf und sah Louis an.

»Ich kann es dir auch nicht erklären, Junge. Und es geht mich schließlich auch nichts an.«

Michaels Stimme klang neutral, fast abweisend, und Louis war fast sicher, daß der Privatsekretär seiner Mutter mehr wußte, als er sagen wollte. Er hatte schon einmal mit Michael über dieses Thema gesprochen und nur eine ausweichende Antwort bekommen.

»Kannst du deine Hände nicht ruhig halten und aufhören, so herumzuzappeln, Louis? Du machst mich nervös.«

Louis zwang sich dazu.

Michael sah ihn wieder prüfend an. »Bist du sicher, daß nichts mit dir ist? Wenn du irgendwelche Probleme haben solltest und dich darüber aussprechen willst . . .«

»Nein, es ist nichts.«

Louis warf einen raschen Blick auf die Wanduhr über dem Telegraphen.

Zehn nach neun.

Ich muß hinauf! Sie wird gleich fertig sein ...

»Was läßt euch Professor Pemberton jetzt lesen?« fragte Michael.

»Plutarch.«

»In Latein oder in Englisch?«

Der Junge verzog das Gesicht. »Latein. Und ich komme da einfach nicht mit. Die anderen Jungen in meiner Klasse lernen die Sprache schon seit Jahren, aber ich ...«

»Das ist längst noch kein Grund, den Mut zu verlieren, Louis. Seit mehr als zwei Jahrzehnten höre ich die lateinische Messe und verstehe kein Wort davon.«

Mr. Mayor sprang Michael auf den Schoß und begann zu schnurren. Nachdem er ein paarmal seine Krallen in den Stoff der Hose geschlagen und dafür jedesmal einen leichten Klaps zwischen die Ohren bekommen hatte, setzte er sich behaglich zurecht und schloß die Augen. Michael deutete mit der Spitze seiner auf Hochglanz polierten Stiefel auf die Stöße von Papier.

»Falls du mal etwas anderes lesen willst, solltest du das hier versuchen. Das Manuskript ist heute nachmittag mit dem Postdampfer aus Kalifornien gekommen.«

Louis beugte sich vor und starrte auf den obersten der eng beschriebenen Bogen.

»Was ist es denn?«

»Die Autobiographie des Negers, der jetzt Geschäftsführer deiner Mutter im kalifornischen Gold-Claim ist.«

Louis zuckte gleichgültig mit den Schultern.

»Danke, kein Bedarf. Ich möchte nur wissen, warum sie ihn das Zeug hat schreiben lassen. Kent und Sohn wird es auf keinen Fall drucken, oder?«

»Nicht unter dem jetzigen Besitzer«, sagte Michael. »Aber deine Mutter hat dem Neger gesagt, er soll ruhig mit dem Schreiben anfangen, weil sie sicher ist, daß sie bald wieder Eigentümerin des Verlages sein wird.«

»Und wie?«

Michael wich dem Blick des Jungen aus. »Oh, sie hat mehrere Möglichkeiten herausgefunden und arbeitet daran . . .«

Wieder eine ausweichende, unehrliche Antwort.

»Ist das Manuskript gut?«

»Ich finde, ja.«

»Mister Israel Hope ist auch ein sehr intelligenter Mann.«

»Und ein tüchtiger Mann. In dem Paket, in dem das Manuskript war, befand sich auch ein Brief, in dem er deiner Mutter mitteilte, daß die *Ophir Combine* in wenigen Tagen mit der Ausbeutung des Claims in den Bergen beginnen würde. Sie haben den Kanal fertiggestellt, der das zum Auswaschen nötige Wasser heranbringt. Hope und Mister Pelham sind sicher, daß sie einen enormen Gewinn machen werden, weitaus größer als die Einkünfte aus dem Claim am Fluß.« Er grinste. »Deine Mutter und du werdet also noch reicher.«

Louis schwieg.

»Ich bin wirklich überrascht, daß ein Nigger ein so guter Geschäftsmann geworden ist und auch noch ein brauchbares Manuskript geschrieben hat.«

»Sie haben für Farbige nicht viel übrig, nicht wahr, Mister Boyle?«

Michael Boyles Augen glänzten im Licht der Lampe, als er den Kopf hob. »Ich hasse sie nicht, falls es das ist, was du wissen willst. Aber ich bin der Meinung, daß der ganze Rummel, der ihretwegen gemacht wird, nicht gerechtfertigt ist. Ich glaube, wir sollten zunächst einmal für die Menschen unserer Rasse sorgen, bevor wir uns für die Schwarzen einsetzen. Weißt du, Louis, die Hungersnot in Irland ist schlimmer und schlimmer geworden. Weißt du, wie viele Schiffsladungen Iren jedes Jahr in New York eintreffen?«

»Dutzende.«

Michael nickte. »Ich habe gelesen, daß allein in diesem Jahr 200 000 Iren einwandern werden. Fast eine Viertelmillion Menschen, die hoffen, hier ein neues Leben beginnen zu können, Louis. Zu einem neuen Beginn gehört auch ein Job, eine Arbeit. Und für jeden Iren ist ein schwarzes Gesicht ein Konkurrent um einen Job, der für eine unserer Familien den Unterschied zwischen Überleben und Verhungern bedeutet. Wundert es dich unter diesen Umständen, daß die Abolitionisten in den irischen Slums die meistgehaßten Menschen sind? Wenn es nach den Abolitionisten ginge, würden Massen von freien Negern in die Städte des Nordens strömen und uns noch mehr Jobs wegnehmen. Einen Kilometer von hier verhungern weiße Menschen, Louis, weil sie keine Arbeit finden können! Und dann haben ein paar von diesen Freigeistern keine anderen Sorgen, als dauernd von den armen Farbigen zu reden. Sie sollten sich erst mal um die Not unserer Menschen kümmern – um die Babies, die in der Sommerhitze in der Mulberry Street sterben, weil irgendein Mädchen es nicht einmal schafft, selbst satt zu werden, geschweige denn, auch noch ein Kind zu ernähren. Ich habe mit meinen eigenen Augen Säuglinge gesehen, die in ihren Wiegen von Ratten angefressen worden sind. Diese Kinder sind gestorben, weil ihre Mütter sie allein lassen mußten, um sich auf dem Paradise Square fünfundzwanzig Cents mit einem Mann zu verdienen. Walsh weiß, was bei uns los ist . . .«

Er meinte den unorthodoxen Politiker, dem es mit Hilfe seiner Truppe harter Schläger, die er seine Spartaner-Garde nannte, schließlich gelungen war, die Anerkennung von New Yorks irischer Wählergruppe durch die Tammany-Demokraten durchzusetzen. Er hatte die irischen Wähler zunächst in der State Assembly und von 1850 an im Kongreß vertreten.

». . . Walsh hat diesen Möchtegernwohltätern in Washington erklärt, daß es nur einen wirklichen Unterschied zwischen einem Nigger-Sklaven im Süden und dem weißen Lohn-Sklaven in den Nordstaaten gibt: der eine hat einen Herrn, den er nicht haben will, während der andere verzweifelt um dieses Privileg bettelt . . .«

Er wurde vom rhythmischen Dröhnen eines kleinen Gongs unterbrochen, der neben der Wanduhr hing und mit dem Telegraphen verbunden war. Er sprang auf – Mr. Mayor miaute verärgert, als er seinen bequemen Platz räumen mußte – und trat zu dem Tisch, auf den der Apparat montiert worden war. Der Kater stelzte beleidigt in eine Zimmerecke.

Michael Boyle starrte auf den Taster, der sich rasch auf und ab bewegte und eine Serie von Punkten und Strichen auf den durchlaufenden Papierstreifen zeichnete. Nach knapp zwei Minuten verstummte das Gerät wieder.

»Das ist nun schon das drittemal seit fünf Uhr, daß die Bank nach Mistreß de la Gura fragt. Ich habe ihnen zweimal gesagt, daß sie noch nicht zurück ist . . .«

Louis wußte, daß Rothmans Bank einen Telegraphisten eingestellt hatte, der fünf Tage in der Woche bis Mitternacht am Gerät saß, sonnabends bis Mittag. Seine Mutter zahlte das Gehalt dieses Mannes.

Michael zog sich einen Stuhl zum Tisch, notierte die genaue Zeit der Anfrage auf einem kleinen Block, der neben dem Sendetaster lag, und starrte ein paar Sekunden mit gerunzelter Stirn vor sich hin.

Dann wischte er sich die Finger der rechten Hand an den Hosen ab und begann die Antwort in die Tastatur zu hämmern, eine horizontale, messerartige Kontaktschiene, die den Stromkreis schloß und unterbrach und auf diese Weise Impulse über den Draht schickte, die am anderen Ende der Leitung, beim Empfänger am Gerät in Rothmans Bank, Punkte und Striche auf das Papier zeichneten.

Louis zog sich geräuschlos zur Tür zurück. Er sah in dieser Unterbrechung ihres Gesprächs eine Gelegenheit, endlich seinen Plan in Angriff zu nehmen – bevor es zu spät war.

Doch Michael hörte trotzdem ein leises Geräusch oder spürte vielleicht auch nur, daß Louis sich verdrücken wollte. Und er hatte sich auf Anweisung von Amanda so gründlich im Morse-Code trainiert, daß er sich sogar beim Senden umdrehen konnte.

Der Junge war inzwischen durch die Tür und wollte sie gerade leise schließen.

Michael sah ihn an, und Louis erkannte den fragenden, verwunderten Ausdruck in den goldbraunen Augen.

Er ist mißtrauisch, dachte er beunruhigt. Er ahnt, daß ich etwas vorhabe . . .

Michaels Neugier ärgerte ihn. Verdammt, dieser junge Ire war schließlich nur ein Angestellter. Es ging ihn gar nichts an, wenn Louis sich für heute abend vorgenommen hatte, zu . . .

Zu . . .

Er konnte den Gedanken nicht zu Ende denken. Hatte er vielleicht nicht den Mut, es wirklich zu tun?

Wieder bereute er seine Voreiligkeit. Wenn er seinen Klassenkameraden nicht sein Wort gegeben hätte, brauchte er jetzt nicht ...

Aber er hatte ihnen sein Wort gegeben. Also blieb ihm gar nichts anderes übrig, als es auch einzulösen.

Gut. Er würde es in Etappen tun. Er würde jetzt hinaufgehen, den ersten Schritt machen und dann abwarten, was geschah.

Er schlich in das dunkle Eßzimmer, öffnete die Tür der Vitrine und nahm eine Karaffe mit Whiskey heraus. Er hatte schon früher einmal Whiskey probiert – heimlich natürlich – und mochte das Zeug nicht. Aber heute trank er ja nicht zu seinem Vergnügen, sondern sozusagen zu therapeutischen Zwekken. Er hatte gehört, daß Whiskey den Menschen mehr Mut machte. Für die Aufgabe, die vor ihm lag, brauchte er Mut, eine Menge Mut.

Er zog den Kristallstöpsel aus der Karaffe, setzte sie an den Mund und ließ ein wenig Alkohol seine Kehle hinunterrinnen. Er verzog das Gesicht, rieb sich die tränenden Augen und fühlte einen Schauer über seinen Rücken laufen.

Das Klicken des Telegraphentasters im Nebenzimmer war verstummt. Er starrte auf die Wand und lauschte. Leise Schritte waren zu hören. Michael. Dann wieder Stille. Michael war anscheinend wieder zu seinem Stuhl zurückgegangen. Irgendwo erklang das leise Klappern von Geschirr, und Louis wußte, daß die Dienerschaft ihr Abendessen beendet hatte.

Bis auf Kathleen.

Die würde gleich mit ihrer Arbeit in den Schlafzimmern fertig sein: Gaslampen anzünden, Decken zurückschlagen, Kissen aufschütteln ...

Er nahm noch einen Schluck und spürte, daß sein Kopf schwer wurde. Er atmete tief durch, stellte die Karaffe in die Vitrine zurück und rülpste nachhaltig. Dann ging er geräuschlos aus dem Zimmer.

Als er die Treppe hinaufstieg, ließ der Druck im Kopf etwas nach. Er fühlte sich warm und von einer unerklärlichen, noch nie erlebten Heiterkeit erfüllt. Er lachte leise vor sich hin, ohne zu wissen, warum. Was kümmerte es ihn, daß sich Michael Boyle Gedanken über sein Benehmen machte? Sollte er doch! Was kümmerte es ihn überhaupt, was andere Menschen von ihm dachten? Seine Mutter war eine reiche Frau, deren Geld ihr erlaubte, alles zu tun, was sie wollte. Und er hatte das gleiche Recht . . .

Er fühlte wieder die Schwellung in seinen Hosen, und diesmal ohne jede Scham. Am Montag würde er seinen Mitschülern eine saftige Geschichte zu erzählen haben . . .

3

Louis schlich den Korridor entlang auf den schmalen Lichtstreifen zu, der durch die halbgeöffnete Tür seines Zimmers fiel. Als er sich der Tür näherte, hörte er auch leise Geräusche, das Rascheln von Bettzeug, das leise Summen Kathleens . . .

Er straffte die Schultern und legte die Hand vor den Mund, um ein zweites Rülpsen zu dämpfen. Der ungewohnte Whiskey erzeugte in ihm ein nie gekanntes Selbstvertrauen, und er lächelte zuversichtlich, als er die Tür ganz aufstieß und ins Zimmer trat.

Er wollte gerade eine Bemerkung machen, als er den Schwung von Kathleens Hüfte bemerkte, die sich über das Bett beugte und die Decke zurechtzog. Ihr glänzend-schwarzer Rock schimmerte im Licht der Gaslampe. Vor dem Fenster tanzten Schneeflocken.

Der Anblick Kathleens in dieser aufreizenden Haltung ließ die Schwellung in seiner Hose noch stärker werden. Auf Zehenspitzen trat er näher.

Ein Dielenbrett knarrte unter seinem Tritt . . .

Kathleen stieß einen erschrockenen Schrei aus und fuhr herum. Mit einer Hand griff sie sich an ihren Busen. Ihr kupferrotes Haar war von der Spitzenhaube fast völlig verdeckt. Louis blickte siegessicher in ihr sommersprossiges Gesicht, auf ihre vollen, leicht geschwungenen Lippen, ihre hellblauen Augen. Ihre üppigen Brüste zeichneten sich unter dem schwarzen Kleid deutlich ab.

»Guten Abend, Kathleen«, sagte er und blieb zwischen ihr und der Tür stehen, um ihr den Weg zu versperren.

»Guten Abend, Mister Louis«, sagte sie, und ihre Wangen waren noch immer gerötet. »Sie haben mich erschreckt. Sie sind so leise hereingekommen ... Mein Herz schlägt wie rasend ...«

»Du hast sicher gerade an etwas anderes gedacht, nicht wahr? An einen Freund vielleicht ...«

Das Mädchen war verdutzt über die Unverblümtheit seiner Frage. »Nein, Sir. Ich ... ich habe keinen ...« Sein Grinsen irritierte sie, und sie wandte sich rasch wieder ihrer Arbeit zu. »Ich bin sofort fertig ...«

»Gut«, sagte er und wandte sich ab. Kathleens Augen hatten erschreckt und verwirrt gewirkt. Wahrscheinlich war ihr die verräterische Schwellung in seinen Hosen nicht entgangen.

Er trat ans Fenster und blickte auf das Dach des Nachbarhauses. Aber er sah es nicht. Er sah nur den üppig gerundeten Körper Kathleens ...

»Fertig, Sir. Ich gehe jetzt ...«

Er wandte sich um. »Schließ die Tür.«

Sie schien ihn nicht sofort zu verstehen. Sie starrte ihn ein paar Sekunden lang verwirrt an, dann trat sie einen Schritt zurück.

»Mister Louis, haben Sie eben gesagt ...«

»Du hast genau verstanden, was ich gesagt habe. Geh zur Tür und schließe sie.«

In ihren Augen stand plötzlich Angst. Sie schüttelte den Kopf.

»Nein, Sir. Das gehört sich nicht ...«

»Mich interessiert nicht, was sich gehört und was nicht! Ich will, daß du die Tür schließt!«

Er trat auf sie zu. Seine Hand zitterte, als er nach ihrer linken Brust griff. Sie schloß die Augen, und ein Schauer durchlief ihren Körper.

Seine Hand umspannte ihre Brust und drückte sie nach oben. Kathleens Gesicht war bleich. Sie sah aus, als würde sie gleich in Tränen ausbrechen.

»Bitte, Mister Louis ... Kann ich jetzt gehen?«

»Nein, du wirst nicht gehen. Du gefällst mir. Seit dem Tag, an dem meine Mutter dich eingestellt hat. Ich möchte mit dir reden . . . dich besser kennenlernen . . .«

Ihre Augen blickten ihn an, voller Tränen – und voller Empörung. »Und was noch, Sir?«

»Ach, stell dich doch nicht so an. Oder willst du mir etwa weismachen, daß du noch unschuldig bist, daß du noch nie mit einem Mann . . .«

»Jesus und Maria sind meine Zeugen, daß ich noch unschuldig bin! Ich bin ein anständiges Mädchen . . .«

Er lachte spöttisch. Seine Augen funkelten.

»Erzähl mir doch nichts! Kein irisches Mädchen aus den Five Points bleibt lange unschuldig . . .«

»Das ist eine Unverschämtheit! Ich habe noch nie etwas mit einem Mann gehabt und werde es auch nicht, bevor ich von einem Priester getraut worden bin!«

»Ich glaube, du wirst deine Meinung bald und gründlich ändern, Kathleen.«

»Sie sind am Whiskey gewesen!« rief sie und befreite sich von seiner Hand. »Ich kann es riechen! Der Whiskey ist schuld, daß Sie all dieses dumme Zeug reden!«

»Ich sage es, weil ich dich mag.«

Sie floh zur Tür. »Ich bleibe nicht eine Sekunde . . . Au!«

Sie schrie auf, als er sie beim Arm packte und zurückriß. Dabei gab er der Tür einen Stoß mit dem Fuß, so daß sie zuschwang und leise ins Schloß fiel.

Er umklammerte das Mädchen und drückte den weichen Körper an sich.

Kathleen schüttelte den Kopf und murmelte unverständliche Worte. Sie spürte seinen erigierten Penis durch den dünnen Stoff ihres Kleides und versuchte, sich von ihm loszureißen. Aber Louis hielt sie fest und grub seine Finger durch den Kleiderstoff in ihre pralle Rückseite.

»Bitte, Mister Louis. Ich flehe Sie an im Namen all dessen, was Ihnen heilig ist . . .«

»Spar dir deine Worte . . .«

Er preßte seine Lippen an ihren Hals, und das Kitzeln ihrer Haare steigerte seine Erregung noch mehr.

»Ich weiß doch, du bist wie alle anderen irischen Mädchen, und die wollen immer . . .«

»Es ist eine Gemeinheit, mich zu beschuldigen, daß ich . . .«

Ihr Widerstand reizte ihn und machte ihn gleichzeitig wütend. Er riß ihren Kopf zurück und drückte seine Lippen auf ihren Mund.

Zuerst waren ihre Lippen kalt und zusammengepreßt, und sie wehrte sich. Aber kurze Zeit später spürte er, daß auch sie erregt wurde.

Er lachte, spöttisch und triumphierend, und zog sie noch fester an sich, während er seine Zunge zwischen ihre Zähne drückte.

Sekundenlang hielt Kathleen still. Doch dann schien sie zu spüren, daß ihre eigenen Gefühle ihren Widerstand zu überwinden drohten, und drehte den Kopf zur Seite.

»Sie dürfen nicht! Wenn Ihre Mutter es erfährt . . .«

»Sie wird nichts erfahren. Wir sind längst fertig, wenn sie nach Hause kommt.«

»Lassen Sie mich doch gehen, Mister Louis! Ich schwöre Ihnen, daß ich noch Jungfrau bin und . . .«

»Nicht mehr lange!«

Er griff ihr unter die Schürze. Er fühlte die Wölbung des Bauches unter seinen Fingern, ließ sie tiefer gleiten . . . Sein Kopf begann zu schwimmen, vor Erregung und vom Whiskey . . . Der Raum, der von der Gaslampe matt erhellt wurde, kam ihm jetzt wie eine Insel vor, isoliert und abgetrennt vom Rest der Welt . . .

Als er versuchte, sie rückwärts auf das Bett zu drängen, riß sie sich wieder los und lief auf die Tür zu.

»Kathleen!«

Sie blieb stehen und drehte sich um. Ihre blauen Augen starrten entsetzt in sein wutverzerrtes Gesicht.

»Was ist . . .«

»Willst du, daß dich die Polizei wegen Diebstahls ins Gefängnis sperrt?«

Sie riß den Mund auf. Aber sie war so durcheinander, daß sie das Wort kaum wiederholen konnte.

»Diebstahl?«

Er deutete auf einen Tisch, in dessen Schublade er sein Kleingeld aufbewahrte. »Ich werde behaupten, daß ich dich überrascht habe, als du in meinen Sachen gekramt hast – um nach Geld zu suchen.«

»Das würden Sie tun?«

»Das würde ich tun, wenn du dich weiterhin weigerst!«

In ihre Augen trat Verachtung und Haß. Er bekam Angst vor diesem Blick, eine solche Angst, daß er versucht war, sie laufen zu lassen.

Aber dann beging sie den Fehler, sich wieder aufs Bitten zu verlegen.

»Mister Louis, ich brauche diesen Job. Ich bin das einzige von acht Kindern, das alt genug ist, Geld zu verdienen . . .«

»Wenn dir die sechs Dollar in der Woche wirklich so wichtig sind, wie du sagst, wirst du tun, was ich will.«

»Sie glauben wirklich, daß Sie das Recht haben, von mir zu verlangen . . .«

»Ja, das habe ich.« Er fuhr mit dem Handrücken über seine schweißfeuchte Oberlippe. »Also, du hast die Wahl, Kathleen: Sechs Dollar pro Woche oder eine Anzeige wegen Diebstahl! Aber bevor du dich entscheidest, solltest du daran denken, daß dir niemand einen Job geben wird, wenn du angezeigt wirst . . .«

Sie begann zu weinen. Die Tränen liefen über ihr sommersprossiges Gesicht, und sie blickte sich hilfesuchend im Raum um. Als Louis sah, wie leicht sie ihre Fassung verlor, lachte er.

»Sie . . . Sie sind doch fast noch ein Kind, Mister Louis«, schluchzte sie. »Noch nicht einmal fünfzehn . . .«

Sein Gesicht lief rot an. »Aber ich habe den Schwanz eines Mannes! Darüber brauchst du dir keine Sorgen zu machen . . .«

»Aber nicht das Herz eines Mannes. Nicht einen Funken von Gefühl und christlicher Nächstenliebe . . .«

»Ich will mit dir schlafen, das ist alles!«

»Und was Sie wollen, das nehmen Sie sich einfach, nicht wahr?«

»Ja, das tue ich.«

Er trat einen Schritt auf sie zu.

»Rühren Sie mich nicht an!« Dann senkte sie den Blick und setzte, weniger heftig, hinzu: »Nicht, bevor ich fertig bin.«

Louis nickte, trat zur Tür und schob den Riegel vor.

Er hörte das Bett knarren, als sie sich auf den Rand setzte, dann das Rascheln ihrer Kleider und schließlich ihre leise, ergebene Stimme: »Würden Sie wenigstens das Gas etwas herunterdrehen?«

»Warum? Ich will deinen Körper sehen ...«

Er löste die Knöpfe seiner Hose, ließ sie hinuntergleiten und drehte sich um. Kathleen lag auf dem Bett, und Louis spürte sein Herz hämmern, als er seinen Blick langsam ihre nackten Beine emporwandern ließ ...

4

Sie lag bewegungslos unter ihm. Ihre offenen Augen starrten an die Decke.

Louis drückte ihre Beine auseinander und preßte seinen Penis zwischen ihre Schenkel. Kathleen ließ einen kleinen Schrei hören und warf den Kopf zur Seite.

Nach wenigen Stößen schienen seine Lenden zu explodieren. Er spürte tiefe Enttäuschung ...

Kathleen drängte sich unter seinem Körper hervor. Als sie aufstand, ergriff er ihr Handgelenk.

Sie riß sich los und funkelte ihn wütend an.

»Was wollen Sie denn noch? Ich habe doch getan, was Sie wollten.«

»Einmal«, sagte er kühl. Die Enttäuschung hatte ihn völlig ernüchtert. Das Erlebnis hatte keineswegs gehalten, was er sich davon versprochen hatte ...

»Leg dich wieder hin.«

Sie sah ihn ungläubig an, dann schüttelte sie den Kopf.

»Sie können doch nicht schon wieder ...«

»Noch nicht. Aber ein bißchen später ...« Er richtete sich halb auf. »Verdammt! Ich habe gesagt, du sollst dich wieder hinlegen!«

»Ich muß jetzt gehen ...«

»Nein, wir werden uns beim nächstenmal mehr Zeit lassen, viel Zeit . . .« Er gähnte. Er hatte eine Menge Zeit, bis seine Mutter zurückkommen würde. Ihm war, als seien erst ein paar Minuten vergangen, seit er das Zimmer betreten hatte.

Sie setzte sich auf den Bettrand, senkte den Kopf und begann wieder zu schluchzen. Louis kämpfte mit sehr unterschiedlichen Empfindungen.

Befriedigung darüber, daß er seinen Willen durchgesetzt hatte, Bedrückung, weil er wußte, daß er es nicht hätte tun dürfen, und Furcht vor dem Haß, den er in Kathleens Augen gesehen hatte . . .

Doch am stärksten war ein unbestimmtes, kaum faßbares Gefühl von Trauer, weil das, was er so lange und dringend ersehnt hatte, zu einer großen Enttäuschung geworden war.

Aber beim zweitenmal würde es besser sein! Er mußte sich dabei mehr Zeit lassen. Dann würde er bestimmt auch mehr Spaß daran haben.

Und Kathleen auch.

Sie hatte sich zurückfallen lassen und drehte ihm den Rükken zu. Sie hatte die Knie an den Leib gezogen und die Arme vor der Brust verschränkt. Es war eine Haltung, die sie schutzbedürftig und hilflos aussehen ließ.

Aber Louis erkannte das nicht. Er sah nur, daß sie ihm den Rücken zudrehte, und das machte ihn wütend.

Mit einem harten Ruck riß er sie herum, packte ihre Hand und zwang sie, seinen Penis zu umschließen. Kathleens Finger zuckten bei der Berührung zurück. Sie begann wieder laut zu schluchzen.

Aber er preßte ihre Hand mit der seinen nieder.

Dabei drehte er sich auf den Rücken und starrte zur Decke, während er darauf wartete, daß die Berührung ihrer Hand eine Reaktion seines Körpers bewirkte.

6. Kapitel

Aktien und Sünden

1

Amanda öffnete die Haustür und trat in die halbdunkle Halle. Sie nahm den Hut vom Kopf und warf den schneefeuchten Muff auf einen kleinen Tisch, dann blieb sie stehen und blickte prüfend in den Spiegel.

Bevor das Jahr zu Ende ging, würde sie neunundvierzig Jahre alt werden, und heute abend fühlte sie die Last jedes dieser Jahre.

Ihr Spiegelbild zeigte Falten um die Augen und noch mehr Grau in ihrem Haar. Wie viele dieser grauen Haare verdankte sie ihrer Fehde mit Stovall?

Amanda fühlte sich müde und erschöpft. Sie atmete tief durch, ging zu der halb geöffneten Tür der Bibliothek und trat hinein. Die Hitze im Raum verschlug ihr fast den Atem.

Mr. Mayor hockte auf dem Telegraphentisch und war dabei, sich ausgiebig zu putzen. Als er Amanda eintreten hörte, unterbrach er seine Beschäftigung und starrte sie, eine Pfote auf der Nase, aufmerksam an. Dann erkannte er sie und nahm seine Säuberung wieder auf.

Michael stand auf.

»Guten Abend, Mistreß Amanda«, sagte er mit vollem Mund.

Amanda amüsierte Michaels Leidenschaft für Nahrung und Wärme jedesmal aufs neue. Er schien nie zu schwitzen oder auch nur ein Gramm zuzunehmen. Sie verstand sein Verlangen nach Essen und Wärme und verlor nie ein Wort darüber – obwohl Michaels Wärmebedürfnis ihr etliches an Nachsicht abverlangte.

»Schlechtes Wetter draußen«, sagte er, als Amanda auf ihn zutrat. »Ich habe mir schon Sorgen um Sie gemacht. Wie war der Vortrag?«

»Douglass ist ein höchst talentierter Rhetoriker. Es ist schwer, von dem, was er sagt, nicht berührt zu werden. Sein Hauptthema war wieder das neue Gesetz über die Wiederergreifung entlaufener Sklaven.«

Michaels Gesicht verdüsterte sich. Amanda kannte seine Gefühle den Menschen gegenüber, die sich für die Befreiung der Sklaven einsetzten. Der junge Ire hätte es viel lieber gesehen, wenn man sich ähnlich leidenschaftlich und aktiv dafür einsetzen würde, das Los seiner Landsleute zu verbessern, die in die Vereinigten Staaten gekommen waren, um dem Hunger und der Tyrannei zu entfliehen, die sie seit Generationen erdulden mußten. Aber statt der Freiheit hatten die Iren in Amerika eine andere Tyrannei vorgefunden: die Tyrannei des Hasses gegen Ausländer.

»Ich habe Douglass versprochen, ihm bald wieder einen Scheck zu schicken«, sagte Amanda. »Würden Sie sich bitte darum kümmern, Michael? Wie immer einhundert Dollar in meinem Namen und zweitausend ohne Absender.«

Michael notierte ihre Anweisung, ohne aufzusehen.

»Stovall war im Theater.«

Er wandte überrascht den Kopf. »Was, zum Teufel, will denn der auf einem Abolitionisten-Treffen?«

»Er wollte Douglass' Rede stören. Aber es ist ihm nicht gelungen.«

»Hatte er Freunde bei sich?«

»Nein, nur einen Begleiter.«

»Mut hat er, das muß man ihm lassen.«

Amanda nickte. »Man kann Stovall vieles vorwerfen, aber nicht, daß er feige ist.«

»Haben Sie mit ihm gesprochen?«

Sie ließ sich Michael gegenüber auf einen Stuhl fallen. Ihr Blick fiel auf die drei Manuskriptstapel, aber ihre Gedanken waren woanders.

»Es war unvermeidlich. Rose hat Stovall und mich bekannt gemacht. Ich fürchte, daß meine Taktik ihn nicht überzeugen konnte, ihn im Gegenteil sogar mißtrauisch gemacht hat. Er weiß jetzt, daß es eine Lüge war, mich für Kent und Sohn nur deshalb zu interessieren, weil ich eine Anlagemöglichkeit suche. Er weiß, daß ich mich nach dem Scheitern der Verhandlungen um kein anderes Objekt bemüht habe.«

Mit kurzen Worten beschrieb sie die Begegnung im *Bowery Theatre.* Vor etwa sechs Monaten, als sie festgestellt hatte, daß sie Michael Boyle vertrauen konnte, hatte sie ihm die Pläne ihres Vorgehens gegen Stovall geschildert – und ihre Gründe. Er mußte über alles informiert sein, wenn er ihr eine wirkliche Hilfe bei ihren Geschäften sein sollte. Sie war zwar fast sicher, daß er ihre Besessenheit nicht verstand, sich um jeden Preis in den Besitz von Kent & Sohn zu setzen. Aber er behielt seine Ansichten für sich und führte ihre Anordnungen ohne jede Frage aus.

Sie schloß ihren Bericht: »Es ist durchaus möglich, daß Stovall sich jetzt sehr genau mit mir befaßt, vor allem mit meiner Vergangenheit . . .«

»Und warum sollte er das tun?«

»Ich fürchte, er hat mir meine Empörung und Wut angesehen, als er eine sehr abfällige Bemerkung über die Kents machte. Ich wollte nicht darauf reagieren, es ist einfach passiert.«

»Verstehe.«

»Ich werde Rothman Anweisung geben, unseren Plan schneller voranzutreiben.«

Michael deutete auf den Telegraphen. »Das könnten Sie sofort erledigen. Mister Rothmans Telegraphist hat seit fünf Uhr dreimal nach Ihnen gefragt. Ich habe ihm gesagt, er soll es um halb elf noch einmal versuchen.«

»Gibt es irgendwelche Schwierigkeiten?«

»Ich fürchte ja. Irgend etwas mit einem dringenden Treffen des Blackstone-Aufsichtsrates. Wenn Sie in Boston lebten, wäre das alles kein Problem. Aber ich sehe ein, daß Sie in New York sein müssen – weil Stovall hier ist . . .«

Sie blickte den jungen Iren direkt an.

»Sie sind also auch der Ansicht, daß ich meine Kampagne um Kent und Sohn abbrechen sollte?«

»Auch? Wer denn noch?«

»Rose. Aber weichen Sie mir nicht aus. Ich möchte eine Antwort.«

Michael sah ein paar Sekunden lang zu Boden, dann hob er den Kopf und blickte sie an. »Die Sache kostet Sie den größten Teil Ihrer Zeit – und Ihrer Kraft. Trotzdem steht es mir nicht zu, Ihnen zu sagen, was Sie zu tun und zu lassen haben. Ich bin Ihr Angestellter und werde tun, was Sie von mir verlangen.«

»Unsinn, Michael. Sie wissen sehr genau, daß Sie mir in vieler Hinsicht näherstehen als mein eigener Sohn. Wo ist er übrigens?«

»Oben, in seinem Zimmer. Er schläft, nehme ich an.«

»Ein bißchen früh.«

»Er kam mir irgendwie ... nervös vor. Reichlich nervös, ehrlich gesagt.«

»Hat er Ihnen gesagt, was er hat?«

»Nein.« Er machte eine kurze Pause. »Er nicht.«

Weil sie sich Gedanken über Louis machte, entging ihr seine Betonung.

»Ich werde morgen früh mit ihm sprechen«, dachte sie laut.

Mit diesem Entschluß war das Thema erledigt, und sie lächelte in der Erinnerung an etwas, was Rose ihr mitgeteilt hatte.

»Soll ich Ihnen eine nette Klatschgeschichte erzählen, die ich von Rose habe? Es scheint, als wären die feineren Leute von New York zur Überzeugung gelangt, daß ich Ihre Geliebte bin.«

Michael sah sie zwei Sekunden lang verblüfft an, dann begann er laut zu lachen.

Amanda sah es gern, wenn Michael fröhlich und gelöst war. Daß ein so gutaussehender junger Mann durch die häßliche Narbe an der Stirn entstellt war, war für sie eine Schande.

Noch immer lachend, wandte er sich dem Kamin zu und streckte seine Hände den Flammen entgegen.

»Ich wollte nicht so wiehern, Mistreß Amanda. Entschuldigen Sie, bitte. Aber ich finde es wirklich komisch, daß diese Leute in ihrer schmutzigen Phantasie so unmögliche Sachen ausbrüten. Sie sind an der Wahrheit total vorbeigesegelt.« Er drehte sich um und sah Amanda an. »Ich habe Sie wirklich sehr gern. Aber nicht so, wie die Leute sich das vorstellen, und auch nicht aus den Gründen, die sie sich einbilden. Ich habe bisher noch keinen anderen Menschen kennengelernt, der mich so ... anständig und fair behandelt hat. Ich würde das nie zu anderen Menschen sagen, weil ich Angst hätte, ausgelacht zu werden, aber Sie sind so nett und liebevoll zu mir, wie es meine Mutter vielleicht gewesen wäre, wenn sie länger gelebt hätte ...«

Seine Worte ergriffen sie und gaben ihr neuen Mut. Sie fühlte, daß die Spannung, die sie seit der Begegnung mit Stovall bedrückt hatte, von ihr wich.

»Das war sehr lieb von Ihnen, Michael.« Sie versuchte, die leicht rührselige Stimmung abzuschütteln, die über sie gekommen war. »Hoffentlich waren Ihre Worte nicht nur dazu bestimmt, mich seelisch aufzurichten ...«

»Ein Ire treibt nur Spott mit Menschen, die er verachtet, nie mit denen, die er liebt.« Er wandte sich abrupt dem Feuer zu. »Mein Gott, ich rede ja wie eine verdammte Klosterschülerin ...«

»Mich stört es nicht.«

Er wandte den Kopf, und sie blickten einander ein paar Sekunden lang in die Augen.

»Was ist das für ein Manuskript dort am Boden?«

»Das hier?« Er nahm die obersten Bogen von einem der kleinen Stapel. »Ihr Nigger – entschuldigen Sie, ich vergaß, daß Sie dieses Wort nicht mögen – ich meine, Mister Hopes Autobiographie. Das Paket ist am späten Nachmittag vom Hafen hergeschickt worden. Er hat auch einen Brief an Sie beigelegt, in dem er die guten Aussichten für den neuen Claim in den Sierras beschreibt. Außerdem sind mit dem Schiff noch drei Briefe gekommen, einer von Ihrem Cousin in Virginia, und zwei andere ...«

Amanda überflog die Manuskriptseiten, die Michael ihr reichte.

Mr. Mayor legte seine Vorderpfoten auf ihre Knie, blickte sie einen Moment prüfend an, um zu sehen, ob sie es ihm verbieten würde, und sprang dann auf ihren Schoß. Er rollte sich zusammen und schloß seine grünen Augen.

Während Amanda weiterlas, nahm Michael eine Tonpfeife vom Kaminsims, füllte sie mit Tabak und steckte sie mit einem

Holzspan, den er am Kaminfeuer entzündete, in Brand. Der Duft des Virginiatabaks hing süßlich und schwer in der dumpfen, überhitzten Luft. Aber Amanda spürte die Hitze kaum noch. Israels Prosa faszinierte sie.

»Er hat einen erstaunlich guten Stil«, sagte sie anerkennend, als sie Michael die Bogen zurückreichte.

»Ja, da haben Sie recht. Obwohl mich solche Stories über Neger – über Farbige ziemlich kalt lassen, muß ich zugeben, daß mich die ersten Kapitel wirklich gefesselt haben. Ich finde nur, daß der Titel ziemlich spröde und langweilig ist. ›Israel Hopes Leben‹ sagt dem Leser nichts. Er ist schließlich kein berühmter Mann, dessen Namen jeder kennt – wie Ihr Freund Douglass zum Beispiel. Ich würde einen etwas dramatischeren Titel vorschlagen, wenn Kent und Sohn das Buch jemals veröffentlichen sollte . . .«

»Kent und Sohn wird dieses Buch veröffentlichen!«

Ihre Entschlossenheit brachte ein Lächeln auf sein Gesicht.

»Warum nennen Sie es dann nicht ›Nach Westen in die Freiheit‹ oder so ähnlich? Dadurch würde das alte Klischee des freien Nordens vermieden, der Titel deutet auf ein Fluchtthema hin, und die Leute sind zur Zeit brennend am amerikanischen Westen interessiert.«

»Ja, das ist sehr gut, Michael. Ich kann es kaum erwarten, den Rest des Manuskriptes zu lesen.« Sie seufzte. »Vielleicht finde ich morgen Zeit dafür oder an einem der nächsten Tage . . .«

Sie legte die Manuskriptseiten auf den Stapel zurück, was Mr. Mayor veranlaßte, die Augen zu öffnen und sie mißbilligend anzufunkeln. Es war ihr fast peinlich, die nächste Frage zu stellen.

»Waren Sie im Büro der Royal Sceptre Reederei?«

Der junge Ire nickte.

»Die Situation ist noch so wie vor einem Monat, als Ihr Brief aus London zurückgeschickt wurde. Die Reederei weiß nicht, was mit Kapitän McGill geschehen ist.«

Amanda nickte, von einer plötzlichen Traurigkeit gepackt, und ihre Finger fuhren mechanisch über das weiche Fell des Katers. Mr. Mayor machte den Rücken krumm und schnurrte.

Was, im Namen aller Heiligen, war nur mit Bart geschehen? Im vergangenen November war er nach einer Indienreise im Büro der Reederei erschienen und hatte ohne weitere Erklärungen gekündigt. Aber er hatte weder den Leuten der Reederei noch sonst irgend jemandem in London gesagt, was er vorhatte, wohin er gehen würde. Er hatte das Büro der Reederei verlassen und war von dem Augenblick an spurlos verschwunden.

»Ich fürchte, wir müssen die Hoffnung aufgeben, ihn doch noch zu finden«, stellte Amanda leise fest.

»Ich sehe auch keine Möglichkeiten mehr.«

»Mein Gott, ich hoffe, daß er lebt, daß ihm nichts passiert ist . . .«

»Sie haben ihn sehr geliebt, nicht wahr?«

»Mehr als mir klar war, als ich damals seinen Heiratsantrag abwies. Aber« – sie zuckte mit den Schultern, um ihre Trauer zu bemänteln – »wir haben jetzt wichtigere Dinge, um die wir uns Sorgen zu machen haben. Wieviel Stovall-Aktien besitzen wir zur Zeit?«

»Ohne einen Blick in die Unterlagen kann ich das nicht sagen. Mister Rothman und Mister Benbow haben viele ihrer Freunde angewiesen, ständig kleine Posten dieser Aktien zu kaufen und sie dann an die Tarnfirma weiterzuverkaufen, die Sie zu diesem Zweck gegründet haben. Durch diese Taktik verändert sich der Bestand täglich.«

»Wo sind die Unterlagen?«

»In meinem Zimmer. Ich wollte sie vor dem Dinner auf den aktuellen Stand bringen, aber ich muß zugeben, daß ich darüber eingeschlafen bin. Ich vermute jedoch, daß Boston Holdings zur Zeit etwas über zwölftausend Stovall-Aktien besitzt.«

Amanda nickte. Seit Monaten befand sie sich in einer geheimen Kampagne, um Aktien der Stovall-Werke aufzukaufen. Ihre Strategie war sehr simpel: Sowie sie die Majorität der Anteile erworben hatte, würde sie Stovalls Anwälten die Forderung stellen, Kent & Sohn an sie zu verkaufen – im Tausch gegen eine gewisse Anzahl von Aktien, durch die Stovall seine Majorität wiedererlangen würde.

Sie hatte sich vorgenommen, sehr umsichtig vorzugehen und sich eine Menge Zeit zu lassen. Rothman und Benbow und ihre Beauftragten taten alles, damit Stovall Amandas Vorhaben nicht durchschauen konnte. Sie hatten ihren Freunden Auftrag gegeben, immer nur einen der Investoren anzusprechen und zu versuchen, ihn zur Abgabe seines Aktienpakets zu überreden. Und bis jetzt hatte Stovall nach ihrem Dafürhalten auch noch keine Erklärung dafür gefunden, warum plötzlich ein so großes Interesse an den Aktien seiner Firma ausgebrochen war. Und sie glaubte auch nicht, daß er etwas von der Existenz der Boston Holdings wußte.

»Holen Sie mir die Unterlagen, bitte«, sagte sie zu Michael. »Ich brauche die genauen Zahlen. Unterdessen werde ich Jephthas Brief lesen.«

Als Michael den Raum verlassen hatte, nahm Amanda den Brief vom Tisch und betrachtete den beschmutzten Umschlag. Für eine Dreicentmarke hatte ihn die Post von Lexington in Virginia nach New York befördert. Aber sie sah ihren Namen und ihre Adresse, die mit einer fahrigen Handschrift auf den Umschlag geschrieben worden waren, nicht wirklich.

Sie dachte an Bart McGill . . .

Ja, sie hatte ihn geliebt. Nicht so, wie sie Jaimie de la Gura geliebt hatte und später Luis Cordoba. Ihre Liebe zu ihm war nicht so stürmisch gewesen, nicht so verzehrend wie das Gefühl, das sie mit den beiden anderen Männern verbunden hatte.

Aber sehr viel ruhiger und tiefer – das war die bittere Wahrheit, die sie erkannte, und mit der sie sich wohl abzufinden hatte.

Er hatte ihr keinen einzigen Brief geschrieben, weder aus London noch aus einem der Häfen in Indien und Afrika, die sein Schiff angelaufen hatte. Er hatte nicht einmal versucht herauszufinden, wo sie geblieben war, wie es ihr ging . . .

Und jetzt hatte er England verlassen, und niemand wußte, wohin er gegangen war, wo er sich aufhielt, ob er überhaupt noch lebte . . .

Jaimie und Luis Cordoba waren ihr durch schicksalhafte Ereignisse genommen worden, gegen die sie sich nicht hatte wehren können. Aber ihre Trennung von Bart war ihr eigenes Verschulden gewesen, und sie hatte sich deswegen oft bittere Vorwürfe gemacht, besonders in den dunklen Stunden des frühen Morgens, wenn sie nicht mehr schlafen konnte, wenn ihr fortschreitendes Altern ihr Schmerzen bereitete, und wenn die dunklen Schatten um sie herum ihr zuzuflüstern schienen, daß ihr die letzten Jahre ihres Lebens unter den Fingern zerrannen . . .

Sie fühlte, daß ihr Tränen in die Augen gestiegen waren und rieb sie heftig mit den Knöcheln fort. Dann öffnete sie den Umschlag und zog Jephthas Brief heraus.

Aber der Brief war fast so niederdrückend wie ihre Erinnerungen.

2

Jephthas Schrift war schwer zu entziffern, ein Symptom seines seelischen Zustandes, seines inneren Zerfalls. Der Brief, den er Amanda zwei Monate zuvor geschrieben hatte und in dem er ihr von der nach wie vor bestehenden Entfremdung zwischen ihm und seiner Familie berichtet und ihr Angebot, ihm die zustehenden Einkünfte aus dem Ophir-Claim zuzuschikken, abgelehnt hatte, war noch nicht so unleserlich gewesen wie dieser.

Die Schrift verriet ihr, daß der Reverend Jephtha Kent – jetzt kein Reverend mehr – ein gehetzter, von Zweifeln und Mutlosigkeit zerfressener Mensch war. Und die ersten Sätze sagten ihr, daß er nach wie vor im Virginia Military Institute arbeitete und wohnte. Sie las:

»Mein einziger Freund ist Thomas Jackson, der Professor, von dem ich dir, wie ich glaube, schon berichtet habe. Er ist ein tief religiöser Mensch – ein Presbyterianer –, der seinen Ruf und seine Beliebtheit riskiert, indem er aktiv in der Sonntagsschule für Neger arbeitet. Mein Schwiegervater bestreitet – im Gegensatz zu Jackson –, daß Neger überhaupt eine Seele besitzen, und verweigert seinen Sklaven sogar den Trost der Religion.

Jackson – den viele der Kadetten mit dem Spitznamen ›Tom Fool‹ abqualifizieren, trotz seiner ausgezeichneten Haltung im Krieg gegen Mexiko – ist ein entschiedener Gegner des Geredes von Sezession. Am ergreifendsten finde ich seine tiefe Humanität. In jungen Jahren hat er einmal einen Sklaven lesen gelehrt, damit ihm dieser als Gegenleistung eine Fackel hielt, bei deren Licht er nachts studieren konnte. Es ist Jackson, der mir die verloren geglaubte Hoffnung wiedergegeben hat, daß doch nicht alle Menschen im Süden Beute einer so niedrigen und widerlichen Philosophie sind wie Captain Tunworth.

Jackson und seine Frau sind die einzigen Menschen in Lexington, die mich hin und wieder in ihrem Haus empfangen. Es stimmt, daß er einige sehr seltsame Gewohnheiten hat. Wenn Jackson über Probleme militärischer Taktik nachdenkt, dreht er seinen Stuhl zur Wand, um durch nichts abgelenkt werden zu können, und sitzt oft eine Stunde lang völlig reglos. Aber ich fühle mich wohl bei ihm, weil er der einzige Mensch in Lexington ist, mit dem ich offen und ohne Furcht über alles sprechen kann: über meine Trauer, daß Fan nach wie vor jede Versöhnung und selbst jeden Kontakt mit mir ablehnt und sogar meine Jungen dazu gebracht hat, mich völlig zu vergessen – und über meine immer stärker werdende Überzeugung, daß das Sklavensystem der Südstaaten uns bittere Früchte tragen wird. Kompromisse werden keinen Erfolg mehr haben, dazu ist es zu spät.

Wir – die Nation – haben gesündigt, das ist meine feste Überzeugung, die ich mit dem bekannten Abolitionisten und Anhänger der Free Soil-Vereinigung, John Brown aus Ohio, teile. Und jede Sünde erhält ihre Strafe – mal früher, mal später –, aber die Strafe kommt über jeden Sünder. Und so wird auch Amerika für seine Sünden bestraft werden. Es wird keine leichte Strafe sein. Um mit den Worten des Apostels Paulus an die Hebräer zu sprechen: ›. . . und fast alle Dinge werden nach dem Gesetz mit Blut reingewaschen. Und ohne Blutvergießen gibt es keine Vergebung.‹«

Diese düstere Voraussage verstörte Amanda, weil auch sie erkannt hatte, daß Clays Kompromiß-Gesetze lediglich vorübergehend Frieden gebracht hatten.

Das Gesetz über entlaufene Sklaven, eigens dazu entworfen und vom Kongreß legitimiert, um die Südstaaten der Union zu besänftigen, hatten die Gemüter der nördlichen Abolitionisten erhitzt und sie in eine noch heftigere Militanz getrieben. Einflußreiche Kongreßabgeordnete erwogen bereits eine neue Doktrin, die dazu führen könnte, daß die Unversöhnlichkeiten zwischen Nord und Süd erneut aufflammten. Chefideologe dieser Doktrin war Stephen Douglas aus Illinois, ein Senator, dessen aggressives Temperament und kleine Statur ihm den Spitznamen »kleiner Riese« eingetragen hatten. Manchmal wurde diese Doktrin Volkssouveränität genannt, manchmal Siedlersouveränität. Sie basierte vor allem auf der Forderung, daß jedes neugegründete Territorium das unabdingbare Recht besitzen müßte, seine Regierungsform selbst zu bestimmen, und besonders die Frage, ob die Sklaverei zugelassen oder für ungesetzlich erklärt wurde.

Douglas sah darin nichts anderes als die praktische Anwendung des demokratischen Prinzips. Für die Abolitionisten aber war es Verrat. Wenn man diese Doktrin befolgte, konnte sich jedes neugegründete Territorium für oder gegen die Sklaverei entscheiden, ob es nun nördlich oder südlich des Missouri lag, dem Fluß, den das Abkommen über die Zulässigkeit der Sklaverei als Grenzlinie bestimmt hatte.

Aber die Doktrin verstieß nicht nur gegen den Kompromiß-Vertrag von 1820, sondern verweigerte dem Kongreß das traditionelle Recht, eine weitere Verbreitung der Sklaverei zu unterbinden.

Douglas' Gegner beschuldigten ihn, der Einpeitscher des Südens zu sein, und behaupteten, daß er seine fragwürdigen Ansichten nur verbreite, um seine Chancen für eine Präsidentschaftskandidatur zu verbessern. Andere, weniger voreingenommene Kommentatoren, vertraten die Überzeugung, daß Douglas' Ansichten auf seinem festen Glauben an das Mehrheitsrecht basierten. Aber was immer auch die Motive des »kleinen Riesen« sein mochten, die Zeitungen brachten seitenlange Berichte über die hitzigen Auseinandersetzungen, die seine Doktrin ausgelöst hatte.

Im nächsten Jahr würde es zwangsläufig zu einer ernsthaften

Diskussion darüber kommen müssen. Im Kongreß wurde bereits von der Notwendigkeit gesprochen, zwischen Missouri und Kalifornien ein oder zwei neue, große Territorien zu schaffen. Sogar der Bau einer transkontinentalen Bahnlinie wurde erwogen, und bevor man an die Durchführung eines derartigen Projekts denken konnte, mußte das Land im Westen unter irgendeine Art von Regierung und Verwaltung genommen werden.

Falls die intellektuelle Debatte zum Versuch führen sollte, die Doktrin zum gültigen Gesetz bei der Schaffung neuer Territorien zu erheben, wäre das eine ernsthafte Bedrohung des Missouri-Kompromisses – und alle Bemühungen Clays und Websters, den Frieden und die Einheit der Union zu erhalten, könnten scheitern. Einige Beobachter waren sogar überzeugt, daß Abolitionisten-Gruppen zum offenen Krieg aufrufen würden, falls die Doktrin Gesetzeskraft erlangen sollte.

Offener Krieg! Die Vergebung der Sünden durch Blutvergießen . . .

Manchmal hatte Amanda den Eindruck, daß die Nation unaufhaltsam darauf zusteuerte – und auf eine noch ernstere Verfassungskrise, die sich daraus ergeben konnte. Diese Krise wurde bereits in der Reaktion des Südens auf die ständigen Angriffe seiner Gegner formuliert: Sezession!

Aber hatte ein Teil der Union wirklich das Recht, sich vom anderen Teil zu lösen, um die Werte zu beschützen und zu bewahren, an die er glaubte? Amanda hielt sich zwar nicht für besonders versiert in politischen Fragen, aber sie zweifelte daran. Denn wenn eine Sezession rechtlich möglich war, würde der Name der Union – Vereinigte Staaten – zu einem Begriff ohne Inhalt, ohne jede Bedeutung.

Aber wie konnte der Streit geschlichtet werden, bevor er zu einer Teilung des Landes führte? Jephthas Kirche hatte sich bereits über dem Sklavenproblem gespalten. Selbst in seinem eigenen Haushalt waren zwei Fronten entstanden. Wie konnte die Nation hoffen, eine bessere Lösung zu finden?

Aus Jephthas Worten ging klar hervor, daß er nicht mehr daran glaubte.

Der Brief und die Probleme, mit denen er sich auseinanderzusetzen versuchte, beunruhigten und bedrückten Amanda. Es kostete sie Mühe, sich auf den letzten Absatz zu konzentrieren:

»Ich habe mich damit abgefunden, daß der Herr mir Unglück und Leid zum Schicksal bestimmt hat. Und gegen den Willen Gottes kann und darf sich der Mensch nicht auflehnen. Ich werde mich also dem mir bestimmten Los fügen und tun, was Er mir befiehlt. Ich bin nach wie vor in gewisse Aktivitäten verwickelt, von denen ich bereits früher berichtet habe, obwohl das neue Gesetz über entflohene Sklaven die Arbeit erheblich erschwert hat. Anlaufpunkte und Verstecke, die wir früher benutzt haben und die als völlig sicher galten, stehen jetzt unter der Beobachtung von Sympathisanten der Südstaaten. Wir verzweifeln beinahe bei unserer Suche nach sicheren Bestimmungsorten für unsere Fracht und könnten uns vielleicht sogar gezwungen sehen, an Menschen heranzutreten, die wir unter anderen Umständen mit diesen Problemen nicht belasten oder gefährden würden . . .«

Amanda las die letzten Zeilen des Briefes noch einmal und bemerkte, daß das Wort »Fracht« unterstrichen war. Jephtha hatte tatsächlich in seinem letzten Brief Bemerkungen über eine geheimnisvolle Tätigkeit gemacht, die er seit einiger Zeit aufgenommen hatte. Aber Amanda hatte damals nicht glauben können, daß ein Mensch wie er sich tatsächlich aktiv an einem Unternehmen beteiligte, das im Volksmund die »Untergrund-Eisenbahn« hieß.

Der Brief schloß mit den besten Wünschen für Gesundheit und Wohlergehen seiner Cousine. Amanda blätterte zurück und suchte wieder Jephthas Zitat aus dem Brief des Paulus an die Hebräer: Und ohne Blutvergießen gibt es keine Vergebung . . .

Amanda war fest überzeugt, daß das System der Sklaverei früher oder später abgeschafft werden würde. Aber war Blutvergießen die einzige Möglichkeit, dieses Ziel zu erreichen? Sie konnte sich nicht vorstellen, daß Menschen guten Willens in irgendeinem Teil des Landes diese Art Lösung wünschen könnten.

Aber in allen Zeitungen, die sie las, wurde darauf hingewiesen, daß sich die Positionen auf beiden Seiten gefährlich verhärtet hätten.

Was würde sein, wenn sich der Kompromiß von 1850 letztlich als undurchführbar erwiese?

Sie fröstelte trotz der Hitze im Raum. Der weiße Kater mauzte empört, als sie aufsprang, aufgeschreckt durch das unerwartete Dröhnen des Telegraphen-Gongs.

3

Amanda hatte das Morsealphabet gelernt, damit auch sie Nachrichten empfangen und senden konnte, wenn Michael einmal abwesend war.

Sie setzte sich an den Tisch, auf dem das Gerät stand, nahm einen der modernen Federhalter mit einer Stahlfeder in die Hand, die in zunehmendem Maße die alten Federkiele verdrängte, und zog den Notizblock heran, auf dem der junge Ire die Zeiten der früheren Anfragen von Rothmans Bank notiert hatte.

Dann bestätigte sie ihre Empfangsbereitschaft mit dem Code: A. K. D. G. Bereit. Kurz darauf begann der Telegraphist von Rothmans Bank in Boston zu senden:

»Entschuldigung für späte Störung. Mehrere Unfälle in Blackstone-Textilfabrik. Haben sofortige Aktionärssitzung erforderlich gemacht. Seit drei Stunden aussichtslose Debatte über die Frage, ob man zwei Ärzte holen soll, um verletzte Arbeiter zu behandeln, einer davon ein Kind. Gegner argumentieren, daß Maßnahme unnötig und aufwendig und Wohlfahrt der Arbeiter nicht Sache des Managements. Mr. Rothman hat zusammen mit einem Direktor für Hinzuziehung der Ärzte gestimmt. Drei Stimmen dagegen. Ihre Stimme dringend erforderlich, um zu einer Entscheidung zu kommen. Ende.«

Amanda kaute ein paar Sekunden lang am Federhalter und übermittelte dann ihre Antwort:

»Ausgabe kein Faktor. Wir tragen Verantwortung für Arbeiter. Mr. Rothman bevollmächtigt in meinem Namen für Maßnahme zu stimmen. A. K. D. G.«

Die Tür der Bibliothek wurde geöffnet, und Michael trat herein, einen Stapel Papiere und eine dicke Kladde unter dem Arm.

Während das Morsegerät seinen Schlußspruch klapperte: »Bestätigen mit Dank«, nahm Michael Amanda den Federhalter aus der Hand und schrieb auf den Notizblock:

12875 Aktien, Stand vom Mittwochnachmittag, das sind 38 Prozent aller Anteile.

Amanda nickte und spürte Michaels Nähe hinter sich, als sie das Code-Signal für eine weitere Durchgabe in die Tastatur tippte. Und dann folgte wieder eine Reihe rascher Punkte und Striche: »Beeilen mit Aufkauf von Stovall-Aktien zugunsten Boston Holdings. Dringend wiederhole dringend, daß wir einundfünfzig Prozent der Anteile so bald wie möglich in unserem Besitz haben. Ende.«

Sekunden später kam die Antwort: »Bestätigt. Rothmans Bank.«

Amanda erhob sich.

Michael fragte sie: »Befürchten Sie, daß Stovall versuchen könnte, Ihre Aktienkäufe zu stoppen?«

»Natürlich wird er das tun, falls er herausfinden sollte, daß ich eine Kent bin, bevor ich mir die Majorität gesichert habe. Ich bin überzeugt, daß er die Bewegung auf dem Aktienmarkt bemerkt hat. Vielleicht ist ihm noch nicht zur Kenntnis gekommen, daß die Aktienblocks, die den Besitzer gewechselt haben, alle sofort an die Boston Holdings weitergegeben worden sind, aber das könnte er ohne jede Schwierigkeit feststellen lassen, wenn sein Mißtrauen erst einmal geweckt ist.«

»Sie haben völlig recht. Jede Bank, bei der die Kunden ihre Aktien aufbewahren und registrieren lassen, besitzt natürlich die entsprechenden Unterlagen. Und es gibt keine legale Möglichkeit, Stovall die Einsicht in diese Unterlagen zu verwehren.« Er blickte Amanda nachdenklich an. »Sie spekulieren also darauf, daß die Banken es versäumt haben, Stovall in Kenntnis zu setzen.«

»Ich spekuliere darauf, daß sie es bis jetzt noch nicht getan haben. Joshua Rothman und ich haben uns bereits über die letzten Maßnahmen geeinigt: Wenn Joshuas Beauftragte die letzten dreizehn Prozent der Aktien aufgekauft haben, die wir noch zur Erreichung der Majorität benötigen, werden sie nicht sofort an die Boston Holdings weiterverkauft, wie wir es bisher praktiziert haben, sondern sie werden zurückgehalten und dann zusammen, an einem Tag, transferiert. Dann ist es für Stovall zu spät, um noch irgend etwas unternehmen zu können. Aber Sie haben recht, Michael, ich habe von Anfang an mit hohem Risiko gespielt . . .«

Sie machte eine kurze Pause, dann atmete sie tief durch und sagte: »Ich glaube, es ist an der Zeit, einen Ausweichplan zu entwickeln. Für den Fall, daß unsere Aktienkäufe vorzeitig aufgedeckt werden.«

Michael blickte sie mißtrauisch an. »Was für einen Plan, Mistreß Amanda?«

»Sie haben mir vor einiger Zeit ein häßliches Gerücht über Stovall zugetragen – daß er häufig ein Geschwisterpaar in der Mulberry Street besucht . . .«

Michael nickte schweigend. Sein Gesicht wirkte bedrückt und abweisend.

»Wie heißen die beiden?«

»Ich sehe keinen Grund, warum Sie die Namen . . .«

»Sagen Sie sie mir.«

Er wandte sich halb ab. »Es sind Zwillinge. Joseph und Aggie Phelan.«

»Und sie . . . sie üben ihr Gewerbe immer noch aus?«

»Das weiß ich nicht.«

»Doch, Michael. Ich bin sicher, daß Sie es wissen.«

»Ich kümmere mich nicht um derartige Dinge.«

»Dann werden Sie es eben jetzt tun. Ich möchte, daß Sie detaillierte Erkundigungen über die beiden einziehen. Sie werden versuchen, von ihnen herauszubekommen, wann und wie oft Stovall bei ihnen erschienen ist und was sich bei diesen Besuchen zugetragen hat. Ich möchte eine Beschreibung dieser Vorgänge, mit allen Details, und wenn möglich als unterzeichnete Aussage der beiden. Damit wir uns ganz klar verstehen, Michael: Ich möchte, daß es nicht den geringsten Zweifel an der Identität des Besuchers gibt. Und auch nicht über den Zweck seiner Besuche. Ist das klar?«

Er schwieg und blickte zu Boden.

Amanda konnte seinen betroffenen Gesichtsausdruck kaum ertragen.

»Jesus!« flüsterte er. »Sie wollen doch nicht etwa . . .«

»Doch, das will ich.«

Er schüttelte den Kopf. »Mit Aktien zu manipulieren ist eine Sache, aber mit den Händen im Schmutz zu wühlen . . .«

»Wollen Sie mir sagen, daß Sie es nicht tun werden?«

Er schwieg lange.

»Wenn Sie nicht in die Five Points gehen wollen, werde ich es tun.«

Michael starrte in ihr Gesicht und suchte nach einem Anzeichen dafür, daß sie nur bluffte. Aber er fand keines, und nach einer Weile sagte er: »Also gut, ich werde es tun. Ich bin wohl dazu verpflichtet, alle Ihre Anordnungen auszuführen, solange ich Ihr Angestellter bin . . .«

»Solange? Sind Sie nicht mehr mein Angesteller?«

»Im Augenblick noch.«

Die mit ruhiger Stimme vorgebrachte Drohung prallte an ihr ab. Sie zuckte nicht einmal mit der Wimper.

»Glauben Sie, daß Sie die Zwillinge dazu bringen können, Ihnen die Informationen zu geben, die ich brauche?«

»Bitte, hören Sie auf mich, Mistreß Amanda«, sagte Michael fast flehend. »Sie dürfen sich nicht mit solchen Sachen die Hände schmutzig machen . . .«

»Beantworten Sie meine Frage!«

Er seufzte. »Ja, ich glaube, man könnte das schaffen. Vorausgesetzt, daß man ihnen genügend Geld für die Informationen bietet und sie gleichzeitig unter Druck setzt.«

»Würden sie ihre Aussage vor einem Notar wiederholen?«

»Ich habe Ihnen doch gesagt, daß es meiner Meinung nach vor allem eine Geldfrage ist – und auch davon abhängt, wie ernst sie eine Drohung nehmen. Ich könnte nicht nur einen Notar zu ihnen bringen, sondern auch ein paar recht handfeste Burschen, die ich vom Hafen kenne. Falls ich wirklich in die Five Points gehen sollte«, setzte er hinzu.

»Sie werden gehen. Weil ich bereit bin, den Phelans fünftausend Dollar zu zahlen – und alle Kosten für ihre Übersiedlung in eine andere Stadt zu übernehmen. Ich könnte mir vorstellen, daß sie nach ihrer Aussage möglichst weit von New York fort wollen, in eine Gegend, in die Stovalls Arm nicht reicht. New Orleans, St. Louis . . .«

Michaels Stimme klang bitter: »Für fünftausend Dollar würden die Phelans in Ihr Bett klettern und eine Schau abziehen, daß Ihnen Hören und Sehen vergeht. Und wenn Sie danach noch am Leben sein sollten, würden sie Ihnen auch noch ihre Seelen auf einem Silbertablett servieren. Das heißt, falls sie überhaupt Seelen haben . . .«

»Also, Sie werden sie aufsuchen. Besorgen Sie mir eine vor einem Notar abgegebene Aussage. Lassen Sie zwei beglaubigte Kopien davon anfertigen.«

»Und was wollen Sie mit ihnen tun?«

»Im Moment nichts.«

»Aber falls Sie sie später verwenden, wie . . .«

»In dem Fall würde ich eine Kopie Mister Stovall zugehen lassen – mit dem Hinweis, daß die andere seiner künftigen Frau zugestellt wird. Ich habe gerade erfahren, daß er wieder heiraten will. Seine Braut soll ein sehr anständiges Mädchen sein, wie ich hörte. Und Stovall braucht dringend ihre Mitgift, um seine Modernisierungspläne durchführen zu können.«

Michael sah sie ungläubig an.

»Ich finde Ihre Reaktion ziemlich befremdend, Michael!« sagte Amanda scharf.

»Das steht Ihnen frei«, sagte er ebenso erregt. »Ich kann das da«, er deutete auf das mit Samt ausgeschlagene Etui mit der Medaille, auf den Säbel, das Teeglas und das Gewehr über dem Kamin, »nicht mit den Dingen in Einklang bringen, die Sie jetzt vorhaben. Sie haben mir einmal gesagt, daß die Kents den Schild ihrer Ehre immer rein gehalten haben.«

»Es gibt Zeiten«, sagte sie aufgebracht, »in denen Ehre und Anstand einen nicht ans Ziel bringen. Ich will Kent und Sohn! Sie wissen, auf welche Weise ich mich wieder in den Besitz unseres Familienunternehmens bringen möchte! Die Aussagen der Phelans sind nur eine Rückversicherung. Ich bin überzeugt, daß wir sie nie brauchen werden, weil unsere Aktienmanipulation in wenigen Tagen erfolgreich abgeschlossen sein wird. Also wollen wir uns nicht über diese Sache streiten.« Sie nahm mehrere Bogen des Manuskripts auf und fächelte sich damit Luft zu. »Mein Gott, ich begreife nicht, wie Sie diese Hitze aushalten können. Ich ertrage Sie keine Minute länger. Gibt es noch etwas anderes, das wir besprechen müssen?«

»Nun . . .«

»Reden Sie schon, bevor ich ersticke.«

»Es betrifft Louis. Ich glaube zu wissen, warum er heute so nervös und sich so eigenartig verhielt. Ich wollte schon vorhin mit Ihnen darüber sprechen, aber Sie waren völlig mit Mistreß Ludwigs Klatschgeschichten beschäftigt . . .«

»Nun kommen Sie endlich zur Sache!«

»Professor Pemberton hat geschrieben. Er läßt Sie um eine Unterredung bitten. Die Leistungen Ihres Sohnes in der Schule ließen sehr zu wünschen übrig . . .«

»Sie meinen, er versagt?«

»Anscheinend . . .« Michael suchte nach den passenden Worten, »mangelt es ihm nicht an Intelligenz – er zeigt nur wenig Interesse und keinen besonderen Fleiß. Und er ist häufig in Schlägereien verwickelt . . .«

»Häufig oder gelegentlich?«

»Häufig, möchte ich meinen. Am besten, Sie lesen den Brief des Professors selbst. Wenn Louis seinen Willen in irgendwelchen trivialen Meinungsverschiedenheiten mit seinen Klassenkameraden nicht durchsetzen kann, versucht er es mit körperlicher Gewalt.« Er versuchte, die Hiobsbotschaft etwas zu versüßen: »Aber immerhin können Sie dankbar sein, daß er kein Feigling ist.«

Michael versuchte zu lächeln. Aber es mißlang. Die Diskussion über die Phelan-Zwillinge hatte ihm die Laune für diesen Tag verdorben.

Amanda fragte sich, ob nicht ihr eigener Lebensstil für Louis' Aggressivität und andere Entwicklungsfehler verantwortlich war. Sie wußte inzwischen den genauen Zeitpunkt, von dem an sich sein Charakter nachteilig verändert hatte: seit sie ihm von dem Zwischenfall im Camp der Goldsucher berichtet und ihm zu erklären versucht hatte, warum sie diesen Mann erschießen mußte. Seit dieser Zeit hatte sie das bedrückende Gefühl, daß ihr Sohn ihr Verhalten als Beispiel nahm und nachahmte. Indem er alles tat, was ihm gerade einfiel – so wie sie es zu tun schien ...

Er sah nicht ein, daß jede ihrer Aktionen einem einzigen Ziel untergeordnet war: Kent & Sohn wieder in den Besitz seiner rechtmäßigen Eigentümer zu bringen. Sie mußte noch einmal ernsthaft mit ihm sprechen und ihm verständlich machen, daß sie unermüdlich auf ein Ziel hinarbeitete. Auf ein Ziel, das ihr fast wichtiger war als das Leben.

Sie blickte auf, als sie merkte, daß Michael sie ansah.

Er sagte nichts. Aber seine Blicke waren eine Anklage. Zu Recht?

War der Plan mit den Zwillingen nicht genauso unüberlegt und unverantwortlich wie manche Handlungen ihres Sohnes? Nahm sie sich nicht auch, was sie wollte, mit Gewalt, wenn es sein mußte, und ohne Rücksicht darauf, ob andere darunter leiden mußten?

Nein! Es gab da einen ganz entscheidenden Unterschied!

Aber die Unsicherheit blieb.

Um sie vor Michael zu verbergen, sagte sie schärfer als nötig: »Weiß Louis von Pembertons Brief?«

»Nein. Der Botenjunge hat ihn erst am späten Nachmittag abgegeben. Und als ich Louis später fragte, wie es in der Schule ginge, erwähnte er nichts davon.«

»Wie hat er die Frage beantwortet?«

Michael zuckte mit den Schultern. »Daß die Schule ihn langweile.«

»Geben Sie mir den Brief.«

Er kramte in den Papieren auf seinem Tisch. »Oh, hier ist noch ein Brief, der mit der Nachmittagspost gekommen ist. Eine Bitte um Unterstützung von einem Mister Thurlow Weed in Albany. Er ist Zeitungsverleger, nicht wahr?«

»Die graue Eminenz der Whigs im Staat New York – er und Seward. Muß ich den Brief lesen?«

»Das hängt davon ab, ob Sie einen Beitrag zu dem Parteitag leisten wollen, der im Juni in Baltimore stattfinden soll.«

»Ich glaube, ich stehe dieser Partei näher als irgendeiner anderen«, sagte sie. »Ich kann mich einfach nicht dazu bringen, so fanatisch gegen die Sklaverei zu kämpfen wie die Free-Soilers, aber ich will verdammt sein, wenn ich auch nur einen Penny für eine Partei zur Verfügung stelle, der ich nicht auch meine Stimme geben darf. Schreiben Sie das in der Antwort an Mister Weed. Sagen Sie ihm, sobald sich seine Partei für das Frauenstimmrecht einsetzt, könne er auch mit meiner Unterstützung rechnen.«

»Soll ich das wirklich schreiben?«

»Natürlich. Obgleich ich genau weiß, daß es nicht viel Sinn hat.«

»Sie sind wirklich ein äußerst widerspruchsvoller Mensch, Mistreß Amanda.«

»Haben Sie schon mal jemanden kennengelernt, der das nicht wäre?«

Er legte den Kopf ein wenig schief und stimmte beinahe lächelnd zu. Dann wurde er wieder ernst und fragte noch einmal: »Soll ich diese Antwort an Mister Weed nun wirklich so schreiben oder nicht?«

Sie seufzte. »Schreiben Sie ihm ein paar höfliche, unverbindliche Zeilen, und legen Sie einen Scheck über hundert Dollar bei.«

»Wird erledigt.«

»Und vergessen Sie Ihren Ausflug in die Five Points nicht.«

Er verzog das Gesicht. »Kann ich Sie nicht doch überzeugen, daß diese Sache . . .«

»Nein.«

»Sie können auch verdammt hartnäckig sein, Mistreß Amanda.«

»Wenn es nötig ist . . .«

»Sie sind mir gegenüber noch nie so unnachgiebig und hart gewesen, Mistreß Amanda. Fordernd ja, aber noch nie so . . .« Er fuhr mit den Fingerkuppen über seine Oberlippe. »Sie wissen, wie sehr ich den Dreck der Slums hasse, und die Verkommenheit des Hafens. Sie wissen sehr wohl, daß ich lieber sterben würde, als noch einmal dorthin zurückzugehen, wo ich hergekommen bin, und das nutzen Sie aus. Aber das ist es nicht, was mich wirklich beunruhigt. Bis jetzt war alles legal, was Sie getan haben, um sich wieder in den Besitz der Firma zu setzen. Vielleicht nicht sehr anständig und ein bißchen unmoralisch, aber legal. Aber Ihr Plan mit den Phelans – das ist eine andere Sache.«

Sein ernster, ruhiger Blick machte ihr Angst, dämpfte ihren Ärger. Sie hörte wieder Barts biblische Warnung und Jephthas Worte: Der Preis für die Vergebung der Sünden ist Blut . . .

»Das ist meine Angelegenheit, nicht Ihre.«

Sie ging zur Tür, blieb noch einmal stehen und sah sich um.

»Ach ja, ich hatte Sie um den Brief von Pemberton gebeten. Ich möchte ihn mit hinauf nehmen und ihn lesen, bevor ich morgen früh mit Louis spreche.«

Er suchte ihn hervor. »Hier, Mistreß Amanda.«

Amanda nickte ihm zu. »Gute Nacht, Michael.«

»Gute Nacht. Mistreß Amanda?«

»Ja?«

»Ich bin wirklich froh, daß Sie gut nach Hause gekommen sind. Bei diesem Schneesturm da draußen . . .«

Mit einem matten Lächeln hielt sie den Brief Professor Pembertons empor.

»Es sieht so aus, als würde es hier drinnen auch bald einen Sturm geben . . .«

4

Amanda stieg die Stufen der Treppe sehr langsam hinauf. Auf dem ersten Absatz blieb sie stehen, blickte auf das Bleiglasfenster und versuchte, wieder zu Atem zu kommen. Das Fenster zeigte ihr kleines Porträt von Lord Byron über mehreren Figurinen, die Musen darstellen sollten.

Ihr Blick fiel auf den Brief Pembertons in ihrer Hand. Warum sollte sie ihn nicht gleich lesen, hier, unter der Gaslampe der Treppe?

Der Brief bestätigte alles, was Michael ihr berichtet hatte. Louis widersetzte sich jeder Disziplin und weigerte sich, aktiv am Unterricht teilzunehmen.

Verdammt! Sie dachte nicht daran, bis morgen zu warten, um ihm gründlich die Leviten zu lesen!

Anstatt nach links zu ihrem Zimmer zu gehen, lief sie den Korridor entlang zu Louis' Zimmer.

Sie drehte den Türknauf.

Abgeschlossen.

Sie sah verwundert auf die Tür. Louis hatte doch sonst nicht die Gewohnheit . . .

Sie glaubte eine flüsternde Stimme zu hören – und es war nicht die Stimme ihres Sohnes.

Neugierig und beunruhigt klopfte sie an.

»Louis?«

Keine Antwort.

»Louis! Warum hast du die Tür verriegelt? Mach sofort auf.«

7. Kapitel

Die Kiste

1

Ein irrationales Angstgefühl packte Amanda, während sie auf eine Reaktion wartete. Der Wind heulte über das Dach. Unten wurde eine Tür geschlossen, Michael verließ die Bibliothek. Im Zimmer ihres Sohnes hörte sie leise, verstohlene Schritte – und wieder das Flüstern der unbekannten Stimme.

»Louis! Wenn du nicht antwortest . . .«

»Ja, Mutter? Was ist denn?« Ein Gähnen, das zu laut und übertrieben klang, um echt zu sein. »Warum hast du mich geweckt?« – »Ich möchte, daß du sofort die Tür öffnest.«

»Du hast mich geweckt.«

Er lügt, dachte sie. Diese Erkenntnis traf sie wie ein Schlag. Ihr Sohn hatte sie ihres Wissens noch nie angelogen. Wieder das Flüstern der anderen Stimme, und diesmal hörte sie deutlich, daß es eine Frauenstimme war. Diese Entdeckung war der zweite Schock innerhalb einer knappen Minute!

Amanda war sich darüber im klaren gewesen, daß Louis sein erstes Erlebnis mit einer Frau wahrscheinlich ohne ihr Wissen haben würde – genau wie die meisten anderen Jungen. Sie wußte, daß sie Ort und Zeit dieses Ereignisses nicht beeinflussen oder bestimmen konnte und hatte sich vorgenommen, lediglich ihren Einfluß dahingehend geltend zu machen, daß er sich nicht mit einer möglicherweise kranken Hure einließ. Aber sie hatte nicht erwartet, daß es so bald dazu kommen würde. Und nicht in ihrem eigenen Haus . . .

Wer war bei ihm? Natürlich eine der Hausangestellten. Und von den vier Frauen, die in ihrem Haus arbeiteten, kam eigentlich nur Kathleen McCreedy in Betracht. Kathleen war jung und recht hübsch. Aber wer hatte die Initiative ergriffen, der Junge oder das Mädchen?

Sie hielt Kathleen eigentlich nicht für ein berechnendes, raffiniertes Frauenzimmer. Aber das Mädchen war sich natürlich bewußt, in einem wohlhabenden Haus zu arbeiten ...

In Amandas Kopf war ein Chaos unbeantworteter Fragen. Und die Tür war noch immer verschlossen.

»Louis! Ich denke nicht daran, mich mit dir durch die geschlossene Tür zu unterhalten! Mach auf!«

Die Tür wurde geöffnet. Aber nur einen Spalt breit. Der erste Blick brachte ihr die Bestätigung, daß Louis gelogen hatte. Er war angezogen. Aber er trug keine Schuhe, und das Hemd hing ihm aus der Hose. Und er war nicht verschlafen, sondern verschwitzt.

»Mutter, du hast mich aus tiefem Schlaf ...«

»Den Teufel habe ich!« Sie gab der Tür einen Stoß, und bevor Louis sie daran hindern konnte, eilte sie an ihm vorbei ins Zimmer.

Neben dem Bett stand Kathleen McCreedy und sah sie verängstigt an. Mit einer ungeschickten, verlegenen Bewegung strich sie ihren schwarzen Rock glatt. Und wie erwartet entdeckte Amanda die unwiderlegbaren Beweise ...

Louis öffnete den Mund, aber Kathleen kam ihm zuvor.

»Madam, bitte, glauben Sie mir. Er hat mich gezwungen ...«

»Was soll das heißen, gezwungen?«

»Eben gezwungen, Madam. Ich war gerade dabei, das Bett zu machen, da kam er herein und sagte ...« Sie vergrub das Gesicht in den Händen und begann zu schluchzen.

»Um Gottes willen, Kathleen, nun fang nicht an zu weinen! Ich verstehe ohnehin kaum, was du mir sagen willst ...«

Louis drängte sich zwischen seine Mutter und das Mädchen: »Wen interessiert schon, was sie sagt? Es ist doch alles gelogen! Sie hat mich fast angefleht ...«

Kathleen nahm die Hände vom Gesicht. Es war verzerrt von Scham und Wut. »Sie sind ein gemeiner Lügner! Ein schmutziger ...« Sie verschluckte das letzte Wort und wandte sich wieder Amanda zu. »Ich habe nie zuvor mit einem Mann geschlafen, Madam! Gott ist mein Zeuge, daß ich die Wahrheit spreche! Er hat die Tür verriegelt ...«

»Halt den Mund!« schrie Louis in unbeherrschter Wut und trat mit drohend erhobener Hand auf sie zu.

Amanda packte sein Handgelenk und stieß ihn zurück.

Louis starrte seine Mutter wütend an, versuchte, sie zu schlagen.

Amanda wich aus und gab ihm zwei schallende Ohrfeigen.

Der Junge taumelte rückwärts und warf einen Stuhl um. Fast wäre er in eines der Fenster gefallen, bevor es ihm gelang, sein Gleichgewicht wiederzugewinnen. Er stand ein paar Sekunden lang reglos und starrte seine Mutter verdutzt und ängstlich an. Sein dunkles Gesicht war bleich. Amanda wurde beim Anblick ihres Sohnes fast übel. Sie deutete auf den umgeworfenen Stuhl. »Setz dich. Und ich will kein Wort von dir hören, während ich mir Kathleens Schilderung der Ereignisse anhöre. Dann kannst du sagen, was du zu sagen hast.«

Er zögerte, hielt es aber schließlich für besser, ihr zu gehorchen. Er hob den Stuhl auf, stellte ihn vor das Fenster und setzte sich.

Amanda sah an ihm vorbei durch das Fenster. Die Dächer der Häuser um den Madison Square waren von dicken Schneewehen bedeckt, und das unschuldige Weiß stand in einem scharfen Gegensatz zu dem Schmutz, den sie gerade entdeckt hatte.

Sie wandte sich mit einer entschlossenen Bewegung um, ging zur Tür und drückte sie ins Schloß. Als sie erneut Kathleen ansah, spürte sie wieder diesen schmerzhaften Druck im Magen, stärker als je zuvor.

Sie trat zu dem Mädchen, legte ihm den Arm um die Schultern und drückte es leicht an sich.

»Du brauchst keine Angst zu haben, Kathleen. Sage mir alles, was geschehen ist. Wenn Louis sich an dir vergangen hat, wird er bestraft . . .«

»So?« fragte das Mädchen heftig. »Bisher ist er noch nie bestraft worden, ganz egal, was er angestellt hat!«

»Diesmal ja, das verspreche ich dir. Und nun erzähle mir genau, was passiert ist.«

Kathleen versuchte es. Ihre Stimme klang heiser und atemlos, und ihre Rede wurde von vielen kleinen Schluchzern unterbrochen. Unter anderen Umständen hätte Amanda es vielleicht komisch gefunden, aber jetzt war ihr nicht nach Lachen zumute.

»Er sagte ..., daß er mich ... in seinem Bett haben wollte und ... wenn ich es nicht täte, würde er sagen ..., daß er mich beim Stehlen erwischt hätte ...«

Amanda sah in die geröteten, verschwollenen Augen des Mädchens. Wenn Kathleen nicht eine außergewöhnlich gute Schauspielerin war, sagte sie die Wahrheit ...

»Und deshalb hast du nachgegeben?«

Kathleen nickte. »Weil er mich anzeigen wollte, wenn ich es nicht täte. Er hat verlangt, daß ich mich ausziehe ...«

»Verlangt?«

»Ja, so, wie er alles verlangt. Wissen Sie denn nicht, wie sich Ihr eigener Sohn gegenüber den Menschen benimmt, die ihn bedienen?«

»Nein, ich fürchte nicht. Anscheinend war ich zu sehr mit anderen Dingen beschäftigt, um mich wirklich um ihn zu kümmern.«

Aber ich habe ihm ein Beispiel gegeben, dem er folgen konnte! Wieder fiel ihr das Gespräch in Kalifornien ein, das seltsame, fast bewundernde Lächeln des Jungen, als sie ihm berichtet hatte, sie hätte einen Mann erschossen ...

Sie versuchte, ihre aufsteigende Wut zu bekämpfen, die mehr gegen sich selbst als gegen den Sohn gerichtet war, als sie herumfuhr und auf Louis zutrat. Einen Schritt vor ihm blieb sie stehen und blickte in seine schuldbewußten Augen.

»Louis, willst du abstreiten, was Kathleen berichtet hat?«

»Natürlich!« sagte er trotzig, aber ohne Überzeugung. »Ich habe dir doch schon gesagt, sie hat sich mir direkt aufgedrängt ...«

»Ich rufe alle Heiligen zu Zeugen an. Sie mögen mich sofort zu sich holen, wenn ich nicht die Wahrheit spreche!« rief das Mädchen erregt. »Ich hätte so etwas nie getan! Niemals hätte ich riskiert, diese Stellung zu verlieren, Mistreß de la Gura! Ich habe monatelang suchen müssen, bevor ich ein Haus fand, in dem man auch Iren aufnimmt. Glauben Sie wirklich, ich würde das aufs Spiel setzen, selbst ... selbst wenn ich so was wie den wirklich mögen würde?«

»Nein«, sagte Amanda müde. »Nein, das wäre wirklich sehr unwahrscheinlich.«

»Ma, glaube mir, sie hat das alles nur erfunden, um sich herauszureden . . .«

»Louis!« Sie sprach sehr leise, und ihre dunklen Augen sahen ihn drohend an. »Ich dulde keine einzige Lüge mehr. Hast du verlangt, daß Kathleen dir zu Willen ist oder nicht?«

Er wich ihrem Blick aus.

Sie packte ihn an den Schultern und drückte ihre Finger in seine Haut. »Antworte mir!«

»Ich . . .« Er fuhr mit dem Handrücken über seinen Mund. Und dann, als würde er einsehen, daß er in der Falle saß, blickte er Amanda herausfordernd an und sagte: »Und wenn ich es getan habe? Warum sollte ich sie nicht nehmen, wenn ich sie will? Es ist mein Haus, nicht ihres. Sie kommt doch aus der Gosse der Slums.«

Kathleen begann wieder zu weinen.

Amandas Hand ließ die Schulter ihres Sohnes los und sank kraftlos hinunter. Ihr Gesicht hatte alle Farbe verloren.

»Das ist doch die Höhe aller widerwärtigen, arroganten . . .«

»Stellst du dich auf ihre Seite?«

»Ja! Das tue ich! Was gibt dir das Recht, sie herumzukommandieren? Nichts und niemand gibt dir ein Recht dazu . . .«

»Nein?« Ein fast gemeines Grinsen verzog sein Gesicht. »Du tust doch alles, was du willst! Überall und zu jeder Zeit!«

Sie schlug nach ihm. Er fiel vom Stuhl, kam wieder auf die Knie und funkelte sie wütend an.

Amanda zitterte vor Erregung – als sie zu spät erkannte, daß sie nicht nach ihm geschlagen hatte, sondern nach seiner Anklage. Weil sie wußte, daß er recht hatte . . .

2

Sie befahl Louis, in seinem Zimmer zu bleiben. Dann legte sie Kathleen den Arm um die Schultern und führte sie auf den Korridor und in ihr eigenes Zimmer.

Das junge Mädchen tat ihr aufrichtig leid. Aber sie wußte auch, was getan werden mußte. Louis würde seiner Strafe nicht entgehen. Dafür würde sie sorgen – und zwar sofort. Aber

Kathleens weitere Gegenwart würde die Aufgabe, ihn wieder an die Zügel zu nehmen, unnötig erschweren.

Als sie und Kathleen in ihr Zimmer traten, drehte Amanda den Hahn der Gaslampe etwas weiter auf und führte das Mädchen zu einem Stuhl.

Dann setzte sie sich dem Mädchen gegenüber und sagte ruhig: »Kathleen, ich kann dir nicht sagen, wie sehr ich mich für meinen Sohn schäme . . .«

Das Mädchen fuhr sich nervös durch ihr zerzaustes Haar. »Wenn er mich nur nicht . . . nicht so benutzt hätte . . . wie irgendeinen Gegenstand . . .«

»Ich fürchte, daß ich an dieser Einstellung schuld bin«, stellte Amanda fest. »Ohne es zu wollen, habe ich in Louis den Glauben geweckt, daß er tun kann, was er will . . . Aber ich werde diesen Fehler sofort und gründlich korrigieren.«

Falls es dazu noch nicht zu spät war!

»Aber«, jetzt kam die schwierige Stelle, »ich hoffe, du bist einsichtig genug, um zu erkennen, daß es alles nur weiter verschlimmert, wenn du in diesem Haus bleibst.«

Kathleen hob den Kopf. Das kupferrote Haar schimmerte im Licht der Gaslampe – genau wie ihre geröteten Augen.

»Sie wollen mich entlassen?«

»Ich will es nicht, aber nach allem, was geschehen ist, würdest du dich hier nicht mehr wohl fühlen. Und es wäre auch nicht gut für Louis, wenn du . . .«

»Sie stehen doch auf seiner Seite!«

»Kathleen, glaube mir, daß es nicht so ist. Ich denke auch an dein Wohl.«

»Dann denken Sie doch vor allem daran, daß ich diese Arbeit brauche, um Gottes willen!«

»Daran denke ich auch.«

»Sie wollen ihn nicht bestrafen, das ist es!« Kathleen war aufgebracht.

»Ich versichere dir, daß er seine Strafe bekommen wird«, sagte Amanda, »und eine sehr spürbare.«

»Nein, Sie wollen mich aus dem Haus haben, damit Sie die Sache einfach auf sich beruhen lassen können, als wäre sie nie geschehen . . .«

»Du bist ungerecht, Kathleen. Siehst du nicht ein, was für Probleme es gäbe, wenn du Louis Tag für Tag sehen müßtest? Um deinetwillen möchte ich, daß du gehst. Noch heute nacht.«

»Heute nacht?«

»Ja, geh hinunter und sprich mit Michael. Sage ihm, er soll dir acht Wochenlöhne ausbezahlen. Und gib ihm deine Adresse. Ich werde mein möglichstes tun, dir so schnell wie möglich eine neue Stelle zu verschaffen.«

»Sie wollen mich also hinauswerfen, als wäre ich eine Diebin?«

»Kathleen.« Amanda fuhr sich über die Augen. Sie fühlte sich ausgelaugt, völlig erschöpft. »Du scheinst mich nicht verstanden zu haben. Ich möchte es um deinetwillen, vor allem um deinetwillen. Überlege doch einmal, wie dir zumute wäre, wenn du Louis täglich sehen müßtest und du dich jedesmal daran erinnern würdest, was er dir angetan hat.«

»Daran werde ich mich auch so erinnern«, erwiderte Kathleen hart. »Und ich will, daß er mich jeden Tag sieht, daß er niemals vergißt, wie niedrig und gemein er zu mir war . . .«

Amanda schüttelte den Kopf.

»Das würde doch auch nichts ändern. Glaube mir, Kathleen, in ein paar Tagen wirst du einsehen, wie recht ich hatte . . .«

»Sie sind ungerecht!« unterbrach Kathleen und blickte Amanda mit ihren hellblauen Augen anklagend an. »Ich habe nichts Böses getan. Die Schuld liegt ausschließlich bei Ihrem Sohn.«

»Und bei mir«, korrigierte Amanda müde. »Das habe ich dir doch schon gesagt. Aber ich bestehe darauf, daß du gehst. Es ist besser, für uns alle . . .«

Kathleens Gesicht wurde abweisend. In ihren hellen Augen stand ein Haß, wie ihn Amanda noch nie gesehen hatte.

»Sie sollten es sich lieber noch einmal überlegen, Mistreß de la Gura . . .«

»Hör mal zu, Kathleen. Ich versuche, in deinem Interesse zu handeln. Und ich lasse mir nicht drohen!« rief Amanda scharf.

»Wenn Sie mich hinauswerfen, werden meine Freunde dafür sorgen, daß es Ihnen leid tut.«

»Deine Freunde?«

»Mein Onkel ist ein guter Freund von Mister Rynders. Sie wissen sicher, wer Mister Rynders ist, nicht wahr?«

»Isaiah Rynders? Natürlich habe ich von ihm gehört.«

»Er wird erfahren, was mir in diesem Haus widerfahren ist.«

»Hast du mir eigentlich zugehört? Ich weiß, daß du es bist, der Unrecht geschehen ist. Und ich bemühe mich nach Kräften, es irgendwie gutzumachen.«

Um mein Gewissen zu beruhigen?

»Ich brauche diese Arbeit«, sagte das Mädchen mit fester Stimme. »Es ist die beste Stellung, die ich je hatte, und außer mir ist niemand in meiner Familie alt genug, um regelmäßig arbeiten zu können. Wenn Sie mich hinauswerfen, müssen wir wieder hungern – und Mister Rynders wird alles erfahren.«

»Und wozu, wenn ich fragen darf? Was wird Mister Rynders unternehmen? Glaubst du, er wird deinetwegen seine Schläger herschicken, um ein paar Fenster einzuwerfen?«

»Ich . . . ich weiß auch nicht, was er tun wird, aber irgend etwas wird er tun. Und sicher geht das nicht mit ein paar Steinwürfen ab . . .«

In ihren vom Weinen geröteten Augen stand eine seltsam kalte, beherrschte Wut. Sie hatten den gleichen Ausdruck, den Amanda schon öfter in Michaels Augen gesehen hatte, wenn er von Negern sprach oder von seiner Kindheit in den Slums der Five Points . . .

Sie verstand die Wut des Mädchens. Aber sie konnte sich diese Drohungen nicht gefallen lassen.

»Allmählich verliere ich die Geduld, Kathleen.«

»Sie werden noch viel mehr verlieren, bevor diese Angelegenheit erledigt ist!«

»Wage es nicht noch einmal, mir zu drohen!« sagte Amanda hart und erhob sich. »Geh jetzt zu Michael und laß dir dein Geld auszahlen.«

Das Mädchen wollte etwas sagen.

»Sofort!«

Kathleen sah Amanda noch ein paar Sekunden lang haßerfüllt an. Dann sprang sie auf, lief aus dem Zimmer und warf die Tür hinter sich ins Schloß.

Amanda ließ sich wieder auf ihren Stuhl fallen und blieb fast fünf Minuten lang reglos sitzen. Dann waren ihr Elend und ihre Erschöpfung stärker als ihre Selbstbeherrschung.

Sie vergrub ihr Gesicht in den Händen und begann zu weinen.

3

Als Amanda sich wieder beruhigt hatte, ging sie in ihr Schlafzimmer und holte den Whiskey aus der Vitrine. Der Alkohol war für sie ein Schlafmittel, und sie trank ihn nur, wenn sie nicht einschlafen konnte.

Sie goß eine großzügige Portion in ein Glas und kippte sie mit zwei, drei Schlucken hinunter.

In ihrem erschöpften Zustand wirkte der Alkohol sofort. Als sich Amanda wieder etwas beherrschter fühlte, ging sie hinaus und den Korridor entlang zur Tür von Louis' Zimmer.

Sie klopfte an.

»Ja?« brummte er mißlaunig.

Sie trat ein.

»Ich werde mich mit dir unterhalten, sobald ich mit Michael gesprochen habe«, sagte sie. Er wandte ihr den Rücken zu.

Amanda schüttelte den Kopf, verließ das Zimmer und ging die Treppe hinunter.

Michael saß an seinem Schreibtisch in der Bibliothek. Sein Gesicht war genauso düster wie während ihrer Diskussion über die Zwillinge.

Amanda schloß die Tür und lehnte sich gegen das Holz.

»War Kathleen hier?«

»Ja, Mistreß Amanda. Sie ist gerade gegangen. Ich habe ihr einen Scheck in der Höhe von acht Wochenlöhnen gegeben, wie Sie angeordnet haben. Sie ist jetzt unten in ihrem Zimmer und packt ihre Sachen.«

Amanda nickte.

»Um diese Zeit und bei diesem Schneesturm wird sie kaum eine Kutsche finden, fürchte ich. Ich werde nachher anspannen und sie selbst nach Hause fahren.«

»Wieviel hat Kathleen Ihnen erzählt?«

»Genug, um zu wissen, daß Louis sie sozusagen vergewaltigt hat.« Er zögerte. »Was werden Sie mit dem Jungen unternehmen?«

»Darüber werden wir uns etwas später unterhalten. Sind Sie mit mir einer Meinung, daß es richtig war, Kathleen McCreedy zu entlassen?«

Michael stand auf und trat zu dem kleinen Tisch neben dem Kamin. Er nahm eine Scheibe kalten Hammelbraten vom Teller und biß hinein. Aber er aß nicht mit dem Genuß, den er sonst beim Essen zeigte. Amanda hatte das Gefühl, daß er nur Zeit gewinnen wollte.

Als er den Bissen hinuntergeschluckt hatte, sagte er: »Unter den Umständen, ja.«

»Das Mädchen hat ein paar Drohungen ausgestoßen, uns Isaiah Rynders auf den Hals zu hetzen.«

Michael hob die Brauen. »Den Ward-Boss?«

Amanda nickte.

»Sie behauptet, er sei ein Freund ihres Onkels. Glauben Sie, daß man ihre Drohung ernst nehmen muß?«

»Ich fürchte, ja. Es gibt keine größere Gang, zu der Rynders nicht irgendwelche Beziehungen hat – die Patsy Conroys, die Daybreak Boys, die Shirt Tails, die Plug Uglies und so weiter. Wenn Rynders einen Grund hat, Kathleens Onkel einen Gefallen zu tun, dann wird er es sicher tun. Das heißt, ein paar seiner Schläger werden das erledigen. Solche kleinen Gefälligkeiten sichern ihm die Loyalität der Leute bei den nächsten Wahlen . . .«

»Können Sie sich vorstellen, was sie unternehmen werden?«

Michael zuckte mit den Schultern. »Keine Ahnung. Es gibt da viele Möglichkeiten: ein Überfall auf der Straße, wenn Sie es am wenigsten erwarten. Vielleicht nehmen sie sich auch Louis vor. Ein paar von den Gangs haben sich darauf spezialisiert, ihre Opfer zu treten – mit Schuhen, in die Messerklingen eingearbeitet sind.«

»Mein Gott!«

»Eine beliebte Taktik ist auch ein überraschender Überfall auf ein Haus, das ausgeraubt und zerstört wird. Oder

Brandstiftung – das ist fast risikolos. Die Möglichkeiten sind ziemlich unbegrenzt . . .« Er lächelte, um Amanda Mut zu machen. »Aber wahrscheinlich waren Kathleens Drohungen nur aus der Hitze des Augenblicks geboren. Sie wissen doch, daß man nicht alles ernst meint, was man in der ersten Wut sagt . . .«

»Aber Sie sind nicht davon überzeugt.«

Er wich ihrem Blick aus. »Nicht ganz.«

»Nun, dann wird es wohl Zeit, meinen alten Revolver wieder in Form zu bringen und griffbereit zu halten.«

»Vielleicht gar keine schlechte Idee«, meinte Michael nachdenklich.

»Und nun zu Louis. Ich weiß schon, was ich tun werde. Als erstes werde ich ihn bestrafen – eigenhändig. Und dann werde ich ihn vorläufig von Professor Pembertons Schule nehmen. Er soll lernen, was Arbeit ist. Ich verlasse mich dabei vor allem auf Sie, Michael. Sie sind öfter und länger zu Hause als ich. Sorgen Sie dafür, daß Louis immer etwas zu tun hat, ganz egal, was es ist. Und wenn Sie keine Arbeit für ihn haben, erfinden Sie eine. Ich will, daß er körperlich bis zur völligen Erschöpfung arbeitet, verstanden?«

»Was haben Sie vor, Mistreß Amanda? Wollen Sie ihn brechen wie ein störrisches Pferd?«

»Haben Sie einen besseren Vorschlag?« fragte sie irritiert zurück.

»Ich denke schon, aber ich fürchte, damit würde ich Sie noch mehr verärgern.«

»Reden Sie.«

Michael atmete tief durch.

»Geben Sie ihm ein anderes Beispiel. Eines, dem er folgen kann.«

Ihr Gesicht lief rot an. »Was wollen Sie damit sagen?«

»Das ist doch ganz einfach: Sie sind eine energische, entschlossene Frau. Sie verfolgen Ihre Ziele, ohne Rücksicht auf sich und andere – und Sie machen daraus nie ein Geheimnis. Ich fürchte, Louis' Verhalten ist nur seine Art, Ihnen und Ihrer Lebensweise seine Art von Respekt zu zeigen.«

»Eine sehr abnorme Art, würde ich sagen!« Ihre Stimme

klang scharf und kalt. Sie wußte, daß Michael den Kern des Problems getroffen hatte.

»Damit haben Sie völlig recht«, stimmte er ihr zu. »Aber ich bin überzeugt, daß sich Louis' Haltung zum Vorteil verändern wird, wenn Sie eine ... eine weniger aggressive Einstellung zeigen würden.«

»Ich kann nicht anders sein, als ich bin!«

»Natürlich nicht. Aber Sie könnten sich zumindest Louis gegenüber etwas sanfter geben, anderen Menschen gegenüber vielleicht auch.« Er blickte sie abwartend an. Als sie schwieg, fuhr er fort: »Sie sollten zum Beispiel nicht so offen und so häufig von Ihrer Entschlossenheit sprechen, sich in den Besitz von Kent und Sohn setzen zu wollen. Louis versteht sicher nicht den Grund für Ihre Entschlossenheit. Er sieht sie als Beweis Ihres rücksichtslosen Durchsetzungswillens. Er kennt auch nicht den Grund für Ihren Haß auf Stovall, aber er spürt ihn. Sie wissen es vielleicht nicht, können es vermutlich auch gar nicht wissen: Aber Sie sind ein völlig anderer Mensch, wenn sich Ihre Gedanken mit Stovall befassen, und wenn Sie zum Beispiel mit Mistreß Ludwig sprechen oder das Für und Wider des Abolitionismus diskutieren. Aber, wie gesagt, vermutlich ist Ihnen das noch nie aufgefallen ...«

»Nein.«

»Dann war es vielleicht gut, daß ich Sie darauf aufmerksam gemacht habe, auch wenn Sie nun auf mich ärgerlich sein sollten.«

Amanda antwortete nicht. Ihr Blick glitt unruhig durch die Bibliothek.

Sie sah das Bild ihres Großvaters, das von den flackernden Flammen des Kaminfeuers erhellt wurde, die Scheide des französischen Schwertes, den dunkelglänzenden Holzschaft des Kentucky Rifle, das grüne Teeglas, das Samtetui mit Jareds Medaillon und ihren zerfransten Armreifen aus geteertem Tauwerk ...

»Jeder Mensch, den ich kenne, will mir einreden, daß ich eine Närrin bin, weil ich versuche, Kent und Sohn wieder in meinen Besitz zu bringen.« Ihre Stimme klang belegt und fast niedergeschlagen.

»Jeder? Dann stehe ich mit meiner Ansicht also nicht allein?«

Sie lachte bitter auf. »Fast alle haben mir abgeraten: Rose Ludwig erst heute abend, vor wenigen Stunden. Mein Cousin Jared, bevor er starb. Kapitän McGill . . .« Sie machte eine vage Geste. »Aber das ist unwesentlich. Ich betrachte es als meine Pflicht, mit Stovall abzurechnen.«

»Und ich bin der Ansicht, daß Ihr Pflichtgefühl zu einer Manie geworden ist.«

»Nennen Sie es, wie Sie wollen. Ich werde nicht aufhören – ich kann jetzt nicht aufhören. Er hat mich einmal stoppen können, weil ich unvorsichtig war. Ein zweitesmal wird ihm das nicht gelingen. Versuchen Sie doch einmal, mich zu verstehen, Michael. Für Louis' heutiges Verhalten gibt es keine Entschuldigung. Aber alles, was ich getan habe und tue, jeder Schritt, den ich mache, gilt meinem einzigen Ziel: Kent und Sohn wieder zu besitzen und Stovall zu bestrafen.«

»Unser Gespräch dreht sich um Louis, wenn ich Sie recht verstanden habe, und um das Beispiel, das Sie ihm geben. Sie könnten tagelang auf ihn einreden und versuchen, ihm das alles begreiflich zu machen, was Sie mir eben erläutert haben. Er wird Sie nicht verstehen. Er ist einfach noch nicht alt genug, um den feinen Unterschied zwischen dem Appetit auf eine Frau und dem Appetit auf Rache zu begreifen – falls es da wirklich einen Unterschied gibt . . .«

»Es gibt einen!«

Sein Schulterzucken sollte ihr sagen, daß er das sehr stark bezweifelte.

»Michael, Sie müssen doch einsehen, daß Louis' Handeln sinnlos und ohne . . .«

»Entschuldigen Sie«, unterbrach er. »Ich mag vielleicht einen niedrigen männlichen Standpunkt vertreten, aber ein Junge, der ein körperliches Verlangen verspürt, wird dieses Verlangen sicherlich nicht als sinnlos betrachten. Für ihn ist es in dem Augenblick das Wichtigste auf der Welt. Ich habe Monate gebraucht, bis ich endlich den Mut fand . . .«

»Ich rede nicht von der Tatsache an sich, sondern von der verachtenswerten Art, mit der Louis vorgegangen ist.«

Michael blickte Mr. Mayor an, der zusammengerollt auf der Marmorplatte vor dem Kamin schlief.

»Und die für mich geplante Expedition in die Five Points würden Sie nicht verachtenswert nennen?«

»Ich habe Ihnen doch sehr deutlich erklärt, daß ich die Aussagen de Phelans nur in einem wirklichen Notfall zu benutzen gedenke. Also wollen wir doch bei unserem Thema bleiben.«

Michael runzelte die Stirn. »Sie haben mich nach meiner Meinung gefragt und mich um Vorschläge gebeten . . .«

»Und sie sagen mir nicht zu. Hamilton Stovall und das Verhalten meines Sohnes haben nichts miteinander zu tun.«

»Wen versuchen Sie eigentlich zu überzeugen? Mich oder sich selbst?«

»Michael, Sie gehen zu weit!«

»Finden Sie? Erst verpflichten Sie mich dazu, Ihren Sohn zu disziplinieren . . .«

»Ich habe Ihnen doch gesagt, daß ich ihn selbst bestrafen . . .«

»Mein Gott, Mistreß Amanda! Wann werden Sie endlich begreifen, daß es Ihre Besessenheit von Kent und Sohn ist, die den Jungen verdirbt? Solange Sie das nicht begriffen haben, wird keine Strafe seinen Charakter ändern können. Wenn Sie sich ändern, könnten Sie seinem Leben vielleicht noch eine andere Richtung geben. Sonst . . .«

»Das reicht, Michael.«

»Nein, verdammt noch mal! Ich werde sagen, was ich . . .«

»Das Thema ist beendet!«

Der junge Ire schwieg.

»Und Sie werden Louis hart arbeiten lassen, wie ich es Ihnen gesagt habe.«

»Befohlen habe«, knurrte er und wandte sein Gesicht dem Kaminfeuer zu. Er sah den weißen Kater vor dem Kamin liegen. Mit einem Fußtritt jagte er ihn fort.

Mr. Mayor schreckte aus tiefem Schlaf, fast so erstaunt über Michaels ungewohnte Grausamkeit wie Amanda.

Michael schlug mit der Faust auf den Kaminsims, lief Mr. Mayor nach, nahm ihn auf den Arm und streichelte ihn. Dabei murmelte er leise Entschuldigungen, als hätte er einem Menschen Unrecht getan.

Amanda blickte den jungen Iren an. Sie konnte nicht zugeben, daß er recht hatte. Oder daß Jared recht hatte. Oder Bart McGill. Sie konnte nicht zugeben, daß sie von ihrer eigenen Besessenheit, Kent & Sohn in ihren Besitz zu bringen, zerstört wurde. Sie war stark. Sie hatte schlimmere Situationen überlebt. Überlebt und überwunden. Sie würde auch diese Situation überleben. Sie würde Louis zur Vernunft bringen und ihr Ziel erreichen.

Michael wandte ihr noch immer den Rücken zu.

Amanda sagte: »Sorgen Sie dafür, daß Louis um sechs Uhr geweckt wird. Ich werde ihn vor dem Schlafengehen davon informieren, daß Sie ihn . . .«

Laute Geräusche an der hinteren Tür des Hauses unterbrachen ihren Satz: dumpfes Poltern und erregtes Rufen mehrerer Stimmen.

Amanda und Michael sprangen auf und liefen zur Tür.

Als sie den Korridor entlangeilten, kam ihnen Mr. Hampton, der Butler, entgegen. Seine gestreifte Weste stand offen, und er mühte sich, seine schwarze Jacke anzuziehen. Eine kräftige Ginfahne wehte ihm voraus. Anscheinend hatte er sich noch ein wenig erholen wollen, bevor er nach Hause ging.

»Mistreß de la Gura«, sagte er aufgeregt, »eben ist ein Wagen von Adams Expreß vorgefahren.«

»Um diese Zeit?«

»Ich habe es selbst kaum glauben können, vor allem bei diesem Schneesturm. Aber der Wagen ist da, und zwei Männer laden eine große Kiste ab.«

»Wir haben nichts bestellt, das so groß wäre, um in einer Kiste . . .«, begann Michael.

»Das kann ich auch nicht ändern, Mister Boyle«, sagte Hampton. »Die Kiste ist mit der Bahn gekommen und an Mistreß de la Gura adressiert.«

»Oh, mein Gott«, flüsterte Amanda, als ein ungeheurer Verdacht in ihr aufstieg. »Jephthas Brief . . .«

»Was hat der Brief mit der Kiste zu tun?« fragte Michael verwundert.

Aber Amanda war schon an ihm vorbeigelaufen, auf die Hintertür zu.

Die beiden Männer blickten ihr ein paar Sekunden lang verblüfft nach, dann setzten sie sich ebenfalls in Bewegung.

4

Schmelzender Schnee tropfte von den Wänden der Kiste, die einen säuerlichen Geruch verströmte.

Michael und Hampton halfen den beiden Fuhrleuten, sie die Kellertreppe hinunter in einen der unbenutzten hinteren Räume zu schaffen.

Die Dienstmädchen drängten sich neugierig um die Kiste. Brigid, das Mädchen, das für die unteren Räume zuständig war, hielt eine Öllampe in die Höhe, die tanzende Schatten an die Wände warf.

Amanda starrte auf die Adresse, die mit schwarzer Farbe auf eine Seite der Kiste gemalt worden war: Mrs. de la Gura, Madison Square, New York City.

In einer Ecke stand, kleiner, der Absender: J. Jared, Clifton Forge, Virginia.

An einer der beiden Längsseiten entdeckte Amanda eine weitere Beschriftung: Inhalt Bücher und Haushaltsartikel.

Der falsche Name des Absenders – verständlich nur für Amanda – bestärkte sie in ihrer Ahnung über den Inhalt der Kiste. Mit einem plötzlichen Unbehagen erinnerte sie sich an die Passage in Jephthas Brief, in der er angedeutet hatte, daß die bisher benutzten Bestimmungsorte der Fracht seit einiger Zeit unsicher geworden seien . . .

»Die Kiste ist mit der Bahn aus Baltimore gekommen«, sagte einer der beiden Fuhrleute. »Für den Gestank können wir nichts. Einer von den Männern auf dem Güterbahnhof muß dagegengepißt haben . . .«

Sein Kollege stieß ihm den Ellenbogen in die Seite. Dann zog er einen zerknitterten Zettel und einen Bleistift aus der Tasche und hielt Amanda beides hin. »Sie müssen noch unterschreiben.«

»Warum haben Sie die Kiste bei einem so schlechten Wetter zugestellt?« fragte Amanda, während sie ihren Namen unter die Empfangsbestätigung schrieb.

»Weil der Absender dafür extra bezahlt hat«, sagte der erste Mann knurrig. »Sonderzustellung eine Stunde nach Ankunft . . .«

Die beiden Fuhrleute gingen. Kurz darauf hörte Amanda das Rollen von Rädern im dicken Schnee, das gedämpfte Stampfen von Pferdehufen. Sie lauschte ihnen nach, bis sie verklungen waren. Dann ging sie langsam um die Kiste herum und betrachtete sie von allen Seiten. Sie entdeckte drei Löcher, die mit einem Bohrer durch das Holz getrieben worden waren. Das war die letzte, endgültige Bestätigung dafür, daß ihre Ahnung richtig gewesen war. Sie wußte nicht, ob sie über diese neue, zusätzliche Belastung lachen oder weinen sollte.

Michael sagte laut, was die verwirrte Dienerschaft nur dachte: »Wer, zum Teufel, schickt Ihnen Bücher und anderes Zeug, Mistreß Amanda?«

»Der J. Jared ist Jephtha Kent in Virginia. Jared war der Name seines Vaters. Ich bin sicher, daß er ihn verwendet hat, damit nur ich weiß, von wem die Kiste kommt.«

»Na schön. Aber mit dem Öffnen haben wir bis morgen früh Zeit . . .«

Amanda schüttelte den Kopf.

»Wir müssen sie sofort aufmachen. Hol ein Brecheisen.«

»Warum?« fragte Michael verwundert. »Wozu diese Eile?«

Sie deutete auf die Löcher. »Haben Sie die drei Löcher nicht bemerkt?«

»Und was ist damit?«

»Erinnern Sie sich nicht mehr an den Zeitungsartikel, in dem über einen Negersklaven berichtet wurde, der sich in einer Kiste von Virginia an die Anti-Slavery-Society in Philadelphia hat schicken lassen? Die Untergrund-Eisenbahn hat diesen Trick seitdem mehrere Male benutzt.«

»Oh, mein Gott!« rief die Köchin erschrocken. »Hat Ihr Cousin etwa mit dieser Sache zu tun, Madam?«

»Er hat in seinen letzten Briefen etwas angedeutet. Michael, holen Sie endlich das Brecheisen!«

Eine halbe Minute später kam der junge Ire mit dem Werkzeug zurück und begann, eine Seitenwand der Kiste zu lösen.

Amanda war empört, daß Jephtha sie in seine illegalen Machenschaften hineinzog, ohne sie auch nur vorzuwarnen ...

Aber sie war vorgewarnt worden, erkannte sie dann. In seinem Brief hatte Jephtha ihr geschrieben, daß er vielleicht gezwungen sein würde, sich an Menschen zu wenden, die er sonst nicht belasten oder gefährden würde! Und wenn dies auch keine genaue Wiedergabe seiner Worte war, so entsprach sie doch ihrem Sinn. Er hatte ihr auf eine versteckte Weise mitteilen wollen, daß er vielleicht ihre Hilfe brauchen würde. Wahrscheinlich hatte er diese kryptische Formulierung gewählt, weil er vermutete, daß die Post von Menschen, die im Verdacht standen, Mitglieder der Untergrund-Eisenbahn zu sein, kontrolliert werden könnte. Als sie seine Zeilen vorhin gelesen hatte, war sie zu unaufmerksam oder mit anderen Dingen beschäftigt gewesen, um ihre wahre Bedeutung zu erkennen.

Ein Nagel knirschte, als Michael sich mit aller Kraft gegen das Brecheisen stemmte. Er setzte das Ende der Eisenstange unter den nächsten Nagel. Doch sie glitt ihm aus den Händen und fiel klirrend zu Boden.

»Ich kann das verdammte Ding nicht halten«, sagte er wütend. »Es scheint Wagenschmiere daran zu sein.«

»Spucken Sie sich doch in die Hände«, schlug Amanda vor.

Michael, der sich gerade nach der Eisenstange bückte, hielt in der Bewegung inne und starrte sie an. Die Reaktion der Dienerschaft war noch stärker. Der Butler riß vor Entsetzen den Mund auf.

Amanda fuhr ihn an: »Haben Sie sich noch niemals in die Hände gespuckt, um irgendein Werkzeug fester in den Griff zu bekommen?«

»Nein ... Madam, ich ... niemals«, stotterte der Butler. Schon die Vorstellung schien ihn tief zu verstören.

»Dann haben Sie noch nie richtigen Gebrauch von diesem Speichel gemacht, den Gott Ihnen auch zu diesem Zweck gegeben hat«, sagte Amanda ironisch. Sie wandte sich an Michael: »Wie lange dauert es denn noch, bis Sie das verdammte Ding offen haben?«

»Einen Augenblick, Mistreß Amanda. Ich wollte gerade Ihrem Vorschlag folgen . . .« Er spuckte sich in die Hände. Mr. Hampton schlug entsetzt die Augen gen Himmel.

Kurz darauf hatte er die Nägel einer Seitenwand gelöst und sprang rasch zurück, als sie umkippte und zu Boden krachte. Eins der Mädchen schrie erschrocken auf, und Amanda hätte Michael wegen seiner Ungeschicklichkeit fast wieder angefahren.

Das fehlte mir noch, daß er sich verletzt!

Sie starrte in die offene Kiste und entdeckte ein ziemlich hellhäutiges, junges Negermädchen, das auf einem Knäuel billiger Decken hockte. Ihr ausgefranster Baumwollrock reichte kaum über ihre mageren Oberschenkel. Amanda schätzte sie auf sechzehn oder siebzehn Jahre. Sie sah unterernährt und verfroren aus. Und jetzt, nach dem Öffnen der Kiste, war der Uringeruch fast unerträglich.

Das Mädchen begann herauszukriechen. Auf seinem Gesicht glänzten Tränen.

»Ich glaubte schon, ich müßte in der Kiste sterben. Von der Kälte und von dem ewigen Rütteln auf der Eisenbahn . . .«

Amanda zwang sich zur Ruhe. Sie kniete sich neben die Negerin und legte den Arm um den zitternden Körper.

»Du bist jetzt in Sicherheit, Kind. Wie heißt du?«

»Mary.«

»Und weiter?«

»Nur Mary. Sonst habe ich keinen Namen.«

»Ich bin Mistreß de la Gura.«

»Gott sei gelobt! Reverend Kent hat mich nach Clifton Forge gebracht und in Mister Symes Wagen versteckt. Dann hat er mich in einen Wald gebracht, und dort stand diese Kiste. Und bevor er mich einnagelte, sagte er mir, Sie würden mir helfen, nach Kanada zu kommen . . .«

»Jesus! Schwarze Konterbande! Das ist wirklich etwas, was wir dringend brauchen . . .« Michael stöhnte und wandte sich ab.

»Seien Sie still, Michael!«

»Aber man kann Sie verhaften, wenn Sie einem entlaufenen Sklaven . . .«

»Ich habe gesagt, Sie sollen schweigen! Mary, wie lange warst du in dieser Kiste eingesperrt?«

»Zwei Nächte und einen Tag, glaube ich. Was für ein Tag ist heute?«

»Freitag. Das heißt, inzwischen dürfte es schon Sonnabend sein.«

»Der Reverend hat mich am Mittwoch zum Güterbahnhof in Virginia gefahren – das sind fast fünfzig Kilometer.«

»Warum konnte er diese Kreatur nicht gleich bis Kanada verfrachten lassen?« sagte der Butler und rümpfte die Nase.

»Hüten Sie Ihre Zunge, Mister Hampton«, sagte Amanda warnend. »Dieses Mädchen ist keine Kreatur, sondern ein Mensch wie Sie und ich.« Sie wandte sich wieder der Negerin zu. »Und ein hungriger Mensch, schätze ich. Hast du unterwegs etwas zu essen gehabt, Kind?«

»Etwas Brot. Aber kein Wasser. Das schlimmste war, daß ich manchmal kaum Luft bekam, und dann tat mir alles weh, weil ich mich immer festhalten mußte, wenn die Kiste aus- oder eingeladen wurde. Wenn ich es nicht getan hätte, wäre ich in der Kiste umhergerollt, und die Männer hätten etwas merken können . . .«

»Beantwortet das Ihre Frage, Mister Hampton?« fragte Amanda und blickte den Butler an. »Wenn man sie die weite Strecke bis Kanada in dieser Kiste verschickt hätte, wäre sie wahrscheinlich unterwegs erstickt – oder erfroren. Und auf jeden Fall hätte das Holz dann einen solchen Gestank ausgeströmt, daß jemand die Kiste mit Sicherheit geöffnet hätte.«

Das Mädchen blickte Amanda verlegen an. »Ich habe versucht, mich nicht naßzumachen, Madam. Wirklich, ich habe es zurückgehalten, bis es nicht mehr ging . . .«

»Das ist nicht schlimm«, sagte Amanda leise und strich ihr über das Haar. »Du hast dich sehr tapfer gehalten, Mary. Wem gehörst du eigentlich?«

Das Mädchen blinzelte verstört. »Ich gehöre mir. Wenn ich nach Kanada komme, werde ich nie wieder jemandem gehören.«

»Ich meinte, wem hast du in Virginia gehört?«

»Captain Tunworth.«

»Dem Schwiegervater von Reverend Kent?«

»Ja, Madam. Zu anderen Weißen kann er sehr nett sein. Aber seine Neger behandelt er schlimmer als Tiere. Besonders, wenn er schlechte Laune hat.«

Amanda nickte. Ihre Empörung über Jephtha war fast verraucht angesichts des Mutes und der Energie dieses schwächlichen jungen Mädchens, das sein Leben zwei weißen Männern anvertraut hatte und in einer dunklen Holzkiste in rüttelnden Zügen gereist war, mit ihrer Todesangst als einzigem Begleiter.

»Ich habe den Captain kennengelernt«, sagte sie. »Und du bestätigst den Eindruck, den ich von ihm hatte.«

»Ich habe gewußt, daß Mister Syme mich auf den Weg nach Kanada bringen konnte. Fast jeder Neger in Lexington weiß das. Eigentlich wollte ich gar nicht fort, aber dann hat der Captain Mama und Papa an einen Mann in Carolina verkauft. Der Mann wollte mich auch haben, aber der Captain sagte, daß er mich behalten will. Ich wußte, daß ich meine Eltern nie wiedersehen würde, und da dachte ich mir, nun kann ich auch die Flucht riskieren und ein freier Mensch werden.«

»Aber warum hat der Reverend dich hierher geschickt?« fragte Michael. »Warum nicht an eine Organisation wie die Anti Slavery Society?«

»Jephtha hat in seinem Brief angedeutet, daß es zu gefährlich geworden ist«, griff Amanda ein.

Mary nickte. »Er und Syme haben mir gesagt, daß alle bekannten Anlaufstellen von Sklavenfängern beobachtet werden. Und die kennen alle Tricks – auch den mit der Kiste . . .«

Sie schlang plötzlich die Arme um Amandas Hals und verbarg das Gesicht an ihrer Schulter.

»Ich hatte große Angst in der Kiste. Es war dunkel, und es hat so gerochen . . . ich konnte es wirklich nicht mehr halten . . . und ich bin so froh, daß ich jetzt hier bin . . . so froh . . .«

»Holt ein paar saubere Decken«, sagte Amanda und drückte das schluchzende Mädchen an sich. »Wir werden sie in den leeren Raum neben Michaels Zimmer bringen, bis wir entschieden haben, was wir mit ihr anfangen werden und . . .«

Sie brach den Satz ab und starrte an der Dienerschaft vorbei zur offenen Tür des Raums.

Kathleen McCreedy stand stumm auf der Schwelle und blickte interessiert auf die Szene.

»Michael!«

Amandas warnender Ruf ließ ihn herumfahren und zur Tür blicken.

»Bringen Sie sie hinaus! Und wenn Sie sie nach Hause fahren, warnen Sie sie, daß sie kein Wort sagen soll, sonst . . .«

»Ich fürchte, in unserer Situation kann man anderen weder Warnungen erteilen noch Drohungen aussprechen . . .« Er packte das Mädchen beim Arm und stieß es von der Tür fort.

Die junge Negerin begann noch lauter zu schluchzen, und die erneute Konfrontation mit Kathleen, in dieser denkbar ungünstigsten Situation, hatte Amandas Nerven so strapaziert, daß sie fast ebenfalls in Tränen ausgebrochen wäre.

Die Tatsache, daß Jephtha Kent sich auf ihre Bereitwilligkeit verlassen hatte, eine entlaufene Sklavin aufzunehmen – was eine flagrante Verletzung des Gesetzes über entlaufene Sklaven darstellte –, war schon schlimm genug. Aber daß Kathleen McCreedy das Negermädchen hier gesehen hatte, war eine Katastrophe!

5

Michael kam kurz nach ein Uhr zurück und ging zu Amanda in die Bibliothek.

»Ich habe alles versucht, aber sie ist noch immer voller Zorn auf Sie. Ich habe ihr weitere zwei Wochenlöhne versprochen – zahlbar in einem Monat –, wenn sie den Mund über diese Geschichte hält.«

»Glauben Sie, daß sie es tun wird?«

Seine Antwort klang nicht sehr ermutigend. »Das hängt davon ab, wie sie die ganze Angelegenheit in zwei oder drei Tagen betrachtet. Es gibt in der Five Points etwas, das nicht käuflich ist, Mistreß Amanda, und das ist der Haß eines Iren.«

»Dann können wir also nur abwarten und das Beste hoffen«, stellte Amanda resigniert fest.

»Was wollen Sie mit der Niggerin – mit dem Mädchen anfangen?«

»Ich werde sie auf das erste Schiff nach Kanada bringen. Erkundigen Sie sich sofort morgen früh im Hafen nach Möglichkeiten.«

»Sie wollten doch auch noch Ihren Sohn bestrafen«, erinnerte sie Michael.

»Das kann ein paar Stunden warten. Aber ich wollte jetzt ohnehin hinaufgehen und mit ihm sprechen.«

»Sie haben es noch nicht getan?«

»Nein, ich habe es noch nicht getan!« erwiderte sie scharf. »Ich mußte mich schließlich um das Mädchen kümmern! Wir haben ihr etwas zu essen gegeben, aber sie hat alles wieder herausgebracht. Schließlich habe ich sie dazu überredet, ein Glas Brandy zu trinken. Das hat sie müde gemacht, und sie ist eingeschlafen.«

»Sie sollten auch schlafen gehen«, sagte Michael. »Sie sehen völlig erschöpft aus.«

»Ich werde erst mit Louis sprechen.«

Aber selbst das schlug fehl.

Sie stieg die Treppe hinauf und ging zum Zimmer ihres Sohnes. Die Tür war unverschlossen, und sie öffnete sie leise.

Louis lag angezogen auf dem zerwühlten Bett. Sein Kopf war tief in den Kissen vergraben, als hätte er sich verkriechen und der Welt entfliehen wollen.

Amanda stand mehrere Minuten lang vor dem Bett und betrachtete ihren Sohn.

6

Michael war noch immer in der Bibliothek, als sie zurückkam. Er saß bequem zurückgelehnt, die Beine zum Feuer ausgestreckt. Der weiße Kater schlief auf seinen Knien.

»Michael . . .«

»Ja, Mistreß Amanda?«

»Ich wollte Ihnen sagen, daß ich mir die Sache mit den Phelan-Zwillingen überlegt habe. Sie brauchen nicht in die Five Points zu gehen.«

Er wirkte überrascht. Dann sagte er zufrieden: »Das ist gut. Weil ich mir eben überlegt habe, daß ich eher kündigen würde, als diesen Auftrag auszuführen. Ich bin Ihnen sehr dankbar, daß Sie Ihre Ansicht geändert haben. Darf ich den Grund dafür wissen?«

»Ich habe gerade eine Weile vor Louis' Bett gestanden und über einiges nachgedacht, was Sie mir im Lauf dieser Nacht gesagt haben. Ich möchte nicht, daß Louis der Preis für Kent und Sohn ist.«

»Warum machen Sie dann nicht wirklich reinen Tisch? Lassen Sie doch auch diesen Trick mit den Aktien, lösen Sie Boston Holdings auf. Sie haben doch mehr als genug Geld, um einen neuen Verlag zu gründen.«

»Das wäre nicht dasselbe. Der Erwerb der Aktien ist legal. Ich werde also weitermachen und kann nur hoffen, daß ich damit durchkomme.« Es bedrückte sie – trotz allem –, daß sie jetzt alles auf eine einzige Karte setzen mußte.

Michael lächelte. »Zumindest sollte Ihr Entschluß, die andere Sache aufzugeben, Sie etwas erleichtern.«

»In gewisser Weise schon«, gab Amanda zu. »Trotzdem habe ich das unangenehme Gefühl, mich vor einer Auseinandersetzung zu drücken. Und das habe ich in meinem ganzen Leben noch nicht getan.«

»Ich bin der Ansicht, daß Ihr Entschluß Sie mehr Mut gekostet hat als jeder Kampf.«

»Ich wünschte, ich könnte Ihnen das glauben«, sagte sie leise. »Gute Nacht, Michael.«

Als sie sich zur Tür wandte, sah sie die Bewunderung in seinen Augen und fühlte sich dadurch ein wenig getröstet.

8. Kapitel

Der Sklavenjäger

1

Der nächste Morgen brachte hellen Sonnenschein, der den Schnee schmelzen ließ. Amanda schlief bis neun Uhr – drei Stunden länger als sonst –, und als sie beim Aufwachen einen Blick auf die Uhr warf, fuhr sie erschrocken aus dem Bett, warf einen Morgenmantel über und ging in den dritten Stock hinauf.

Sie fand Mary vor den Resten eines ausgiebigen Frühstücks, das man ihr aus der Küche hinaufgebracht hatte. Sie schien bester Stimmung zu sein und sagte strahlend: »So viel habe ich noch nie in meinem Leben bekommen. Und in so einem weichen Bett habe ich auch noch nicht schlafen dürfen.«

»Wie fühlst du dich heute?« fragte Amanda lächelnd.

»Besser als je zuvor. Sonst hätte ich ja gar nicht so viel essen können.«

»Gut. Heute werden wir fragen, wann ein Schiff nach Kanada geht.«

»Ich habe Angst, von hier wegzugehen«, sagte Mary leise. »Ich kenne doch niemanden dort. Der Reverend konnte mir auch keine Namen nennen . . .«

»Ich habe gehört, daß es in fast allen großen Städten Kanadas Anti Slavery Societies gibt. Du wirst bestimmt keine Schwierigkeiten haben, eins dieser Büros zu finden. Dort wird man dir helfen, eine Arbeit zu finden, und dir ein Zimmer geben und was du sonst noch brauchst.«

Das Mädchen umklammerte Amandas Arm. »Sie glauben doch nicht, daß man jemand hinter mir herschicken wird, um mich wieder einzufangen, oder?«

Amanda schüttelte den Kopf.

»Das ist sehr unwahrscheinlich. Es ist ein weiter Weg von Virginia . . .« Sie hoffte, daß sie recht hatte.

Als sie das Zimmer verließ, hüpfte Mary auf der Matratze

auf und ab, und ihr Gesicht wirkte fast verzückt, als sie diesen ungewohnten Luxus auskostete.

Amanda stieg wieder in das zweite Stockwerk hinunter und ging zum Zimmer ihres Sohnes. Es war leer. Da Kathleen nicht mehr da war, blieb das Bett ungemacht. Sie ging in ihr eigenes Zimmer, zog sich an und stieg eilig die Treppe hinab ins Erdgeschoß. Von draußen hörte sie das Bimmeln einer Pferdebahn und dann ein scharrendes Geräusch, als sich ein breites Schneebrett vom Dach löste und zur Erde fiel. Durch die beiden Fenster der Halle drang helles Sonnenlicht und warf rechteckige Reflexe auf den Teppich. Die freundliche Helle gab Amandas Lebensgeistern wieder etwas Auftrieb, und sie fühlte sich besser imstande, mit den Problemen fertig zu werden, die ihr in dieser Nacht aufgeladen worden waren.

Sie dachte heute nicht zuerst an Hamilton Stovall, als sie ins Eßzimmer trat und sich Louis gegenübersetzte, der noch seinen roten Morgenrock anhatte und übellaunig in die Kaffeetasse starrte. Er warf seiner Mutter einen kurzen, prüfenden Blick zu, als ob er abschätzen wollte, was er heute von ihr erwarten konnte, dann blickte er wieder in seine Tasse.

Kurz darauf erschien Brigid, ein unscheinbares Mädchen von Ende Zwanzig.

»Nur Tee, bitte«, sagte Amanda. »Ohne Milch. Ich habe zugenommen.«

Brigid lächelte und sagte: »Wie Sie wünschen, Madam.«

Als sie gegangen war, faltete Amanda die Serviette auseinander, breitete sie auf ihrem Schoß aus und blickte Louis an. Sie spürte das Unbehagen und die Spannung, die ihre Gegenwart in ihm verursachte. Um die Atmosphäre etwas zu entkrampfen und die unvermeidliche Konfrontation hinauszuschieben, fragte Amanda: »Wo ist Michael?«

Der Junge atmete hörbar auf.

»Er ist mit dem Wagen fortgefahren. Zu den Hafenbüros, sagte er. Es geht anscheinend um eine Kiste, die in der Nacht vom Expreß-Dienst hier abgeliefert worden ist.«

»Du wirst außerhalb dieses Hauses kein Wort von dieser Kiste erwähnen, verstanden? Das Mädchen ist in wenigen Tagen wieder fort.«

Louis zuckte mit den Schultern. »Ich wüßte auch gar nicht, mit wem ich darüber sprechen sollte.«

»Ich habe an deine Freunde in Professor Pembertons Schule gedacht«, erwiderte Amanda ruhig. »Du weißt doch, die Jungen, mit denen du dich immer prügelst.«

Der Junge hob überrascht den Kopf, und seine schwarzen Augen sahen Amanda wachsam an.

»Ich habe gestern einen Brief von Professor Pemberton bekommen«, erklärte Amanda, »über deine ständigen Streitereien und Prügeleien, über deine Faulheit, deine Gleichgültigkeit. Deshalb habe ich entschieden, dich für einige Zeit aus der Schule zu nehmen.«

Er lächelte fast, und sie wußte, daß er das kaum als Strafe auffaßte.

»Und für das, was du Kathleen angetan hast, werde ich dich selbst bestrafen, sobald wir mit dem Frühstück fertig sind.«

»Bestrafen? Wie denn?«

»Das wirst du rechtzeitig herausfinden. Aber vorher möchte ich dir eine Frage stellen: Habe ich in dir den Eindruck erweckt, daß du dir alles, was du willst, einfach nehmen kannst, ohne Rücksicht darauf, ob du damit anderen Menschen weh tust oder nicht?«

Der Junge runzelte die Stirn. »Ich weiß nicht, Ma – Mutter. Manchmal . . . manchmal habe ich den Eindruck, daß du immer das tust, was du gerade willst . . .«

»Dann ist es meine Schuld, obgleich ich für mein Handeln sehr gute Gründe habe und du nicht. Was du Kathleen angetan hast, war völlig sinnlos und ungerechtfertigt. Und ich werde dafür sorgen, daß so etwas nie wieder vorkommt, Louis.« Sie blickte ihn ein paar Sekunden schweigend an. »Ich fürchte, ich habe dich zu sehr verwöhnt. Aber auch das wird sich von heute an ändern. Da du vorläufig nicht in die Schule gehst, wirst du hier im Haus arbeiten – unter Michaels Anweisung und Aufsicht.«

Der Junge nahm diese Ankündigung schweigend auf.

»Und jetzt noch eine Frage. Hast du eigentlich nichts gefühlt, als du Kathleen gestern so niederträchtig behandelt hast? Keine Scham? Keine Reue?«

Louis preßte die Lippen zusammen und spielte mit dem Henkel der Kaffeetasse. Als er den Kopf wieder hob und Amanda ansah, durchlief sie ein Schauer der Erleichterung. Sie bemerkte, daß ein Anflug von Reue in seinen schwarzen Augen lag. »Ja«, sagte er leise und senkte wieder den Kopf. »Ich habe mich sehr elend gefühlt. Aber erst hinterher . . .«

Er sprang auf und lief um das Tischende auf sie zu. »Als ich dann im Bett lag, konnte ich nicht einschlafen, weil ich ständig daran denken mußte, wie ich dich belogen habe und wie sehr du mich verachten mußt. Ich ertrage es nicht, wenn du mich haßt, Ma . . .«

Amanda schloß ein paar Sekunden lang die Augen. Sie war unendlich erleichtert. Vielleicht war doch noch nicht alles verloren.

»Ich hasse dich nicht, Louis. Ich liebe dich. Aber ich kann nicht vergeben oder vergessen, was du gestern getan hast. Du hast Kathleen verletzt. Du hast sie beschämt. Du hast sie mißbraucht. Du bist schuld daran, daß sie ihre Stellung verloren hat, weil ich sie nicht mehr im Haus behalten konnte, nach dem, was geschehen war. Merke dir eins: Ganz egal, wie reich oder bedeutend ein Mensch auch sein mag, so hat er doch nicht das Recht, einem anderen Menschen weh zu tun. Diese Lehre werde ich dir auf eine Weise erteilen, die du nie in deinem Leben vergessen wirst. Aber gleichzeitig gestehe ich dir zu, daß ich mitschuldig bin, indem ich dir, ohne es zu wollen, ein schlechtes Beispiel gegeben habe. Weil du noch zu jung bist, um zu verstehen, warum ich gewisse Dinge tue.«

»Haben diese Dinge etwas mit dem Mann zu tun, der jetzt der Besitzer von Kent und Sohn ist?«

»Was weißt du über ihn, Louis?« fragte sie leise.

»Nun, daß er dir den Verlag nicht verkaufen will, und das macht dich wütend. Du sprichst auch mit Michael oft über ihn, und dann bist du auch zornig. Ich habe in der Zeitung gelesen, daß Stovall Besitzer eines großen Eisenwerkes ist. Und ich erinnere mich an einen Abend in Kalifornien, an dem du dich mit Kapitän McGill so sehr gestritten hast, daß ich nicht einschlafen konnte. Damals habe ich den Namen Stovall zum ersten Mal gehört.«

Amanda seufzte. »Ja, du hast recht. Seit wir hier sind, ist ein großer Teil meiner Bestrebungen gegen Stovall gerichtet. Ich glaube, daß ich dir eine volle Erklärung schulde. Ich werde sie dir geben, in einer Woche oder so, nachdem du mich überzeugt hast, daß du dich ernsthaft bemühst, dich zu ändern. Ich kann es nicht zulassen, daß du auf diesem Weg bleibst, Louis. Es steht zuviel auf dem Spiel, vor allem deine Zukunft. Eines Tages wirst du der Besitzer von Kent und Sohn sein. Ich möchte, daß du schon bald unter der Anleitung von Theo Payne zu arbeiten beginnst, daß du von ihm lernst . . .«

»Aber der Verlag gehört uns doch gar nicht!«

»Aber bald, sehr bald wird er uns gehören«, versicherte sie ihm. »Und du wirst ihn neu aufbauen, so wie ihn dein Urgroßvater vor langer Zeit aufgebaut hat. Dir stehen alle Möglichkeiten offen, Louis: ein sinnvolles Leben, eine gute Heirat, Zugang zu den führenden Kreisen.« Sie lächelte. »Die hochnäsigen Damen der Gesellschaft, die mich als Parvenü betrachten, liegen dann längst in ihren Gräbern, und ihre Kinder werden dich mit offenen Armen aufnehmen. Und das ist es, was ich für dich will – weil du ein Kent bist, und weil ich dich liebe.«

Er schlang die Arme um ihren Hals und drückte sie an sich.

»Ich weiß, daß ich gestern ein großes Unrecht begangen habe, Ma. Ich werde es wieder gutmachen. Ich will, daß du stolz auf mich sein kannst . . .«

Sie legte ihre Arme um seine Hüften und drückte ihr Gesicht an seine Brust.

Als sie Brigid kommen hörte, schob sie Louis sanft von sich.

Der Tee duftete herrlich und schmeckte köstlich. Vor ihrem geistigen Auge sah sie das Porträt von Philip Kent.

Es ist noch nicht zu spät. Ich kann ihn noch zu einem Kent machen, der dieses Namens würdig ist . . .

Sie hörte laute Schritte in der Halle und dann die Stimme Michaels, der mit Hampton sprach. Sie stellte rasch ihre Teetasse ab und lief aus dem Zimmer.

Michael stand im Sonnenschein, der durch die Fenster in die Halle fiel, und wickelte seinen langen Wollschal vom Hals. Sein Haar glänzte fast so hell wie sein Gesicht.

»Wir haben Glück, Mistreß Amanda. Wir brauchen nur bis

Dienstag abend zu warten. Um zehn Uhr fährt ein Schiff der White-Star-Line vom North River ab. Es legt unterwegs nur kurz in Boston an, und dann geht es direkt den Saint Lawrence hinauf bis nach Montreal.«

Er zog einen Umschlag aus der Tasche. »Ich habe das Ticket für das Mädchen gleich mitgebracht.«

»Wunderbar!«

Michael warf den Schal auf eine Bank und kämmte sich mit den Fingern feuchten Schnee aus dem Haar.

»Haben Sie schon mit Louis gesprochen?«

»Gerade eben. Er scheint sein Verhalten zu bereuen.«

»Und er ist bereit zu arbeiten?«

»In einer Stunde wird er bereit sein.«

»Warum erst in einer Stunde?«

»Ich muß noch etwas erledigen . . .« Ihr Blick war hart.

»In Ordnung. Ich werde inzwischen die Kiste zerhacken und das Holz verbrennen. Sobald Sie Louis zu mir schicken, werde ich ihn beauftragen, den Schneematsch von der vorderen Auffahrt zu schaufeln. Ich freue mich schon jetzt auf die dummen Gesichter der Nachbarn: Mistreß de la Guras Sohn verrichtet Dienstbotenarbeit!«

Lachend ging er ins Eßzimmer. Amanda folgte ihm.

»Komm mit«, sagte sie zu Louis.

»Wohin?«

»In die Remise.«

2

Die graue Stute wieherte, als Amanda und ihr Sohn den Fachwerkschuppen an der hinteren Grenze des Grundstücks betraten. Es war ziemlich dunkel darin und roch nach Stroh und Pferdemist. Die Stute äugte neugierig aus ihrer Box, ihr Atem stand wie eine Dampfwolke in der kalten Luft.

Von Felgen und Speichen der Wagenräder tropfte Schneewasser. Michael hatte den Wagen erst vor wenigen Minuten wieder hier abgestellt. Amanda trat zum Kutschbock, reckte sich auf die Zehen und zog die Peitsche aus ihrer Halterung.

»Zieh deinen Morgenmantel aus, Louis.«

»Meinen Mantel? Was willst du . . .«

»Du hast gehört, was ich gesagt habe. Zieh den Mantel aus und stelle dich mit dem Gesicht an den Holzpfosten, die Hände über dem Kopf.«

Der Junge schluckte erregt. Die hemmungslose Wut, die Amanda gestern in seinem Gesicht erkannt hatte, schien eine Halluzination gewesen zu sein. Seine Augen waren voller Angst – und er wirkte sehr jung und sehr verwundbar.

Ihr wurde fast übel bei dem Gedanken an das, was sie jetzt tun wollte. Aber es mußte sein, sagte sie sich.

Louis ließ den roten Morgenrock von den Schultern gleiten. Sie sah, daß sich eine Gänsehaut auf seinem nackten Rücken bildete – vor Kälte oder vor Angst?

»Du wirst dich an diesen Augenblick erinnern, Louis«, sagte Amanda hart, »weil ich so etwas nie wieder tun werde – genausowenig, wie du je wieder einen anderen Menschen so behandeln wirst, wie du Kathleen behandelt hast. Ich erinnere dich noch einmal daran: Sie hat nichts getan, womit sie das verdient hätte, was du ihr zugefügt hast. Und ich meine nicht nur den physischen Schmerz. Sie wird den gestrigen Abend bis ans Ende ihres Lebens nicht vergessen können. Und ich möchte, daß es auch in deinem Leben etwas gibt, das du nicht vergißt. Du sollst spüren, wie es ist, wenn man das Opfer unverdienter Grausamkeit wird. Du wirst dich daran erinnern, Louis – und ich hoffe, daß diese Erinnerung dich davon abhalten wird, jemals wieder einem Menschen weh zu tun!«

»Ma . . .«, begann der Junge.

Die Peitschenschnur zischte über Amandas Schulter, und ihre Spitze traf Louis mit einem harten, knallenden Geräusch zwischen die Schulterblätter.

Louis' Hände krampften sich um den rauhen Pfosten.

Sie schlug wieder zu. Und diesmal schrie er auf.

Der Schrei machte die Stute nervös, und sie keilte mit den Hinterhufen gegen die Wand der Box.

Louis zitterte am ganzen Körper. Schweiß rann von seinen Wangen. Der zweite Schlag hatte einen dünnen roten Striemen auf seiner Haut hinterlassen.

Amanda schlug zum drittenmal zu. Er schrie lauter und grub die Fingernägel in das Holz.

»Komm her.«

Er trat auf sie zu, taumelte die letzten Schritte und wäre zusammengebrochen, wenn Amanda ihn nicht aufgefangen hätte.

Sie umfaßte ihn mit beiden Armen und drückte ihn an sich.

»Weine, wenn du willst, Louis. Weine ruhig, niemand hört dich hier.«

Sein lautes, ungehemmtes Schluchzen schien seine Schmerzen etwas zu lindern.

Schließlich löste sich Amanda von ihm und trat einen Schritt zurück. Sie zwang sich zur Sachlichkeit und sagte: »Falls du jemals wieder in die Versuchung kommen solltest, jemandem weh zu tun, Louis, erinnere dich an diesen Tag!«

»Das werde ich, Ma.«

»Schwöre es mir.«

»Ich schwöre es.«

»Zieh deinen Mantel wieder an. Wir wollen jetzt nach oben gehen. Ich werde dich verbinden, und dann kannst du dich eine Stunde lang ausruhen. Anschließend wirst du dich bei Michael zur Arbeit melden.«

Die graue Stute tänzelte nervös in ihrer Box hin und her, als die beiden in das fahle Licht der Wintersonne hinaustraten. Der Junge mußte sich auf seine Mutter stützen, um nicht zusammenzusinken . . .

3

Bei Sonnenuntergang dieses Sonnabends saß Amanda an ihrem Schreibtisch in der Bibliothek und arbeitete. Sie hatte es sich bequem gemacht und trug einen der drei Bloomer-Anzüge, die sie sich hatte anfertigen lassen. Vor ihr lag eine Liste, in der alle Investitionen aufgeführt waren, die sie mit Jephthas Anteil aus den Gewinnen der *Ophir Mineralogical Combine* gemacht hatte. Wenn der Claim in der Sierra so vielversprechend war, wie es Israel in seinem Brief betont hatte, würden diese Gewinne bald noch erheblich größer sein.

Amanda berechnete Zinsen und Wachstumsraten jeder einzelnen Beteiligung, in die sie Jephthas Geld investiert hatte. Nicht einen Cent davon hatte sie für den Ankauf von Stovall-Aktien verwandt. Boston Holdings arbeitete einzig und allein mit ihren Einkünften aus der Blackstone-Fabrik.

Sie kam nur langsam voran. Ihre Augen brannten von dem stundenlangen Starren auf lange Zahlenkolonnen. Nachdem sie sich eine letzte Notiz über zwei Aktien gemacht hatte, die so stark gefallen waren, daß sie den sofortigen Verkauf für nötig hielt, schob sie die Papiere zusammen und wandte sich der neuesten Ausgabe von Greeleys *Tribune* zu.

Sie las einen Artikel über einen Vortrag, den der Philosoph Emerson in der vergangenen Woche in New York gehalten hatte, dann die Rezension eines Konzertes der schwedischen Opern-Diva Jenny Lind, die unter einem Kontrakt des bekannten Showman Phineas Barnum eine Amerika-Tournee unternahm. Sie fand beide Artikel informativ, aber langweilig geschrieben. Weitaus lebendiger und amüsanter fand sie einen ätzenden Kommentar über das Versagen der New Yorker Polizei.

Der Schreiber des Kommentars beschuldigte den Leiter der Polizei, Bestechungsgelder von Kriminellen anzunehmen, unter anderem von der berüchtigtsten Engelmacherin New Yorks, und stellte fest, daß die Stadt nie ausreichend geschützt werden würde, bevor die Polizei nicht wenigstens die Ansätze einer gewissen Organisation und wirklichen Professionalismus zeige. Vor allem, meinte der Verfasser, müßten die Männer der Polizei Uniform tragen. Das aber hätten sie immer wieder empört abgelehnt, seit Bürgermeister Harper Mitte der vierziger Jahre diesen Vorschlag gemacht hatte. Die Polizisten argumentierten, daß sie »freie Amerikaner« seien und es deshalb ablehnten, in der Öffentlichkeit eine »Livree zu tragen, wie sie bestenfalls Hausdienern zukommt.«

Eine Meldung aus Illinois erregte ihre Aufmerksamkeit. Sie zitierte einen Rechtsanwalt dieses Staates, der während des mexikanischen Krieges Kongreßabgeordneter gewesen war und anscheinend eine immer stärkere Position unter den Whigs gewann. Sein Name war Abraham Lincoln, und Amanda meinte, sich diesen Namen merken zu müssen.

Sie fragte sich, ob er vielleicht derselbe Lincoln sei, den sie als kleinen Jungen kennengelernt hatte, als sie und Jared vor vielen Jahren nach Tennessee gezogen waren. Das war nach dem Debakel in Boston gewesen. Damals hatte Jared auf Stovall geschossen, der Kent und Sohn übernahm, nachdem er die Firma dem zweiten Mann ihrer Mutter durch Falschspiel abgegaunert hatte. Jareds Kugel hatte Stovall verfehlt, weil dieser seinen Geschäftsführer vor sich riß, so daß dem die Kugel in die Brust drang. Jared war überzeugt gewesen, den Mann erschossen zu haben. Er und Amanda waren noch in der Nacht aus Boston geflohen.

Damals waren sie eine Woche lang in einer Blockhütte in Kentucky geblieben, weil Jared krank geworden war. Die Farmer, die das Blockhaus bewohnten, hießen Lincoln, wie sie sich erinnerte. Sie erinnerte sich auch an einen damals etwa fünfjährigen Jungen namens Abraham, ein auffallend intelligentes und interessiertes Kind, das geradezu versessen darauf war, lesen und schreiben zu lernen.

Der Abraham Lincoln aus Illinois sagte in dem Zeitungsartikel offen und unverblümt seine Meinung über die »Ich-weiß-nicht-Partei«, und beim Lesen wurde Amanda klar, warum Greeley ihn in seiner Zeitung abgedruckt hatte. Da hieß es:

»Wie kann irgendein Mensch, der gegen die Unterdrückung der Neger eintritt, für die Degradierung bestimmter Klassen weißer Menschen eintreten? Am Beginn unserer staatlichen Existenz stand das Wort: ›Alle Menschen sind gleich‹. Mit Ausnahme der Neger. Wenn die ›Ich-weiß-nicht-Partei‹ die Regierungsgewalt bekommen sollte, mußte man erganzen: Mit Ausnahme der Neger, Ausländer und Katholiken.

Wenn es dazu kommen sollte, würde ich es vorziehen, in ein Land auszuwandern, in dem man zumindest nicht vorgibt, für die Freiheit der Menschen einzutreten – zum Beispiel Rußland, das offen und ohne jede Beschönigung des Despotismus befürwortet.«

Diese Worte entsprachen Amandas Meinung völlig, und sie beschloß, die Zeitung aufzuheben und Michael zu zeigen. Vielleicht konnten die Worte Lincolns ihm helfen, sein tief verwurzeltes Vorurteil gegen alle Farbigen abzubauen, weil sie bewiesen, daß es kaum einen Unterschied zwischen den Menschen gab, die den Negern ihre Freiheit verwehrten, und jenen, die die irischen Einwanderer in ähnlicher Unterdrückung halten wollten.

Sie war gerade dabei, den Artikel mit einem Rotstift zu markieren, als sich die Tür öffnete und Mr. Hampton hereintrat.

Amanda sah auf und rieb sich die Augen. Je älter sie wurde, desto länger dauerte es, bis sich ihre Augen auf eine neue Entfernung einstellten, wenn sie von der Arbeit aufsah.

Der Butler reichte ihr ein Silbertablett, auf dem eine weiße Visitenkarte lag. »Ein Gentleman wartet im Wohnzimmer auf Sie, Mistreß de la Gura. Er besteht darauf, daß er Sie unbedingt und dringend sprechen müßte.«

»Ich erwarte heute keine Besucher . . .«

»Der Gentleman ist nicht aus New York. Seinem Dialekt nach zu urteilen, würde ich meinen, daß er aus einem der Südstaaten kommt.«

Amanda griff nach der Karte. Sie erstarrte, als sie den gravierten Namen las:

Virgil Tunworth, Capt., USA (ret.)

4

Die Visitenkarte flatterte zu Boden. Hampton blickte Amanda prüfend an.

»Ist Ihnen nicht gut, Madam?«

»Doch, doch. Es ist nichts.« Sie bückte sich rasch und hob die Karte auf. Ihr Puls raste. »Wo ist Michael?«

»In der Remise, glaube ich. Er und Mister Louis wollten die Pferdebox reparieren.«

»Geben Sie ihm diese Karte und sagen Sie ihm, er möchte sofort kommen und in der Bibliothek auf mich warten.«

Sie ging zur Tür. Nachdem sie sie geöffnet hatte, blieb sie noch einmal stehen und wandte sich um.

»Nein, gehen Sie zuerst hinauf und schließen Sie Mary in ihr Zimmer ein. Sagen Sie ihr, daß sie sich absolut ruhig verhalten soll, ganz egal, was geschieht.« Und als Hampton sie nicht zu verstehen schien, setzte sie hinzu: »Der Mann, der mich sprechen will, ist ihr Besitzer.«

Hampton runzelte die Stirn. »Der Name kam mir irgendwie bekannt vor . . .«

»Mary hat ihn erwähnt, als sie hier eintraf. Aber wie er auf uns gekommen sein mag, kann ich mir beim besten Willen nicht erklären.«

Im Wohnzimmer ging Captain Virgil Tunworth erregt auf und ab. Der Captain war ein hagerer, kleiner Mann von Mitte Fünfzig. Dünne Strähnen grauen Haares waren sorgfältig über den sonst kahlen Schädel gekämmt.

Er fuhr herum, als Amanda die Tür öffnete und ins Zimmer trat. »Captain Tunworth«, sagte sie lächelnd, mit einem Versuch die unangenehme Atmosphäre aufzulockern.

Sie sah, daß die Schultern seines cremefarbigen Mantels mit einer Staub- und Schmutzschicht bedeckt waren. Am aufgestellten Kragen befand sich ein großer schwarzer Fleck, und die weißen Bartstoppeln an seinem Kinn verrieten, daß er sich zwei oder drei Tage nicht rasiert hatte.

Der Captain hatte nur einige Jahre in der Armee gedient, bevor er sich für eine lohnendere Karriere entschieden hatte – die Verwaltung des ausgedehnten Familienbesitzes bei Lexington. Aber er legte großen Wert darauf, mit seinem militärischen Rang angesprochen zu werden, hielt sich betont aufrecht und gefiel sich in einem knappen, befehlenden Tonfall.

»Guten Abend, Mistreß de la Gura.« Sein Blick sagte ihr, daß er ihr kurzes, unangenehmes Zusammentreffen nicht vergessen hatte, und er verzog mißbilligend das Gesicht, als er ihre lavendelfarbenen Hosen bemerkte.

Immer noch lächelnd sagte Amanda: »Dies ist wirklich eine Überraschung . . .« – »Das glaube ich Ihnen aufs Wort. Aber Sie brauchen nicht so zu tun, als wäre es eine angenehme Überraschung. Sie wissen, warum ich hier bin.«

»Ich habe nicht die leiseste Ahnung«, behauptete Amanda und knüllte das Taschentuch in ihren plötzlich feucht gewordenen Händen. Sie trat auf den Klingelzug zu. »Darf ich Ihnen einen Drink bringen lassen?«

»Nein, danke.« Es fiel ihm sichtlich schwer, wenigstens einigermaßen die Form zu wahren. »Ich bin müde und verschmutzt von der Bahnfahrt. Wir wollen uns bemühen, diese Sache so rasch wie möglich hinter uns zu bringen.«

Amanda trat an ihm vorbei zum Fenster und blickte hinaus, damit er ihr Gesicht nicht sah. Sie hatte den Eindruck, als müßte ihr jeder Mensch die Angst und Erregung ansehen, die sie befallen hatte. Vor der Einfahrt sah sie die Mietkutsche stehen, mit der Tunworth gekommen war. Ihre Seitenlampen schimmerten hell durch die Nacht, die sich auf die Stadt senkte.

»Was für eine Sache, Sir?«

»Sie beherbergen eine entlaufene Negersklavin, die mir gehört«, sagte er scharf.

Amanda wandte sich ihm zu, und sie hoffte, daß Geste, Gesichtsausdruck und Tonfall Überraschung und Empörung ausdrückten. »Captain Tunworth, das . . . das ist die unverschämteste und ungeheuerlichste Anschuldigung, die ich in meinem Leben gehört habe.«

»Finden Sie?« Er lächelte zynisch. »Sie müssen wissen, Mistreß de la Gura« – er trat auf sie zu, jetzt offen feindselig –, »manche Menschen lassen es sich gefallen, wenn ihnen ihre Nigger weglaufen. Ich nicht. Ich habe Nachforschungen anstellen lassen und herausgefunden, daß meine Sklavin Mary am vergangenen Mittwoch nach Clifton Forge gebracht und von dort aus in einer Packkiste nach New York verschickt wurde – an diese Adresse.«

Amanda wollte seine Anschuldigung mit scharfen Worten zurückweisen. Doch bevor sie sprechen konnte, hob Tunworth die Hand, an der sie einen Brillantring blitzen sah.

»Bevor Sie sich mit Lügen und Ausflüchten in die Klemme bringen, lassen Sie mich zu Ende reden. Ich weiß alle Einzelheiten über Marys Flucht, weil ich einen meiner Nigger halb zu Tode geprügelt habe, bis er mir eingestand, daß Mary mit diesem Syme gesprochen hat, als sie und der Nigger von meiner Frau in die Stadt geschickt worden waren. Sie wissen bestimmt, wer dieser Mister Syme ist – der Komplice Ihres Cousins. Aber nachdem mein Nigger gestanden hatte, haben wir ihn für seinen Verrat bestraft.«

Amanda fühlte, wie sich ihr Magen zusammenkrampfte. »Wen haben Sie bestraft?«

»Diesen Syme.« Er lächelte hart. »Es gibt Gentlemen, die genau wie ich etwas gegen Menschen haben, die unseren Niggern zur Flucht verhelfen. Der Kongreß hat ein Gesetz erlassen, nach dem Nigger auch in den sogenannten freien Nordstaaten verfolgt und zu ihren rechtmäßigen Herrn zurückgebracht werden können. Nachdem wir diesen Mister Syme eingefangen und ihn veranlaßt hatten, seine abscheulichen Verbrechen einzugestehen – wir mußten dazu ein wenig nachhelfen, aber unsere kleinen Hilfsmittel sind jahrzehntelang erprobt und haben uns bisher noch immer zum Ziel geführt –, beging er bedauerlicherweise die Torheit, einen Fluchtversuch zu machen. Wir mußten das natürlich verhindern, und die Kugel hat ihn in den Rücken getroffen. Er ist tot. Nach meiner Meinung hat seine Frau Ihren Cousin rechtzeitig warnen können. Er ist verschwunden . . .«

»Jephtha ist verschwunden?« fragte Amanda entsetzt. »Wohin?«

»Zur Hölle, das hoffe ich von ganzem Herzen«, sagte der Captain hart. »Er hat gegen die Gesetze der Vereinigten Staaten verstoßen. Er ist ein Dieb, der mir mein Eigentum gestohlen hat. Wie ich bereits sagte, wurde Mary am Mittwoch fortgeschafft. Und am Freitagabend verließ Mister Syme diese sündige Erde. Aber vor seinem Abgang hat er uns noch gestanden, daß Ihr Cousin mein Nigger-Mädchen auf einem Wagen versteckt nach Clifton Forge gebracht und dort in einer Kiste vernagelt in den Expreß-Zug nach New York verladen hat. Etwas Geld und ein paar Einschüchterungen haben dem zuständigen Mann der Güterabfertigung die Zunge gelöst. Von ihm habe ich die genaue Adresse erfahren, an welche die Kiste expediert wurde. Heute Vormittag, eine Stunde, nachdem ich aus diesem infernalischen Eisenbahnzug gestiegen bin, habe ich mit dem hiesigen Manager des Adams-Expreß-Dienstes gesprochen – ich mußte den Kerl aus der Kirche holen lassen – und ihm sehr deutlich gemacht, daß unser Gesetz schwere Strafen für Menschen vorsieht, die sich dazu verleiten lassen, entlaufenen Sklaven zu helfen, auch wenn diese Hilfe ungewollt sein sollte ...« Captain Tunworth griff in die Brusttasche seiner Jacke und zog ein Papier heraus. »Er hat mir daraufhin eine Kopie der Lieferorder ausgestellt. Vielleicht sehen Sie jetzt ein, daß alles Leugnen sinnlos ist. Ich bin zwar überzeugt, daß sich die Kiste nicht mehr in Ihrem Haus befindet, ich halte Sie für klug und raffiniert genug, dieses Beweisstück sofort vernichtet zu haben, aber Mary ist sicher noch hier. Geben Sie sie mir heraus, dann brauchen wir uns nicht zu streiten und können unliebsames Aufsehen und gerichtliche Maßnahmen vermeiden.«

Amanda setzte sich auf das Sofa und sah den Mann aus Virginia ein paar Sekunden lang schweigend an.

Jephtha verschwunden! Diese Nachricht erschütterte sie fast noch mehr als die unerwartete Ankunft von Marys Herrn. Sie bemühte sich, ihre Angst und ihren Widerwillen zu verbergen, als sie ihm antwortete: »Ich kann mir vorstellen, daß Sie sehr froh sind, Ihren Schwiegersohn endgültig los zu sein.«

»Wechseln Sie gefälligst nicht das Thema! Ich verlange von Ihnen ...«

»Sie haben gar nichts zu verlangen!« erklärte Amanda schneidend. »Ich will wissen, was aus meinem Cousin geworden ist!«

Tunworth zuckte mit den Schultern. »Ich glaube, daß er sich irgendwo in den Blue Ridge Mountains verkrochen hat. Sie können mir glauben, daß kein Mensch in Lexington ihn vermißt. Seit fast einem Jahr haben wir ihn im Verdacht, etwas mit dieser illegalen Nigger-Eisenbahn zu tun zu haben. Seine Frau und seine Söhne wollen nichts mehr von ihm wissen. Und auch sonst niemand, bis auf diesen verrückten Professor Jackson vom Institut. Und jetzt, da wir seine kriminelle Kumpanei mit Syme beendet haben, gibt es wirklich keinen Menschen mehr, der ihm nachtrauert. Kommen wir zurück zum Thema: Ich verlange, daß Sie mein Eigentum herausgeben ...«

»Wie können Sie ein menschliches Wesen als Eigentum bezeichnen?«

»Nigger kann man nicht als Menschen bezeichnen.«

»Was sind sie dann?«

»Nun ja – zur menschlichen Rasse gehören sie vielleicht.

Aber nicht in dem Maß wie Weiße. Nigger sind in jeder Beziehung primitiv und unterlegen . . .«

»Das ist wirklich Ihre ehrliche Überzeugung?« Die Frage war rhetorisch. Tunworth hatte so ruhig und überzeugt gesprochen, daß es fast wie ein Dogma geklungen hatte.

»Natürlich«, sagte er jetzt, fast empört, daß sie daran zweifelte, »und die jedes vernünftig denkenden Menschen.«

»Und Sie sind auch überzeugt, daß nichts diese Ansicht ändern könnte?«

»Nichts auf der Welt. Wenn die Abolitionisten ihre verrückten Pläne durchsetzen sollten, werden sie als nächstes noch verlangen, daß Nigger den Weißen auf allen Gebieten gleichgestellt werden. Das würde ich nie akzeptieren! Und falls ein Gesetz erlassen werden sollte, das mich zwingen will, Nigger als freie und gleichberechtigte Menschen zu betrachten, so werde ich dieses Gesetz brechen, mit Waffengewalt, wenn es sein muß. Aber Sie versuchen schon wieder, mich abzulenken . . .«

»Weil jede Diskussion über Ihr sogenanntes Eigentum reine Zeitverschwendung ist.«

»Sie strapazieren meine Geduld, Mistreß de la Gura . . .« Er fuhr mit dem Jackenärmel über seine feuchte Stirn. »Sie können doch nicht abstreiten, daß dieses Niggermädchen hier ist.«

»Ich weigere mich, darüber zu sprechen.«

Er wedelte mit der Kopie des Lieferscheins vor ihrem Gesicht.

»Verdammt! Hier ist der Beweis!«

Amanda riß ihm das Papier aus der Hand, zerfetzte es und warf es ihm vor die Füße.

»Ich pfeife auf Ihre sogenannten Beweise, Captain Tunworth. Und jetzt bitte ich Sie, unverzüglich mein Haus zu verlassen.«

»Nicht ohne Mary! Nicht ohne mein Eigentum!«

Ein hartes Klopfen an der Tür ließ beide herumfahren. Michael steckte seinen Kopf herein. »Kann ich Sie einen Augenblick sprechen, Mistreß Amanda?«

Amanda runzelte die Stirn.

»Nicht jetzt.«

»Es ist sehr dringend. Bitte.«

Amanda sagte zu Tunworth: »Warten Sie hier.«

Sie trat zu Michael auf den Korridor hinaus. Sowie sie die Tür hinter sich geschlossen hatte, flüsterte sie: »Was, zum Teufel, ist denn so wichtig, daß Sie ausgerechnet jetzt . . .«

»Hampton hat mir die Visitenkarte gegeben. Wie ist er uns so schnell auf die Spur gekommen?«

In kurzen Worten berichtete Amanda, was Jephthas Schwiegervater ihr gesagt hatte – einschließlich der Tatsache, daß ihr Cousin aus Lexington geflohen war, weil er um sein Leben fürchtete.

Michael nickte mitfühlend. »Ich glaube, das Klügste wäre, ihm das Mädchen zu geben.«

Amanda starrte ihn entsetzt an. »Sie meinen, ich soll zulassen, daß er sie mit Gewalt zurückschleppt?«

»Ja. Wenn Sie das Mädchen nicht freiwillig herausgeben, könnten Sie ernsthafte Schwierigkeiten bekommen. Wissen Sie, ob er einen Gerichtsbeschluß erwirkt hat . . .?«

»Er hat nichts davon gesagt«, erwiderte Amanda. »Ich glaube es nicht. Er ist ja erst heute vormittag in New York eingetroffen.«

»Dann kann er sich erst morgen einen Gerichtsbeschluß besorgen. Und das ist noch schlimmer.«

»Warum?«

»Die Presse ist zur Zeit geradezu wild auf Stories von entflohenen Sklaven. Wenn Tunworth ein paar Tage in der Stadt bleibt, wird bestimmt eine der anti-abolitionistischen Zeitungen – zum Beispiel das *Journal of Commerce* – Wind von der Sache bekommen. Und wenn es stimmen sollte, daß Ihr Cousin etwas mit der Flucht dieser Negerin zu tun gehabt hat . . .«

»Es stimmt. Aber worauf wollen Sie hinaus?«

»Begreifen Sie denn nicht? Der Name Kent wird in der Zeitung breitgetreten. Zusammen mit dem Ihren. Und wenn Stovall auch nur ein bißchen kombinieren kann, sieht er die Verbindung.«

Amanda starrte den jungen Iren eine Weile lang schweigend an. Er hatte recht – besonders angesichts der Tatsache, daß Stovall ohnehin schon mißtrauisch geworden war.

»Außerdem möchte ich Sie daran erinnern, Mistreß Amanda,

daß Sie gegen das Gesetz verstoßen, wenn Sie die Wiederinbesitznahme eines Sklaven durch seinen rechtmäßigen Eigentümer verhindern oder auch nur erschweren. Hier geht es nicht darum, radikale Redner mit Spenden zu unterstützen, sondern um einen ernsthaften Verstoß gegen ein Bundesgesetz.«

Sie begann unruhig auf und ab zu gehen, die Knöchel der rechten Hand gegen ihre Zähne gedrückt. Ganz abgesehen von der Bedrohung ihrer persönlichen Pläne war die Frage der Illegalität nicht abzustreiten. Dies war genau das Dilemma, vor dem Bart sie gewarnt hatte: eine Situation, in der sie gezwungen war, sich zu entscheiden, welchen Weg sie gehen würde.

Sie schloß müde die Augen, als sie erkannte, wie recht Bart mit seiner Voraussage behalten hatte, daß es ihr unmöglich sein würde, sich aus der Kontroverse um das Sklavenproblem herauszuhalten. Aber sie hätte sich nie träumen lassen, daß es so bald geschehen würde, und mit so schwerwiegenden Konsequenzen.

Sie dachte an die Worte Douglass' im *Bowery Theatre.* Für den Unbeteiligten mochte das neue Gesetz über entflohene Sklaven vernünftig und annehmbar klingen. Aber das angstvolle Gesicht des Negermädchens machte es unannehmbar – genau wie Douglass es vorausgesagt hatte.

Sie blickte Michael an. »Ich muß das Risiko auf mich nehmen. Das betrifft Stovall und das Gesetz.«

»Captain Tunworth hat das Gesetz auf seiner Seite.«

»Das weiß ich. Aber ich kann mich nicht dazu bereitfinden, dieses Kind in die Sklaverei zurückzuschicken. Wenn Tunworth ein anständiger Mensch wäre, wenn er seine Sklaven einigermaßen human behandelte, könnte ich vielleicht einen anderen Standpunkt einnehmen. Aber als ich in Virginia war, hat mir Jephtha sehr klargemacht, daß der Captain ein grausamer Mensch ist, und Mary hat dasselbe gesagt. Ich denke nicht daran, sie so einem Mann auszuliefern.«

Michaels Lächeln wirkte traurig.

»Ich habe von Anfang an geahnt, daß Sie sich so entscheiden würden. Soll ich Sie ins Zimmer begleiten?«

Sie schüttelte den Kopf.

»Ich werde dem Captain meine Antwort allein mitteilen.«

5

Als Amanda das tat und ihn erneut zum Gehen aufforderte, explodierte Virgil Tunworth.

»Ich denke nicht daran zu gehen! Ich verlange, daß Sie mir Mary herausgeben! Sofort!«

Amanda lächelte. »Ich habe Ihnen doch gesagt, daß sie nicht hier ist.«

»Und ich sage Ihnen, daß Sie eine verdammte Lügnerin sind!« Er griff nach seinem breitkrempigen Hut und stürmte zur Tür. »Ich werde sie selbst herauszerren . . .«

Amanda packte seinen Arm und riß ihn herum.

Tunworth starrte sie überrascht an. Er hatte nicht gewußt, daß sie eine so energische, kräftige Frau war.

»Sie werden keinen Fuß in einen der anderen Räume dieses Hauses setzen, solange Sie keine gerichtliche Ermächtigung dazu vorweisen können . . .«

»Die werde ich mir morgen früh beschaffen – verlassen Sie sich darauf! Und dann werde ich mir jeden Raum ansehen!«

»Captain Tunworth«, sagte Amanda mühsam beherrscht, »ich wünschte, daß nach Ihrem Tod jemand verbietet, Sie in Virginia zu beerdigen. Daß ein Staat, der Amerika die Freiheit und große Leitbilder geschenkt hat, so etwas wie Sie gebären kann . . .«

»Reden Sie, was Sie wollen, Mistreß de la Gura. Die Tatsache bleibt: Die Verfassung und das Gesetz geben mir das Recht, mir mein Eigentum wiederzubeschaffen. Und das werde ich tun. Ich weiß, daß meine Sklavin hier in diesem Haus versteckt ist – und falls nicht, so wissen Sie, wo sie sich verkrochen hat. Mister Syme hat uns alles gestanden, müssen Sie wissen. Alles!«

Er stülpte den Hut auf seinen fast kahlen Schädel. Sein Lächeln war eisig. »Und ein Mann lügt nicht, nachdem man seine nackten Füße mit einer Holzlatte blutig geschlagen hat. Ich komme wieder, mit einem Marshal.«

Er riß die Tür auf und stelzte hinaus. Amanda hörte, wie die Haustür zukrachte. Eine halbe Minute später stürzten Louis und die Dienerschaft herein, die sie bestürmten, ihnen zu berichten, was geschehen war.

Als die Mietdroschke ratternd fortfuhr, hob Amanda abwehrend die Hände, um das Durcheinander der Fragen zu stoppen. Mit kurzen Worten erklärte sie, wer der Besucher war und zu welchem Zweck er gekommen war.

Hampton sagte erschrocken: »Wir müssen das Mädchen sofort wegschaffen.«

»Der Dampfer geht erst am Dienstagabend«, erinnerte Michael.

»Dann müssen wir sie solange an einen anderen Ort bringen, Mistreß de la Gura. Die Zeitungen haben das neue Gesetz in vollem Wortlaut und mit ausführlichen Kommentaren veröffentlicht. Nach diesem Gesetz ist das Recht völlig auf der Seite dieses Gentleman . . .«

»Ich pfeife auf das Gesetz! Ich denke an Mary. Aber es wäre vielleicht gar keine schlechte Idee, sie an einen anderen Ort zu bringen. Michael?«

Der junge Ire schüttelte den Kopf. »Das geht nicht.«

»Und warum nicht?«

Er winkte Amanda heran und deutete auf eines der schmalen Fenster neben der Haustür.

»Sehen Sie mal dort hinüber. Ich habe den Kerl entdeckt, nachdem Sie wieder zu Captain Tunworth ins Wohnzimmer gegangen waren.«

Amanda blickte hinaus und sah einen Mann, der in der Mitte des Platzes an einem Baum lehnte.

»Ein reichlich kühler Abend, um draußen herumzustehen, finden Sie nicht auch?« sagte Michael. »Und da ist noch einer, der frische Nachtluft liebt. Er behält die hintere Tür im Auge. Ich habe beide aus Tunworths Droschke klettern sehen. Der Captain mag zwar auf dem Land leben, aber ein Narr ist er nicht. Ich bin sicher, daß er mit Ihrer Weigerung gerechnet und die beiden Burschen schon zuvor angeheuert hat. Wahrscheinlich in einem der Saloons . . .«

»Um das Haus zu beobachten?«

»Richtig. Sie wissen doch, daß die Heranziehung von Dritten zur Wiederergreifung entlaufener Sklaven vom Gesetz ausdrücklich erlaubt ist, genauso wie die Bildung einer *posse comitatus* . . .«

»Also werden sie uns folgen, wenn wir Mary an einen anderen Ort bringen.«

»Zweifellos.«

»Dann müssen wir sie vorläufig hierbehalten. Aber ich werde nicht zulassen, daß sie sie fortschleppen, ganz egal, wie viele Gerichtsbeschlüsse sie vorweisen. Dieses kahlköpfige Monstrum hat Jephtha aus seinem eigenen Haus vertrieben – und ihn jetzt sogar zur Flucht gezwungen . . . Michael, überprüfen Sie alle Schlösser und Riegel im Erdgeschoß. Überzeugen Sie sich, daß sie geschlossen sind. Hampton, ich wünsche, daß beide Hauseingänge ständig bewacht werden. Louis und ich werden uns auch daran beteiligen. Und ich muß vor allem mit Mary sprechen. Es wäre nicht fair, sie nicht über die letzten Geschehnisse zu unterrichten – besonders angesichts der Gefahr unwillkommener Besucher.«

Sie ging auf die Bibliothekstür zu. »Aber vor allem werde ich jetzt nachholen, was ich eigentlich schon am Freitag tun wollte: meinen alten Revolver suchen.«

Die Tür der Bibliothek fiel ins Schloß.

Louis und die Diener starrten Amanda nach, zu überrascht und schockiert, um reagieren zu können.

Nur Michael Boyle war nicht zur Salzsäule erstarrt. Er hielt eine Hand vor den Mund, wippte mit den Füßen und lachte leise vor sich hin – halb aus Bewunderung, halb aus Verzweiflung.

9. Kapitel

Belagert

1

In den frühen Morgenstunden des Montags kletterte die Temperatur ein wenig über den Gefrierpunkt, und starker Regenfall verwandelte den letzten Schnee in grauen Matsch. Amanda wurde gegen fünf Uhr wach. Genauer gesagt, sie schreckte wieder einmal aus einem unruhigen Schlaf und sah ein, daß es keinen Sinn hatte, noch länger im Bett zu bleiben. Ihre Knie und Ellenbogen schmerzten. Sie fühlte sich uralt.

Sie zog ihren Morgenmantel an, entzündete die Gaslampe und dachte über das Problem Mary und die Komplikation nach, die durch das Eintreffen Captain Tunworths eingetreten war. Als es hell wurde, trat sie an das Schlafzimmerfenster, das auf den Madison Square führte.

Zwischen den tropfenden, laublosen Bäumen stand eine Art Pavillon, eine einfache Holzkonstruktion mit Lattenwänden und einem konisch zulaufenden Dach. Und im Schutz dieses Pavillons sah sie einen Mann, der gelangweilt auf und ab ging und hin und wieder einen mäßig interessierten Blick auf das Haus warf. Ob es derselbe Mann war, den sie gestern bemerkt hatte, konnte sie nicht sagen. Aber das war auch egal. Wichtig war allein, daß jemand da war, der das Haus beobachtete.

Als sie hinunter ins Erdgeschoß ging, hatten die Dienstboten schon die Gaslampen angezündet, um das trübe Tageslicht aufzuhellen. Amanda bemerkte die nervöse, gespannte Atmosphäre im Haus sofort. Die beiden Mädchen, die Köchin und Mr. Hampton wußten, daß beide Ausgänge unter Beobachtung standen. Sie erledigten ihre gewohnten Arbeiten schweigend und lustlos.

Amanda hatte keinen Appetit auf das Frühstück. Sie ging in die Küche, goß sich eine Tasse Tee ein und trug sie ins Eßzimmer, wo Michael vor einer unberührten Portion Schinken und

Bratkartoffeln saß. Als sie sich auf ihren Stuhl fallen ließ, fragte sie: »Haben Sie schlecht geschlafen, Michael?«

»Ich habe überhaupt nicht geschlafen, Mistreß Amanda. Aber ich habe einmal nach unserem Gast gesehen. Mary hat sich durch die Entwicklung anscheinend nicht nervös machen lassen. Sie hat nicht einmal gemerkt, daß ich in ihr Zimmer gekommen bin, und selig geschnarcht. Oder haben Sie ihr von Captain Tunworths Besuch nichts gesagt?«

»Doch . . .«

»Nun, auf jeden Fall fühlt sie sich absolut sicher in diesem Haus.« Er blickte nach unten, als Mr. Mayor auf ihn zugeschlichen kam und mit einem Satz auf seine Knie sprang. »Aber sie dürfte heute die einzige sein«, setzte er hinzu und fuhr dem Kater über das Fell.

»Ist Louis schon wach?« fragte Amanda.

Michael nickte. »Er poliert die Holztäfelung im dritten Stock.«

»Ich frage mich, wann der Captain wieder auftauchen wird.«

»Wahrscheinlich nicht vor dem späten Nachmittag. Jede gerichtliche Maßnahme braucht ihre Zeit . . .«

»Wir müssen Mary aus dem Haus schaffen«, sagte Amanda nervös.

»Und wie?«

»Ich glaube, mir ist da etwas eingefallen. Ich möchte, daß Sie mit der Kutsche zu Mistreß Ludwigs Haus fahren und Sie bitten, sofort herzukommen.«

Michael nickte. »Gut, ich bringe sie gleich mit.«

»Nein. Ich möchte, daß sie mit Ihrem eigenen Wagen kommt. Und sie soll sich etwas recht Farbiges und Auffälliges anziehen und einen Schal oder Schirm mitnehmen . . . und Handschuhe, die sind besonders wichtig.«

Michael lächelte. »Ich glaube, ich weiß, was Sie vorhaben. Es ist riskant, aber so frech und ungewöhnlich, daß wir damit durchkommen könnten.«

»Und benutzen sie die Hauptausfahrt, wenn Sie das Haus verlassen. Ich will, daß man Sie deutlich erkennt.«

Er nickte. »Habe ich Ihre Erlaubnis, einen kleinen Umweg zu machen? Es könnte vielleicht ganz nützlich sein, wenn ich mich ein wenig auf dem Paradise Square umsehe. Nur um mal zu hören, ob Kathleen Ihnen vielleicht Ärger machen will.«

»Gut. Aber bleiben Sie nicht zu lange«, bat Amanda. »Versuchen Sie, gegen Mittag wieder hier zu sein.«

»Bis Mittag bin ich bestimmt zurück«, sagte Michael Boyle. Er scheuchte die weiße Katze von seinem Schoß und verließ das Zimmer.

Der junge Ire war um halb zwölf zurück. Sein Mantel war vom Regen durchnäßt, und er hatte eine Zeitung unter den Arm geklemmt.

Er fand Amanda in der Bibliothek. Ihr Colt lag auf dem Kaminsims. Er warf Mütze und Schal auf einen Stuhl und trat zum Schreibtisch, an dem Amanda saß und sich vergeblich auf die Vorjahresbilanz der Blackstone Company zu konzentrieren versuchte. Bei Michaels Eintritt schob sie die Papiere mit einem erleichterten Seufzer zusammen.

»Ist Mistreß Ludwig schon unterwegs?«

»Sie hat versprochen, innerhalb einer Stunde hier zu sein.« Er grinste. »Sie hat einen riesigen Wirbel gemacht, als ich sie unangemeldet überfiel. Ich hatte vergessen, daß sie nie vor zwölf Uhr aufsteht.«

»Mir ist das auch völlig entfallen«, sagte Amanda erschreckt. »Aber sie wird es mir sicher nachsehen, wenn ich ihr erkläre, wie dringend ich ihre Hilfe brauche. Was haben Sie am Paradise Square erfahren, Michael?«

»Nichts. Es war alles ruhig. Aber ich bin auch viel zu früh dort gewesen. Vielleicht sollte ich heute nachmittag noch einmal losfahren, falls Sie mich hier nicht brauchen sollten . . .«

Er faltete die Zeitung auseinander.

»Die letzte Aufgabe. Erst seit zwei Stunden im Straßenhandel. Dieser Artikel dürfte Sie interessieren.« Er deutete auf die Titelseite des *Journal of Commerce,* einer Wochenzeitung, die 1825 von den Brüdern Tappan gegründet worden war und streng abolitionistische Anschauungen vertreten hatte. Aber seitdem die beiden Brüder das Blatt verkauft hatten, verteidigte es unter den neuen Eigentümern ähnlich konsequent und kompromißlos die Politik des Südens.

»Ich wußte, daß wir die Sache nicht geheimhalten können würden«, murmelte Michael, als Amandas Gesicht schon beim Lesen der Überschrift bleich wurde: Entflohene Sklavin am Madison Square? Dann las sie: »Captain Virgil Tunworth aus Lexington, Virginia, hat einen Gerichtsbeschluß beantragt, durch den er ermächtigt werden soll, das Haus von Mrs. de la Gura, Madison Square Nr. 12, durchsuchen zu lassen, erfuhr unser Reporter von Richter Develbess.

Captain Tunworth, der gestern mit der Eisenbahn in New York eintraf, behauptet, daß Konspiratoren ein ihm gehörendes Sklavenmädchen namens Mary gestohlen und in dieses Haus am Madison Square gebracht hätten. Der Captain, der im Astor House logiert, hat dem Reporter des ›Journal of Commerce‹ erklärt, daß er den Haussuchungsbefehl und einen Haftbefehl für die flüchtige Sklavin bereits für heute abend oder morgen früh erwartet.

Tunworth behauptet, daß die Flucht seines Sklaven-Mädchens von einem ehemaligen Methodisten-Pastor namens Jephtha Kent arrangiert wurde. Dieser wegen seiner abolitionistischen Haltung von seinem Bischof suspendierte Reverend ist ein Verwandter von Mrs. de la Gura, der Lady, die das Haus am Madison Square bewohnt . . .«

Amanda ließ die Zeitung sinken und sah schweigend zu Boden.

Michael sagte leise: »Wir können nicht behaupten, daß es überraschend kommt.«

»Ich weiß. Aber mußten sie unbedingt Jephthas Namen hineinzerren . . .«

Sie blickte wieder auf die Titelseite des Blattes und fragte sich, ob es auch in einem bestimmten Haus am Washington Square gelesen würde.

3

»Was soll ich? Mich ausziehen?« rief Rose Ludwig empört, als sie kurz nach ein Uhr eintraf und Amanda im Wohnzimmer gegenüber stand. »Ich muß sagen, daß man mir im Lauf meines

Lebens schon sehr seltsame Forderungen gestellt hat, aber das ist wirklich das letzte ...«

»Rose, bitte keine Diskussionen, bevor du das hier gelesen hast.« Sie drückte ihrer Freundin das *Journal of Commerce* in die Hand.

Rose Ludwig vergaß, sich ihre Havannazigarre anzuzünden, als sie den kurzen Artikel überflog.

Amanda trat ans Fenster. Sie sah sowohl den Mann vor dem kleinen Pavillon als auch die Kutsche ihrer Freundin in der Auffahrt. Der Mann würde sie wiedererkennen, wenn sie in ihren Wagen stieg. Doch er war zu weit entfernt, um die Gesichtszüge klar identifizieren zu können. Wenn Mary den Schirm so geschickt hielt, daß ihr schwarzes Gesicht nicht zu sehen war ...

Das Rascheln der Zeitung veranlaßte sie, sich wieder Rose zuzuwenden.

Die andere Frau blickte sie forschend an. »Ist das wahr?«

»Ja. Das Mädchen ist hier im Haus, im dritten Stock.« In knappen Sätzen beschrieb sie, was sich seit der Ankunft Marys zugetragen hatte.

»Dann steckst du bis über beide Ohren in der Tinte«, stellte Rose unverblümt fest.

»Ich weiß. Aber um mich mache ich mir am wenigsten Sorgen. Im Augenblick liegt mir nur daran, das Mädchen aus dem Haus zu bringen. Wenn Tunworth heute abend oder morgen mit einer gerichtlichen Vollmacht hier erscheint, kann ich ihn nicht daran hindern, sie fortzuschleppen. Und ich will, daß sie morgen abend bereits auf dem Schiff nach Kanada ist. Rose ...« Sie trat auf ihre Freundin zu und legte eine Hand auf ihren Arm. »Wenn du bis dahin hierbleibst, kannst du Mary helfen ...«

»Wie denn, um Gottes willen?«

»Du bist gesehen worden, als du ins Haus kamst.«

»Von wem?«

Amanda führte sie zum Fenster und deutete auf die dunkle Gestalt des Mannes vor dem Pavillon.

Rose starrte durch das regennasse Glas der Fensterscheibe. »Wer ist das?«

»Ein Mann, den Tunworth angeheuert hat, mein Haus ständig zu beobachten. Ein zweiter bewacht die hintere Ausfahrt und die Remise. Tunworth hat anscheinend damit gerechnet, daß ich mich weigern könnte, Mary herauszugeben, und daß ein Gerichtsbeschluß gewisse Zeit dauert. Er hat die beiden Männer bereits vorsorglich mitgebracht, um zu verhindern, daß wir Mary heimlich aus dem Haus schaffen. Ich bin sicher, daß man dich genau beobachtet hat, als du vorgefahren bist. Wenn der Mann im Pavillon später eine Frau im selben Kleid und mit demselben Schirm das Haus wieder verlassen sieht, wird er überzeugt sein, daß du es bist . . .«

»Hat Michael deshalb darauf bestanden, daß ich etwas besonders Auffälliges anziehen soll?« Rose deutete auf ihr gelbes Samtkleid, das für die Jahreszeit und die Tageszeit denkbar unpassend war.

»Ja, das war der Grund. Ich möchte, daß Mary bis morgen abend in deinem Haus bleibt. Kurz vor neun Uhr soll dein Kutscher sie zur Pier der White-Star-Line bringen. Bitte, Rose!« sagte Amanda fast flehend. »Ich würde es nicht von dir verlangen, wenn mir irgendeine andere Möglichkeit einfiele . . .«

»Und ich soll hier bis zum Mittwochmorgen in meiner Unterwäsche herumlaufen? Ich hatte eigentlich vor, heute nachmittag ein paar Einkäufe bei Lord und Taylor zu erledigen. Und morgen habe ich mehrere Verabredungen . . .« Sie seufzte. »Aber es ist selbstverständlich, daß ich dir helfe.«

»Danke! Aber der Ordnung halber möchte ich dir noch sagen, daß wir außerdem auch von einer anderen Seite mit Ärger rechnen müssen. Louis . . . Nun, sagen wir, daß er sich mit einem der Dienstmädchen zu intensiv beschäftigt hat. Ich hielt es für richtig, das Mädchen zu entlassen. Bevor es ging, hat es mir Vergeltungsmaßnahmen irischer Freunde angedroht. Ich würde das nicht besonders ernst nehmen, wenn nicht ein Onkel dieser Kathleen ein guter Freund von Rynders wäre. Es ist also durchaus denkbar, daß er ein paar seiner Gangster herschickt, um das Haus zu zerschlagen.«

Rose seufzte ein zweites Mal. »Wenn du schon Mist machst, dann aber gründlich.«

»Ich bin nach wie vor überzeugt, daß wir von Rynders nichts

zu befürchten haben. Ich hielt es nur für fair, dich zu informieren.«

»Na schön. Das hast du getan. Und jetzt bring mich zu diesem Mädchen, damit wir die Sache hinter uns bringen.«

Amanda umarmte ihre Freundin, und dann verließen sie gemeinsam das Wohnzimmer.

4

»Ich habe noch nie ein so langes Kleid getragen«, sagte Mary weinerlich. »Ich werde auf den Saum treten und hinfallen . . .«

»Das wirst du nicht.« Amanda füllte die ausgeleerte Handtasche ihrer Freundin mit zerknülltem Papier. Rose stand hinter Amanda und sah der Verkleidung des Negermädchens voller Interesse zu. Sie trug einen bestickten Morgenmantel Amandas, der ihr mehrere Nummern zu eng war.

Die Gaslampen in der vorderen Halle waren heruntergedreht worden, so daß der Raum nicht zu hell war, wenn Amanda die Tür öffnen und das Mädchen hinausbringen würde. Das gelbe Kleid mit den breiten Stahlreifen unter dem Rock war für Roses füllige Figur gearbeitet worden und dem schlanken Negermädchen viel zu weit. Aber Amanda verließ sich auf die erfahrungsgemäß schlechte Beobachtungsgabe der Männer in allen Dingen, die Frauenkleidung betrafen. Und wenn Mary sich den Schal um den Kopf schlang und die Handschuhe anzog, konnte das Täuschungsmanöver gelingen.

»Achte auf deine Füße, wenn du zur Kutsche gehst«, sagte Amanda mahnend, als Mary fertig angezogen war. »Und den Zettel gibst du Mistreß Ludwigs Butler. Er wird dafür sorgen, daß du morgen abend zum Dampfer gebracht wirst.«

In Marys Augen standen Tränen. »Oh, Mistreß de la Gura, Sie waren so gut zu mir . . .«

Amanda legte ihre Hand auf den Arm des Mädchens.

»Ich will doch, daß du sicher nach Kanada kommst, Mary, daß du ein freier Mensch bist . . .«

Michael, der bei einem der beiden schmalen Fenster neben der Tür stand, deutete auf den kleinen Pavillon. »Der Bursche dort drüben paßt genau auf. Seit die Kutsche vorgefahren ist, hat er sich nicht gerührt.« Er wandte sich an Rose: »Ihr Kutscher macht mir Sorge. Er wird merken, daß jemand anders einsteigt, und entsprechende Bemerkungen von sich geben.«

Rose trat neben ihn. »Lassen Sie mich mit Carney reden.«

Amanda wußte, daß die nächsten Sekunden kritisch sein würden. Sie bemühte sich, ruhig und gelassen zu bleiben, als sie die Tür aufstieß. Nachdem sie Mary kurz umarmt hatte, nahm sie den Ellenbogen des Mädchens und führte es vor die Haustür.

Der Mann auf dem Bock starrte sie verblüfft an. »Was, zum Teufel, soll denn das? Wer ist . . .«

»Carney! Nicht ein Wort mehr!« Zischte Rose scharf aus dem Schatten des Hauseingangs. »Ich bleibe hier. Das Mädchen fährt in mein Haus – an meiner Stelle. Hilf ihm beim Einsteigen, verdammt noch mal! Und sieh das Mädchen an, nicht mich!«

Der verdatterte Kutscher kletterte vom Bock. Eine Regenbö fuhr unter den breiten Krinolinenrock. Mary biß sich auf die Lippe, als sie auf die erste Stufe der Freitreppe trat.

Amanda sah zu dem Bewacher hinüber. Er starrte jetzt zum Haus herüber. Amanda wußte, daß er die gelbgekleidete Gestalt, die recht unsicher die Stufen hinabging, deutlich sehen konnte.

Marys linke Hand umklammerte die Enden des Schals, der ihr krauses Haar und den dunklen Nacken verhüllte. In der rechten Hand hielt sie den Schirm – viel zu hoch, um ihr Gesicht zu verdecken.

»Den Schirm!« zischte Amanda. »Halt den Schirm tiefer!«

Mary tat es. Amanda wollte gerade erleichtert aufatmen, als das Mädchen auf der letzten Stufe ausglitt. Sie stieß einen leisen Schrei aus und stolperte . . .

»O Gott, jetzt ist alles aus!« stöhnte Michael.

Amandas Hand krampfte sich um die Türklinke, daß die Knöchel weiß hervortraten.

Der Mann am Pavillon trat interessiert ein paar Schritte näher.

»Hilf ihr, Carney!« zischte Rose scharf.

Der Kutscher sprang auf Mary zu und konnte sie gerade noch am Arm festhalten.

Verblüfft sah er in das Gesicht der Negerin, das Schal und Schirm auch vor ihm verborgen hatten, dann half er ihr wortlos beim Einsteigen.

Als er die Tür der Kutsche zuwarf, schloß Amanda die Augen. Dann zwang sie sich zu einem Lächeln und verabschiedete die Kutsche mit Rufen und Winken.

Der Kutscher stieg über das Rad auf den Bock. Er wirkte noch immer verwirrt, als er mit der Peitsche knallte und den Wagen die Auffahrt hinunter durch das Tor lenkte.

Amanda fröstelte vor Aufregung, als sie sich umwandte und ins Haus trat. Sie schloß die Tür und lehnte sich mit dem Rükken dagegen.

Die Gesichter der Dienerschaft, die Zeugen des kleinen Dramas geworden waren, wirkten wie fahle Ovale im Halbdunkel der Halle.

Rose knüpfte den Gürtel des zu engen Morgenmantels, den Amanda ihr geliehen hatte, fester und atmete tief durch.

»Dieser Tag hat mich um etliche Jahre älter gemacht«, stellte sie fest. »Ich war sicher, daß sie lang hinfallen würde und . . .«

»Magst du einen Whiskey, Rose?«

»Eine ganze Flasche.«

Michael, der immer noch am Fenster stand, wandte sich den beiden Frauen zu. »Ich glaube, wir haben es geschafft«, sagte er lächelnd. »Auf jeden Fall hat der Bursche bisher seinen Posten nicht verlassen.«

Er folgte den beiden Frauen in die Bibliothek. Rose bemerkte sofort den Colt auf dem Kaminsims.

»Ist das ein Ausstellungsstück, oder ist das Ding auch geladen?«

»Sieh dir doch die Trommel an«, sagte Amanda.

Rose tat es. »Mein Gott, voll geladen!«

Amanda trat zum Kamin.

»Man braucht ihn wirklich nicht so zur Schau zu stellen.« Sie nahm die Waffe vom Sims. »Hauptsache, er ist griffbereit.« Sie trat zum Schreibtisch und steckte den Revolver in die Schublade.

Rose schüttelte den Kopf. »Es ist wirklich unglaublich, was ich alles erlebe, nur weil ich dir aus alter Freundschaft einen Gefallen tun wollte . . .«

»Und ich kann nichts tun, um dir meine Dankbarkeit zu beweisen.«

Die rundliche Frau nahm das randvolle Glas, das Michael ihr reichte, und nickte ihm dankend zu.

»Mir wird zu gegebener Zeit schon etwas Passendes einfallen. Zum Beispiel könntest du meine Tantiemen erhöhen, wenn du wieder Besitzerin von Kent und Sohn bist.« Sie nahm einen Schluck Whiskey. »Aber noch mehr wünsche ich mir, daß es hier bis morgen abend ruhig und friedlich bleibt.«

Sie kippte den Rest ihres Drinks in zwei langen Schlucken.

Michael griff nach seinem Schal, der auf dem Stuhl neben dem Kamin lag, und schlang ihn sich um den Hals.

»Ruhe und Frieden dieses Hauses liegen zur Zeit völlig in der Hand einer gewissen Miss Kathleen McCreedy. Ich bin in zwei Stunden wieder zurück, Mistreß Amanda. Ich will noch einmal nachsehen, ob am Paradise Square alles ruhig ist.«

Der weiße Kater folgte ihm, als er die Bibliothek verließ.

5

Der Nachmittag schien kein Ende nehmen zu wollen.

Der Butler mußte immer wieder zur Tür, um Reporter abzuweisen, die den Artikel im *Journal of Commerce* gelesen hatten und nun die Story auch in ihren Zeitungen bringen wollten. Zweimal mußte Hampton sich von zudringlichen Journalisten anschreien lassen und bei einem sogar handgreiflich werden, als der sich mit Gewalt ins Haus drängen wollte.

Trotz des schlechten Wetters kamen auch Neugierige vorbei – zu Fuß oder in Wagen. Eine Gruppe von Jungen johlte vor dem Haus und begann, mit Steinen zu werfen, bis Hampton sie fortjagte.

Die unerwünschte Aufmerksamkeit, die das Haus erregte, machte Amanda nervös und schien ein Omen für noch Schlimmeres zu sein.

Rose hatte sich mit ihrer Freundin in die Bibliothek zurückgezogen und ihr einige Einzelheiten über den Vorgang entlockt, den Amanda diskret als »die Sache mit dem Dienstmädchen« umschrieben hatte. Amanda verschwieg ihr allerdings, daß Louis das Mädchen sexuell mißbraucht hatte, und ließ Rose in dem Glauben, daß es sich lediglich um einen Verführungsversuch gehandelt hätte.

»Es war zum Teil meine Schuld«, sagte sie in dem Bemühen, ihren Sohn in Schutz zu nehmen. »Ich habe ihm viel zuviel durchgehen lassen. Ich fürchte sogar, daß ich ihn durch mein Beispiel ungewollt zu diesem Verhalten ermutigt habe. Aber das wird sich gründlich ändern.«

Rose nickte und gähnte vernehmlich.

»Entschuldige, aber wenn man vor Mittag aus dem Bett gezerrt wird . . .«

»Warum legst du dich nicht eine Weile hin?« schlug Amanda vor.

»Eine gute Idee. Ich werde zum Dinner wieder herunterkommen. Falls mich nicht irgendein Aufstand vorher weckt.«

Als sie allein in der Bibliothek war, konnte sich Amanda nicht auf ihre Geschäftspapiere konzentrieren. Sie blickte immer wieder auf das Porträt ihres Großvaters und fragte sich, ob er wohl billigen würde, daß sie Tunworths entlaufener Sklavin geholfen hatte.

Selbst jetzt wußte sie nicht genau, warum sie es getan hatte. Sie war sich nicht im klaren darüber, ob sie aus moralischer Überzeugung gehandelt hatte oder um ihr schlechtes Gewissen zu beschwichtigen – ein etwas verspäteter Versuch, den Idealen der Familie Kent gerecht zu werden. Wahrscheinlich hatten beide Motivationen mitgespielt, dachte sie.

Sie begann, sich mit anderen Sorgen zu beschäftigen. Mit Jephtha zum Beispiel. Sie wußte, daß sie nichts für ihn tun konnte, bevor er sich mit ihr irgendwie in Verbindung setzte, und sie bezweifelte, daß er das tun würde. So konnte sie nur beten, daß er noch am Leben und in Sicherheit war.

Sie wußte, daß es zu einer zweiten Konfrontation mit Captain Tunworth kommen mußte. Und sie hatte keine Angst davor.

Es war inzwischen halb fünf geworden, wie sie mit einem Blick auf die Wanduhr feststellte. Sie war fast enttäuscht, daß Tunworth nicht kam, um ihr seinen Haussuchungsbefehl unter die Nase zu halten.

Nun, dann würde er eben morgen erscheinen, und sie hatte dann die Genugtuung, ihm zu sagen, daß . . .

Das Rattern des Telegraphen störte sie aus ihren Gedanken auf. Sie sprang hoch und lief zu dem Tisch, auf dem das Gerät montiert war. Sie tippte ihren Code, griff nach Block und Bleistift und schrieb die einlaufende Nachricht mit:

»Zuverlässige Wall Street Quelle hat berichtet, daß die Stovall-Werke heute um vier Uhr Beschluß gefaßt haben, die Zahl ihrer Aktien zu verdoppeln. Neue Aktien in ihrer Gesamtheit bereits vor dieser Ankündigung vergeben.«

Amanda spürte, daß sich ihr Magen zusammenkrampfte.

»Vermuten Einzelperson oder Konsortium als Käufer, haben aber keine definitiven Informationen. Halten Sie auf dem laufenden. Erwarten Ihre Anweisungen. Rothmans Bank.«

Amanda warf den Bleistift auf die Tischplatte und drückte die Hände vor ihre Augen.

Die Morsetaste begann wieder zu rattern: »Erwarten Ihre Anweisungen.«

Amanda griff mit einer müden Bewegung nach der Morsetaste und gab durch: »Keine Anweisungen.«

Die Stille in der Bibliothek wurde nur durch das ständige Trommeln des Regens gegen die Fensterscheiben unterbrochen und das leise Miauen von Mr. Mayor, der in der Halle einem imaginären Feind nachzujagen schien.

Amanda starrte auf die Nachricht, die die Bank durchgegeben hatte. »Verdammt!« Sie schlug mit der Faust auf den Notizblock, und Tränen stiegen ihr in die Augen.

Sie wußte, wer ihre Pläne mit diesem Schachzug mattgesetzt, wer die Hauptaktionäre der Stovall-Werke in aller Eile zusammengerufen und es ihr unmöglich gemacht hatte, die notwendigen einundfünfzig Prozent der Aktien zu erwerben. Es war kein Trost, wenn sie sich vor Augen hielt, daß diese Maßnahme nur durch ihre Hilfe für Mary möglich geworden war, daß sie selbst die Aufdeckung ihrer Pläne heraufbeschworen hatte.

Als Michael gegen fünf Uhr zurückkehrte, zeigte Amanda ihm sofort die Nachricht der Bank.

»Stovall hat die Zahl der Aktien verdoppelt – und dann selbst aufgekauft. Oder durch einen anderen aufkaufen lassen.«

»Das habe ich erwartet.«

»Der Artikel im *Journal of Commerce* ist schuld, daß er meinen Plan durchschaut hat.«

»Zum Teil«, sagte Michael einschränkend. »Wir waren uns schon vorher völlig im klaren darüber, daß er das unerklärliche Interesse für Stovall-Aktien bemerkt haben muß. Schließlich kaufen Sie sie seit fast einem Jahr systematisch auf. Aber dieser Zeitungsartikel hat ihn sicher veranlaßt, sich näher damit zu befassen ...«

Sie drückte wieder die Hand vor ihre Augen.

»Dann ist meine letzte Chance dahin, Kent und Sohn je zu besitzen ...«

Michael trat zum Kamin, schürte das Feuer und warf neue Scheite nach.

»Ich fürchte, daß wir jetzt größere Sorgen haben als das.«

Sie hob den Kopf und blickte ihn an.

Michael sagte: »In den Five Points ist es unruhig.«

»Was?«

»Ich sah, wie Exemplare des *Journal* in drei Saloons von Hand zu Hand gingen, und hörte, daß dabei immer wieder Ihr Name fiel ...«

Michael beschäftigte sich sehr eingehend mit dem Kaminfeuer, blies die Glut mehrmals an, und erst als Flammen aufloderten und die aufgelegten Scheite ergriffen, richtete er sich auf.

»... und sehr häßliche Bemerkungen über Leute, die geflohenen Niggern helfen. Schließlich gelang es mir, einen der Burschen in ein Gespräch zu verwickeln. Es sieht so aus, als hätte Rynders seit Erscheinen der Zeitung einer Anzahl ausgewählter Freunde eine Menge Whiskey spendiert.«

»Sie glauben also, die acht Wochengehälter, die ich Kathleen gezahlt habe, und die Summe, die Sie ihr versprochen haben, waren nicht genug, ihre Empörung zu dämpfen?«

»Es hat den Anschein, Mistreß Amanda. Außerdem hat Mister Rynders verkündet, daß er noch im Lauf des heutigen Abends einen Gentleman im *Astor House* aufsuchen würde.«

»Im *Astor*... Das ist doch das Hotel, in dem Tunworth wohnt.«

»Ich bin sicher, daß Mister Rynders es genau wie wir aus der Zeitung erfahren hat. Er ist ein verdammt schlauer Hund – und Tunworth paßt haargenau in seine Pläne. Und so sieht das aus: Kathleen beklagt sich bei Rynders über Ihre Ungerechtigkeit und fordert Rache. Rynders entdeckt den Artikel im *Journal*. Der ist ein herrlicher Vorwand, Ihnen seine Freunde auf den Hals zu hetzen. Sie können das wirkliche Motiv – Vergeltung für Kathleens Entlassung – hinter der moralischen Entrüstung darüber tarnen, daß Sie einer entlaufenen Sklavin geholfen haben! Sie sind eine Gesetzesbrecherin, eine Kriminelle! Ich wäre nicht einmal überrascht, wenn ein paar dieser Gangster als Mitglieder von Tunworths Suchkommando hier auftauchen würden.«

»Mit anderen Worten«, sagte Amanda ruhig, »Sie sind überzeugt, daß wir mit Besuch rechnen müssen.«

»Vielleicht schon heute abend«, sagte Michael. »Vielleicht erst morgen . . .«

»Aber sie können doch nichts mehr unternehmen! Das Mädchen ist fort!«

»Das wäre für Rynders' Freunde ein willkommener Vorwand, noch heftiger zuzuschlagen. Ich möchte Ihnen einen vernünftigen Vorschlag machen, Mistreß Amanda: Gehen Sie fort. Jetzt gleich!«

»Ich soll mich von diesen Gangstern aus meinem eigenen Haus vertreiben lassen? Niemals!«

»Bedenken Sie, daß Sie nicht nur sich gefährden, sondern auch andere. Es wäre nicht fair gegenüber Mistreß Ludwig und der Dienerschaft . . .«

»Können wir nicht die Polizei zu Hilfe rufen?«

»Erst, wenn etwas passiert ist – es sei denn, Sie wären bereit, die ganzen Zusammenhänge zu Protokoll zu geben, einschließlich der Sache mit Mary. Dadurch würden Sie vielleicht glaubhaft machen können . . .«

»Nein! Mary kann erst morgen abend die Stadt verlassen!«

»Das stimmt. Aber die Polizei wird auf einen bloßen Verdacht hin nichts unternehmen. Besonders nicht, wenn man bedenkt, wie viele von ihnen mit Mister Rynders befreundet sind . . .«

Amanda atmete tief durch.

»Also gut. Rufen Sie das Hauspersonal in der Küche zusammen. Wecken Sie Rose. Und holen Sie auch Louis herunter.«

6

Was Amanda dem versammelten Personal zu sagen hatte, wirkte unglaublich in der fröhlichen Atmosphäre der großen, hellen Küche. Aus dem Herd drang der Duft frisch gebackenen Brotes, und drei Kapaune bräunten am Spieß.

Rose paffte an einer ihrer unvermeidlichen Zigarren – was Hampton veranlaßte, mißbilligend zu husten –, als Amanda die Versammelten der Reihe nach anblickte.

»Ich habe euch hergebeten, weil ich befürchten muß, daß die Entlassung von Kathleen McCreedy dieses Haus in eine gefährliche Situation bringen kann. Michael war heute zweimal in den Five Points. Es scheint so, als wäre Kathleen nicht eher zufrieden, bevor sie sich gerächt hat für die Qualen, die sie hier erlitten hat.«

Louis starrte zu Boden. Sein Gesicht war rot angelaufen.

»Ihr habt alle bemerkt, daß dieses Haus seit gestern von Männern beobachtet wird, die Captain Tunworth angeheuert hat. Das Mädchen befindet sich nicht mehr hier. Aber ihr könnt sicher sein, daß der Captain noch einmal herkommen wird, um Marys Herausgabe zu fordern. Michael hat außerdem erfahren, daß Rynders zum *Astor House* gehen will. Noch heute abend. Sehr wahrscheinlich will er sich dort mit Tunworth treffen – um ihm die Hilfe seiner Schläger anzubieten. Die Jagd nach einer entflohenen Sklavin wäre für diese Leute ein willkommener Vorwand, in dieses Haus einzudringen – und vielleicht für Schlimmeres . . .«

Sie unterließ es, dieses Schlimmere genauer zu beschreiben, doch sie sah an den Gesichtern der Leute, daß sie es sich selbst ausmalten.

»Es ist meine Pflicht, mein Haus und mein Eigentum zu verteidigen. Aber ihr habt diese Pflicht nicht. Normalerweise geht ihr erst am späten Abend nach Hause. Ich schlage vor, daß ihr heute schon früher das Haus verlaßt, und zwar einzeln und gleich. Nehmt den Hinterausgang. Ich glaube nicht, daß der Mann, der dort Wache hält, euch daran hindern wird ... Er kann schließlich sehen, daß ihr Weiße seid«, fügte sie mit einem Anflug von Sarkasmus hinzu. »Vielleicht werden wir heute noch Besuch bekommen, vielleicht erst morgen, vielleicht überhaupt nicht.«

Sie versuchte, sich nicht anmerken zu lassen, daß sie an die letzte Möglichkeit nicht glaubte.

»Ich möchte vermeiden, daß einer von euch gefährdet wird. Also entscheidet euch, wer als erster das Haus verlassen soll – und geht. Das gilt auch für dich, Rose!«

»Und wie, wenn ich fragen darf?« sagte sie durch eine dicke Rauchwolke hindurch. »Ich habe nichts anzuziehen.«

»Ich werde dir etwas leihen.«

»Deine Sachen passen nicht. Ich bleibe.«

»Ich bleibe auch, Madam«, sagte Brigid. »Mein Mann ist einmal von Rynders' Gangstern halbtot geprügelt worden, weil er nicht so wählen wollte, wie es Rynders befohlen hatte.«

»Gut, wie du willst!« Sie wandte sich an ihren Sohn. »Louis, du wirst nach den anderen das Haus verlassen.«

»Und du bleibst mit Michael, Brigid und Mistreß Ludwig zurück?« Er schüttelte den Kopf.

»Louis, ich bestehe darauf ...«

»Nein, Ma. Ich habe keine Angst vor einem Kampf.«

Sie sah ihren Sohn an, und ein paar Sekunden lang glaubte sie, das Gesicht Cordobas zu sehen. Sie lächelte müde und sagte: »Meinetwegen. Aber die anderen gehen so schnell wie möglich.«

7

Um elf Uhr nachts war das Haus völlig still. Rose hatte drei große Whiskey getrunken und war zu Bett gegangen. Louis hielt Wache an der Hintertür.

Der Regen trommelte an die Fenster des Wohnzimmers. Michael blickte in die Dunkelheit hinaus, dann ging er wieder nervös auf und ab.

»Noch immer nur dieser eine Mann da draußen. Vielleicht hat uns der Regen für heute gerettet.«

»Der Regen und das Gericht«, sagte Amanda. »Anscheinend hat Tunworth die Papiere noch nicht bekommen, die er beantragt hat.« Amanda fuhr mit der Hand über ihre Augen. »Ich wünschte fast, sie würden kommen, damit wir es hinter uns haben. Dieses Warten ist schlimmer als alles andere . . .«

Der junge Ire bemerkte ein seltsames, mattes Lächeln auf ihrem Gesicht. »Sie scheinen unserer Situation noch Humor abgewinnen zu können, Mistreß Amanda.«

»Nein.« Sie fuhr mit der Hand über ihre Stirn, und das Lächeln erlosch. »Ich muß nur daran denken, daß sich die Vergangenheit ständig wiederholt. Es ist ein ständiger Kreis, wie ein Rad, das sich dreht. Ich habe gerade an Texas gedacht, und wie ich dort in der belagerten Missionskapelle saß. Freiwillig, durch nichts und niemanden dazu gezwungen. Als ich alles lebend überstanden hatte, war ich überzeugt, nie wieder in meinem Leben etwas Ähnliches durchmachen zu müssen. Aber nun sitze ich wieder in einem belagerten Haus – und wieder einzig allein durch meine Schuld.«

»Schuld, Mistreß Amanda? Warum sprechen Sie von Schuld? In Ihrer Situation wären die meisten Frauen – und auch Männer – längst aus der Stadt geflüchtet. Aber Sie fliehen niemals. Das ist verdammt selten, aber gewiß keine Schuld.«

»Ich bin vor Stovall geflohen.«

»Unsinn! Sie haben Ihren Plan mit den Phelans fallengelassen, weil Ihre Familie immer den Schild ihrer Ehre rein gehalten hat. Und Sie wollten nicht die erste sein, die ihn beschmutzt . . .«

»Aber das wird mich nicht in den Besitz von Kent und Sohn

setzen, und nachdem ich durch die Verdoppelung des Aktienkapitals keine Möglichkeit mehr habe, einen Verkauf zu erzwingen, sehe ich keinen Weg mehr . . .«

»Wir wissen noch nicht, ob wirklich Stovall hinter dieser Sache steckt.«

»Versuchen Sie nicht, mich zu trösten, Michael. Natürlich ist es Stovall. Er hat den Zeitungsartikel gelesen und die richtigen Schlüsse gezogen.«

»Dann sollten Sie zumindest erkennen, daß auf der anderen Seite der Bilanz auch ein paar Pluspunkte stehen. Sie haben sich Ihre Hände nicht mit einer Erpressung schmutzig gemacht. Sie haben Ihren Sohn wahrscheinlich von einem falschen Weg zurückgeholt. Und Sie haben bestimmt Mary davor bewahrt, wieder eingefangen und in die Sklaverei zurückgeschleppt zu werden.«

»Und ich habe das verloren, was ich am meisten wollte!« Sie atmete tief durch. »Ich muß wirklich verrückt sein, daß ich hierbleibe . . .«

»Nein«, sagte Michael. »Sie bleiben hier, weil Sie eine Kent sind. Sie haben mir immer gesagt, daß es in Ihrer Familie nie Feiglinge gegeben hat . . .«

Amanda sah zu dem Porträt Philip Kents hinauf. Wie sehr wünschte sie sich, jetzt nur einen Bruchteil des Mutes zu besitzen, der in den Augen ihres Großvaters lag.

Eine plötzliche Bö peitschte Regentropfen gegen die Fensterscheiben. Amanda wandte sich ab und zog fröstelnd die Schultern hoch.

»Ein Mitglied der Familie Kent unterscheidet sich in einem Punkt durch nichts von anderen Menschen, Michael. Ich habe tödliche Angst vor dem, was hier geschehen kann.«

10. Kapitel

Zerstörung

1

Während der Nacht hörte der Regen auf, und der Himmel wurde klar. Als es hell war, lag der Madison Square im fahlen Licht der Wintersonne.

Amanda hatte wieder kaum geschlafen. Sie war bereits angekleidet, als Michael kurz vor neun Uhr in die Bibliothek trat.

»Vor der Tür hält eine Mietdroschke, Mistreß Amanda«, meldete er. »Und drüben bei den Bäumen haben sich ein paar Zeugen versammelt.«

»Zeugen?«

Sie sprang auf und folgte ihm in die vordere Halle.

»Acht oder zehn Burschen, die nicht so aussehen, als ob sie in diese Gegend gehören. Sie haben sich im Lauf einer halben Stunde bei dem Pavillon versammelt und vermutlich die Ankunft der Droschke erwartet.«

Durch das Fenster neben der Haustür sah Amanda mehrere Männer in der Nähe des Pavillons herumstehen. Sie waren schäbig gekleidet, in geflickten Hosen und Jacken, die für das kalte Wetter zu leicht und zu dünn waren. Sie standen eng beieinander, und ihr Atem malte weiße Wolken in die Morgenluft.

Die Tür der Droschke, die in der Auffahrt stand, wurde geöffnet, und Captain Virgil Tunworth kletterte steifbeinig heraus, gefolgt von einem rundlichen, schnurrbärtigen Mann in einem abgewetzten schwarzen Anzug und mit einem breitkrempigen Hut. Eine Ausbuchtung an der rechten Hüfte des Mannes deutete darauf hin, daß er ein Halfter mit einer Seitenwaffe trug.

Brigid eilte an Amanda vorbei, um die Tür zu öffnen.

»Nein«, sagte Amanda und fuhr mit einer nervösen Geste durch ihr Haar. »Ich werde selbst öffnen.«

Brigid blickte verwundert in Amandas Gesicht, das einen fast heiteren Ausdruck zeigte, und trat einen Schritt zurück. Michael stand rechts neben der Tür an der Wand. Sein kupferfarbenes Haar glänzte im Sonnenlicht. Um seinen Mund lag ein durchtriebenes Grinsen.

Bevor Tunworth den Türklopfer heben konnte, öffnete Amanda die Tür.

»Captain, guten Morgen!«

Die fröhliche Begrüßung verwirrte Tunworth sichtlich. Er warf seinem Begleiter einen auffordernden Blick zu. Der Mann griff in die Brusttasche seiner Jacke und zog zwei zusammengefaltete Papiere heraus, die wie amtliche Dokumente aussahen.

Tunworth sagte: »Dieser Gentleman ist Mister Bowden.«

»United States Marshal, Madam«, sagte der rundliche Mann, und seine Stimme klang fast entschuldigend. »Ich habe hier einen Gerichtsbeschluß, der mich ermächtigt . . .«

». . . mein Haus nach dem entlaufenen Negermädchen zu durchsuchen, das ich nach Ansicht des Captains hier verberge?«

»Ja, Madam.«

»Stecken Sie das Stück Papier ruhig wieder in Ihre Tasche, Mister Bowden. Sie brauchen es nicht.«

»Wie bitte?«

»Ich habe Captain Tunworth bereits am Sonntagabend informiert, daß ich keine fortgelaufene Sklavin versteckt halte. Er wollte mir nicht glauben. Aber kommen Sie doch herein und überzeugen Sie sich selbst.«

Der Marshal starrte Tunworth an.

»Sie haben doch behauptet, sie hätte sich geweigert . . .«

»Dies ist ein übler, hinterhältiger Trick!« rief Tunworth wütend. »Sie hat die Niggerin aus dem Haus geschafft und . . .«

»Aber, Captain, benimmt sich ein Gentleman so gegenüber einer Dame?« Amanda genoß seine Wut und seine Verwirrung. »Sie werfen mir ständig vor, gegen das Gesetz zu verstoßen. Aber selbst, wenn ich diese Negerin, die Ihnen angeblich entlaufen ist, hier versteckt haben sollte, wie hätte ich sie denn fortschaffen können?« Sie deutete am Kopf des Kutschpferdes vorbei auf den Mann, der vor dem Pavillon noch immer Wache hielt. »Sie haben mein Haus doch Tag und Nacht beobachten lassen.«

Captain Tunworths Gesicht lief rot an, und er trat einen Schritt zurück.

Amanda wandte sich an Mr. Bowden.

»Marshal, mein Haus gehört Ihnen. Wenn Sie wirklich Wert darauf legen, es zu durchsuchen . . .«

»Ich fürchte, wir müssen tun, was das Gesetz verlangt.« Der dickliche Mann fühlte sich sichtlich unbehaglich.

»Wie Sie wünschen«, sagte Amanda bereitwillig. »Ich möchte Sie nur bitten, Rücksicht auf einen Gast zu nehmen. Meine Freundin, Mistreß Ludwig, hat mich gestern besucht und wurde von einem plötzlichen Unwohlsein befallen. Brigid wird Ihnen ihr Zimmer zeigen, damit Sie . . .«

»Ich fürchte, wir müssen alle Räume des Hauses durchsuchen, Madam.« Auf Bowdens Stirn stand ein feiner Schweißfilm.

»Aber Sie haben doch sicher die Güte, an die Zimmertür zu klopfen, bevor Sie Mistreß Ludwig stören, nicht wahr?« Sie lächelte Bowden an.

»Aber selbstverständlich, Madam.«

Tunworth warf Amanda einen giftigen Blick zu, als er dem Marshal ins Haus folgte.

Michael mußte sich beherrschen, um nicht laut aufzulachen.

Bevor Tunworth dem Marshal in das Wohnzimmer folgte, fuhr er herum und sagte zu Amanda: »Ich weiß, daß Sie gestern Besuch bekommen haben. Aber die Lady ist eine Stunde später wieder fortgefahren.«

»Wirklich, Captain, Sie sollten sich zuverlässige Spitzel nehmen und nicht die letzten Penner aus den Saloons. Ich habe Mistreß Ludwigs Kutsche nach Hause geschickt, das ist alles.«

»Verdammt! Man hat mir ausdrücklich berichtet, daß Ihre Besucherin eingestiegen sei . . .«

»Bitte, fluchen Sie nicht in meiner Gegenwart, Captain«, unterbrach Amanda. »Mich interessiert nicht, was man Ihnen berichtet hat. Vielleicht hat der Mann, den Sie als Wächter aufgestellt haben, etwas zu viel getrunken, um sich warm zu halten. Bei manchen Menschen kann eine zu große Menge Alkohol Sinnestrübungen hervorrufen – sogar Halluzinationen . . .«

Ihre dunklen Augen blickten ihn spöttisch an, und ihr Lächeln war reiner Hohn.

Tunworth wußte, was sie ihm mitteilen wollte: daß das Negermädchen das Haus verlassen hatte, ohne daß er die Möglichkeit besaß, es zu beweisen – und daß die Haussuchung des Marshals völlig sinnlos war . . .

Der Diener des Rechts kam gerade aus dem Wohnzimmer zurück. »Niemand dort. Können wir weiter, Captain?«

Virgil Tunworth schlug wütend seinen Hut gegen den Oberschenkel und folgte dem Marshal in die Bibliothek.

2

Bowden brauchte mehr als fündundvierzig Minuten, um das Haus vom Keller bis zum Dachboden gründlich zu durchsuchen. Hier und dort klopfte er pflichtbewußt eine Wand ab, als würde er nach einem der geheimen Räume suchen, die in den beliebten Frauenromanen so oft eine Rolle spielten, im wirklichen Leben jedoch höchst selten waren.

Amanda und Michael hatten sich ins Eßzimmer zurückgezogen und tranken Kaffee. Sie sprachen nur wenig, lächelten einander aber häufig an, besonders, wenn Tunworths laute, wütende Stimme durch das Haus schallte.

Als Tunworth und der Marshal schließlich wieder die Treppe herunterkamen, ging Amanda ihnen in der Halle entgegen.

»Sind Sie fertig?«

Bowden nickte. »Ja.«

»Und überzeugt?«

»Ja, Madam. Es tut mir leid, daß wir Ihnen Unannehmlichkeiten bereiten mußten. Anscheinend wußte der Captain, als er den Durchsuchungsbefehl gegen Sie beantragte, nicht . . .«

»Ich weiß, daß die Niggerin übers Wochenende in diesem Haus war!« schrie Tunworth außer sich vor Wut. Er deutete mit ausgestrecktem Arm auf Amanda. »Sie hat das Mädchen aus dem Haus gebracht. In den Kleidern dieser fetten Wachtel da oben!«

Das Gesicht des Marshals lief rot an.

»Ich fürchte, wir haben Ihre Besucherin doch sehr gestört. Ich habe noch nie in meinem Leben eine derartige Serie von Flüchen gehört . . .«

»Marshal, kommen Sie mit hinaus!« Tunworth packte Bowden beim Arm. »Sie werden mit dem Mann sprechen, der gestern das Haus bewacht hat. Diese Frau hat meine Sklavin in den Kleidern der anderen fortgeschafft . . .«

»Wenn sich nicht jemand findet, der schwören kann, daß er eine Negerfrau aus diesem Haus kommen gesehen hat – nicht irgendeine Person, Captain, sondern eine Negerin –, habe ich keinen Grund mehr, Ihre Beschuldigung weiterzuverfolgen.« Der Marshal zog wieder die beiden Papiere aus der Tasche. »Mistreß de la Gura hat uns erlaubt, ihr Haus genau und gründlich zu durchsuchen. Für weitere Maßnahmen fehlen mir die Voraussetzungen. Ich kann niemanden verhaften, den ich nicht finden kann.«

»Dann nehmen Sie diese Frau fest! Verhören Sie sie! Zwingen Sie sie, Ihnen zu sagen, wo sie meine Niggerin . . .«

»Das überschreitet meine Befugnisse, Captain«, unterbrach der Marshal, und zum erstenmal klang seine Stimme gereizt und verärgert. Er rammte seinen Hut auf den Kopf und verbeugte sich steif. »Madam, wir danken Ihnen für Ihr Entgegenkommen.«

»Es tut mir leid, daß ich Ihnen nicht mehr behilflich sein konnte«, sagte Amanda lächelnd und öffnete ihm die Tür.

Bowden verließ das Haus. Tunworth stürmte ihm nach, die Stufen der Freitreppe hinab.

Amanda drückte die Tür ins Schloß, trat neben Michael ans Fenster und blickte hinaus.

Louis kam aus der Küche gerannt, ein Stück Kuchen in der Hand und Zuckerkrümel in den Mundwinkeln.

»Oh, Ma! Die hast du aber prächtig hereingelegt. Ich habe noch nie einen so wütenden Menschen gesehen wie den Captain, als er durch die Küche stelzte . . .«

»Und er kocht immer noch.« Michael deutete hinaus.

Der Marshal und der Captain standen neben der offenen Tür der Droschke, und Tunworth sprach erregt auf Bowden ein. Amanda konnte seine Worte nicht verstehen, aber es war klar, daß er von dem Marshal weitere Aktionen forderte, was Bowden ruhig, aber bestimmt ablehnte. Schließlich schien ihm der Geduldsfaden zu reißen. Er zerrte die beiden Papiere aus seiner Tasche, drückte sie dem verblüfften Tunworth in die Hand, stieg in die Droschke und schlug die Tür hinter sich zu.

Die Droschke ratterte davon. Tunworth starrte ein paar Sekunden lang zum Haus herüber, dann stelzte er über die Straße und auf die Gruppe von Männern zu, die vor dem kleinen Pavillon standen.

Amanda sah Tunworth auf die Männer einreden, und sie hielt erschrocken den Atem an, als zwei von ihnen sich aus der Gruppe lösten und auf das Haus zukamen.

Tunworth lief ihnen nach und zerrte sie zurück. Doch die Männer schienen die Lust am Warten verloren zu haben und begannen, auseinanderzugehen. Schließlich war Tunworth allein. Er wandte sich um und ging quer über den Platz. Wenige Sekunden später war er im dichten Gewühl von Kutschen und Passanten verschwunden.

»Das war's«, sagte Michael, »zumindest vorläufig.«

»Ich glaube nicht, daß wir den Captain wiedersehen werden«, sagte Amanda. »Er kann doch nichts mehr tun . . .«

»Mit legalen Mitteln nicht«, erwiderte Michael. »Aber ich wette ein Goldstück, daß die Burschen, die sich ansehen wollten, wie die Negerin wieder eingefangen wird, Freunde von Rynders sind . . .«

Nach einer kurzen Pause setzte er hinzu: »Und diese Leute werden am liebsten nachts aktiv. Noch sind wir nicht aus der Sache heraus.«

3

Trotz Michaels Pessimismus konnte Amanda nicht verhindern, daß die Niederlage Tunworths sie mit einer fast ausgelassenen Freude erfüllte. Sie ging hinauf zu Rose und beschrieb ihr die

Haussuchung in allen Details. Rose beschwerte sich in profanen Worten darüber, daß zwei Männer ihr Zimmer durchsucht hätten, während sie im Bett lag.

Amanda lächelte amüsiert.

»Haben sie vielleicht etwas gesehen, was sie nicht sehen sollten?«

»Natürlich nicht! Mich haben sie doch kaum eines Blickes gewürdigt!«

»Und deshalb warst du so wütend.« Amanda lachte amüsiert.

»Du bist heute sehr witzig«, stellte Rose verärgert fest und steckte sich eine Zigarre an. »Und jetzt verschwinde, damit ich mich anziehen kann.«

Kurz darauf kam sie herunter, und die beiden Frauen aßen gemeinsam zu Mittag. Nach dem Dessert schlug Amanda ihr vor, wieder nach Hause zu fahren und sich darum zu kümmern, daß das Negermädchen rechtzeitig zur Pier der White-Star-Line gebracht wurde.

»Hier besteht nun wirklich keine Gefahr mehr, Rose«, schloß sie mit mehr Überzeugung, als sie empfand.

Rose erklärte sich schließlich einverstanden. Michael begleitete sie über den Madison Square zur Haltestelle der Pferdebahn, und als er zurückkam, berichtete er, daß die Spione verschwunden seien.

Amanda ging in die Bibliothek, steckte das Kaminfeuer an, setzte sich in einen Sessel und las in Israel Hopes Manuskript. Aber es gelang ihr nicht, sich darauf zu konzentrieren.

Sie überlegte, ob sie den Telegraphen benutzen und sich mit Rothmans Bank in Verbindung setzen sollte, um sich über die Aktiensituation zu informieren. Aber sie ließ es dann lieber. Sie war überzeugt, daß die Antwort nicht dazu angetan sein würde, sie aufzuheitern. Der Artikel im *Journal of Commerce* hatte ihre Pläne gründlich und endgültig zerschlagen. Und je mehr sie versuchte, sich mit dieser Tatsache abzufinden, desto deprimierter wurde sie.

Ein einziger Entschluß – eine Handlung des Mitgefühls mit einem Mädchen, das sie nie wiedersehen würde – hatte die Arbeit von zwei Jahren zunichte gemacht und alle Hoffnungen, Anstrengungen und Kämpfe der vielen Jahre davor.

Amanda hatte nie Fehlern der Vergangenheit nachgetrauert. Aber nachdem das Problem Tunworth nun erledigt war, wurde sie von einer ständig wachsenden Verzweiflung gepackt.

War die Freiheit eines verängstigten schwarzen Mädchens das Opfer ihres Lebenszieles wert?

Eine dumme Frage! In einer solchen Situation konnte eine Kent nicht anders handeln.

Aber der Preis für Marys Freiheit war so unerträglich hoch . . .

Wieder versuchte sie zu lesen, was Israel geschrieben hatte. Aber es war sinnlos, sich mit diesem Manuskript zu beschäftigen, allein seine Existenz schien ihr jetzt blanker Hohn. Es würde niemals gedruckt werden, jedenfalls nicht im Verlag Kent.

Die Wörter verschwammen vor ihren Augen, die Sätze gerieten aus dem Zusammenhang. Die Anspannung und Belastung der letzten Tage machten sich bemerkbar, und kurz nach drei Uhr fielen ihr die Manuskriptseiten aus den Händen, und sie schlief ein.

Sie schreckte auf, als Brigid sie leicht an der Schulter berührte. Bis auf den rötlichen Schein der Glut im Kamin war es völlig dunkel in dem Raum.

»Ein Besucher für Sie, Madam. Er wartet in der vorderen Halle.«

Amanda richtete sich auf.

»Doch nicht wieder Captain Tunworth?«

»Nein, Madam.«

»Wer ist es dann, Brigid?«

»Er hat keine Karte abgegeben, Madam. Aber er hat mir seinen Namen genannt: Stovall.«

»Stovall!«

Amandas Hände umkrampften die Lehnen des Sessels, und sie fühlte, daß ihre Handflächen feucht wurden. »Wo ist Michael?«

»In der Küche, Madam. Er und Louis essen gerade ein paar Brote, die ich ihnen gemacht habe. Ich habe gegen sieben Uhr hereingesehen und wollte Sie fragen, ob Sie auch etwas essen wollen, aber Sie haben fest geschlafen.«

»Um sieben? Wie spät ist es denn jetzt?«

»Halb neun ungefähr«, sagte Brigid.

Amanda bückte sich, nahm die heruntergefallenen Manuskriptseiten vom Boden auf und legte sie zusammen. Brigid merkte, wie nervös sie war, wie sehr ihre Hände zitterten.

»Soll ich dem Gentleman sagen, daß Sie sich nicht wohl fühlen?«

»Nein, Brigid. Ich werde mit ihm sprechen.«

»Im Wohnzimmer?«

Amanda fuhr mit dem Zeigefinger über ihre feuchte Oberlippe und blickte zum Ölporträt ihres Großvaters auf.

»Ich werde ihn hier empfangen«, sagte sie, und ihre Stimme klang etwas gefestigter. »Zünde bitte die Gaslampen an. Hast du die Haustür wieder verriegelt?«

»Selbstverständlich, Madam.«

»Gut. Dann werde ich mich jetzt um den Besucher kümmern.«

Sie spürte, wie ihr Herz klopfte, und eine unheilvolle Ahnung überfiel sie, als sie die Bibliothek verließ und in die vordere Halle trat. Stovall stand wartend an der Tür, den Stock mit dem goldenen Knauf unter den Arm geklemmt, in der behandschuhten Hand seinen Seidenhut.

Das Seidentuch verdeckte einen Teil seines Gesichts, und das sichtbare Auge funkelte im Licht der Gaslampe wie das eines Raubtieres.

Als Amanda auf ihn zutrat, wurde die Vorahnung kommenden Unheils fast zur Gewißheit.

Sie hörte ein Pferd stampfen und blickte an Stovall vorbei aus dem kleinen Fenster neben der Tür. Aber bis auf das flakkernde Licht der Laternen an Stovalls Kutsche und die trüben Lampen auf der anderen Seite des Madison Square konnte sie nichts in der Dunkelheit erkennen. Aber irgendwie schien ihr selbst das unheilvoll . . .

»Sehr freundlich von Ihnen, mich zu empfangen, Mistreß de la Gura«, sagte Hamilton Stovall mit einer leichten Verbeugung. »Aber es ist sicher korrekter, wenn ich Sie mit Ihrem richtigen Namen anspreche, nicht wahr, Mistreß Kent?«

4

Irgendwo im Haus hörte sie Mr. Mayor miauen, und die Schritte Brigids verklangen in den hinteren Räumen.

»Wie Sie es wünschen, Mister Stovall«, sagte Amanda und bemühte sich, ruhig und selbstsicher zu sprechen. »Bitte, kommen Sie herein.«

»Danke.«

Amandas Arm zitterte, als sie Stovall die Tür der Bibliothek aufhielt. Der Raum wurde jetzt von einer Gaslampe beleuchtet.

Stovall trat hinein. Sie hätte ihm am liebsten die Faust ins Gesicht geschlagen. Aber sie hielt sich zurück, versuchte mit aller Kraft, die seltsame Mischung von Widerwillen und Angst zu unterdrücken, die seine Gegenwart in ihr hervorrief, obwohl er sich doch bisher sehr manierlich und höflich verhalten hatte. Auch jetzt wartete er, bis Amanda ihm den Sessel neben dem Kamin anbot, bevor er sich setzte. Amanda trat um den Schreibtisch herum und setzte sich unter das Porträt von Philipp Kent, als wolle sie eine Barriere zwischen sich und Stovall errichten.

Stovall gab sich selbstsicher und gelassen. Aber sein Lächeln war unecht und kalt, und seine künstlichen Zähne glänzten im Licht der Gaslampe wie alte Knochen.

Er legte seinen Stock über die Knie und den Seidenhut neben sich auf den Boden.

»Es sieht aus, als wäre mein Mißtrauen nicht unbegründet gewesen«, sagte er leise.

Sie antwortete nicht.

»Sie erinnern sich doch noch an unsere zufällige Begegnung nach dem Vortrag dieses Niggers Douglass, nicht wahr?«

»Sehr gut.«

Noch nie hatten zwei Worte sie eine solche Anstrengung gekostet, noch nie hatte sie einen so unüberwindlichen, bodenlosen Haß gegenüber einem Menschen empfunden. Und auch noch nie eine solche Angst, die ständig stärker wurde. Sie hatte Angst vor seiner Selbstsicherheit, vor seinem Totenkopfgrinsen . . .

»Sie haben mich belogen.« Seine Stimme klang fast nachsichtig, als würde er ein unfolgsames Kind tadeln. »Ihre Motive für den Kauf von Kent und Sohn waren keineswegs geschäftlicher Natur . . .«

»Diese Schlußfolgerung ist doch sicher nicht der Grund dafür, mich aufzusuchen, Mister Stovall?«

Aber er ließ sich nicht drängen.

»Sie können sich meine Überraschung vorstellen, als ich durch die neueste Ausgabe des *Journal of Commerce* blätterte und dort Ihren Namen las – und den Ihres Verwandten in Lexington, der sich dem Gesetz durch Flucht entzogen hat . . .«

»Kommen Sie zur Sache!«

Ihr Ausbruch schien ihn zu amüsieren. Es machte ihm offensichtlich Spaß, ihre Nerven zu strapazieren. Sein Totenkopflächeln wurde noch breiter, als er sie tief durchatmen hörte und bemerkte, wie sie mit einer fahrigen Bewegung eine Haarsträhne aus der Stirn strich.

»Selbstverständlich«, murmelte er. »Ich habe mich herbemüht, um meine Neugier zu befriedigen und Ihnen ein paar Informationen zuteil werden zu lassen, die Sie bestimmt interessieren werden. Wollen wir in dieser Reihenfolge vorgehen?«

Amanda sah ihn schweigend an.

Stovall beugte sich ein wenig vor.

»Wer sind Sie?«

»Die Cousine von Jared Kent.«

Stovall richtete sich mit einem Ruck auf. Der Schlag hatte gesessen.

»Sie haben richtig verstanden«, sagte Amanda, »ich bin die Cousine des jungen Mannes, er mit Ihnen an Bord der *Constitution* gedient hat.«

Seine Hand berührte den Seidenschal, der eine Gesichtshälfte verdeckte. »Des Jungen, der mich überfallen und fürs Leben entstellt hat.«

»Sie wagen zu behaupten, daß Jared Sie überfallen hat? War es nicht eher umgekehrt? Einmal in Ihrer Kabine und ein zweites Mal an Deck?«

Endlich brach seine kühle und süffisante Überlegenheit in sich zusammen.

»Jared Kent ist daran schuld, daß ich mein Leben als groteske Kreatur verbringen muß!« schrie er wütend und schnippte mit einem Finger gegen das Seidentuch. »Ihm habe ich es zu verdanken, daß ich mein Gesicht vor den Menschen verstecken muß – und auch meine Hände.« Er hob die in weichen Lederhandschuhen steckenden Hände empor, mit den Handflächen nach vorn. »Sie sind so entstellt, daß sich die Menschen vor mir ekeln würden . . .«

»Dafür haben Sie sich mehr als zehnmal gerächt. Sie haben meinem Stiefvater Kent und Sohn abgegaunert . . .«

»Diesem dummen Piggott? Sie sollten wissen, daß ich die Druckerei bei einem Kartenspiel von ihm gewonnen habe!«

»Durch Falschspielen, nehme ich an.«

Stovall zuckte mit den Schultern. »Was Sie mir kaum nachweisen können.«

»Natürlich kann ich das nicht. Und als mein Cousin auf Ihren Begleiter schoß . . .«

»Ach ja, der gute alte Walpole. Arbeitet längst nicht mehr, ist völlig senil . . .«

». . . haben Sie nichts unternommen, um meinen Cousin darüber aufzuklären, daß er den Mann nicht erschossen hat.«

»Mein Gott! Was erwarten Sie eigentlich von einem Menschen, der mit einer Waffe bedroht wurde? Nächstenliebe mit dem Mann, der ihn kaltblütig ermorden wollte? Mitleid? Außerdem ist Ihr Cousin aus Boston geflohen . . .«

»Weil er glaubte, als Mörder Ihres Geschäftsführers verhaftet zu werden. Er hat dieses Schuldgefühl sein ganzes Leben lang mit sich herumgeschleppt.«

»Darf ich erfahren, wo er sich jetzt befindet?«

»Er ist vor etwa zwei Jahren in Kalifornien gestorben.«

»Wo Sie Ihr Vermögen zusammenrafften . . .« Er machte eine kleine Geste mit seiner rechten Hand. »Jetzt begreife ich die Zusammenhänge. Ein gefühlvolles Wiedersehen, ein Schwur, sich zu rächen, indem man mir den Familienbetrieb der Kents wieder abnimmt. Ein ziemlich billiges Melodrama, finden Sie nicht auch? Nun, damit haben wir meine Neugier befriedigt. Und was Ihre Bemühungen angeht, Kent und Sohn zu kaufen – oder im Fall Ihrer Aktienmanipulationen: zu stehlen –, so sind sie kläglich gescheitert.« Er beugte sich wieder vor. »Um Ihnen vor Augen zu führen, wie kläglich und endgültig sie gescheitert sind, bin ich heute zu Ihnen gekommen.«

Sie starrte in die sichtbare Hälfte seines Gesichts und auf die weiße Seide, die die andere Seite verbarg. Der Anblick ließ sie erschauern. Und das Funkeln seines Auges sagte ihr, daß Stovall nicht nur körperlich verunstaltet, sondern auch seelisch verkümmert war.

»Glücklicherweise konnte ich Ihre kleine Aktienmanipulation noch rechtzeitig erkennen – dank der Erwähnung des Namens Kent im *Journal of Commerce.* Ich bin nicht so sorglos und leichtfertig bei der Wahrnehmung meiner Interessen, wie es vielleicht manchmal den Anschein hat, Mistreß de la – entschuldigen Sie, Mistreß Kent. Seit einigen Monaten habe ich bemerkt, daß ein ungewöhnlich großes und unerklärliches Interesse für Stovall-Aktien bestand. Das Vertrauen der unbekannten Investoren in die Entwicklung des Geschäftsgangs war durch nichts begründet, möchte ich hinzufügen. Aber ich machte mir zunächst keinerlei Gedanken darüber, und das war ein taktischer Fehler, wie ich ohne jede Beschönigung zugebe. Als Entschuldigung kann ich nur sagen, daß ich zu der Zeit mit anderen Dingen ausgelastet war. Ich wollte den Betrieb modernisieren und versuchte, ein größeres Darlehen aufzutreiben. Außerdem bemühte ich mich um eine junge Dame . . .« Eine vage Geste der behandschuhten Rechten. »Nun, jedenfalls kam ich nicht dahinter, daß es sich bei dem Ankauf der Stovall-Aktien um ein organisiertes Manöver handelte, bis ich diesen Artikel las, der mich zu einigen Recherchen veranlaßte. Innerhalb weniger Stunden hatte ich die Informationen von den Banken, bei denen Aktien der Stovall-Werke umgesetzt worden waren oder lagen. An sich wäre es Pflicht dieser Banken gewesen, mich sofort von den Änderungen der Besitzverhältnisse dieser Papiere zu benachrichtigen, aber sie hatten den Aufkäufen anscheinend genausowenig Bedeutung beigemessen wie ich. Heute weiß ich, daß alle Käufer von Stovall-Aktien diese umgehend an eine Gesellschaft weiterveräußerten, die sich Boston Holdings nennt und deren Eigentümer, wie ich erfuhr, derselbe jüdische Bankier und derselbe Anwalt sind, die zuvor versucht hatten, Kent und Sohn in Ihrem Auftrag zu erwerben.«

Das unechte Lächeln war auf seinem Gesicht wie festgefroren.

»Was hatten Sie eigentlich vor? Wollten Sie die Majorität aller Stovall-Aktien erwerben?«

Sie nickte schweigend.

»Um dadurch die Kontrolle über Kent und Sohn zu erlangen?«

»Ja.«

Er schnalzte mit der Zunge. »Und Sie haben wirklich geglaubt, damit durchzukommen?«

»Gehen Sie«, sagte Amanda tonlos.

»Sie hoffen anscheinend, daß ich das einfach vergesse und auf sich beruhen lasse, nicht wahr? Aber Sie irren sich. Sie haben gegen mich intrigiert, und das lasse ich nicht ungestraft.«

»Verschwinden Sie«, sagte Amanda heiser. »Verschwinden Sie, bevor ich . . .«

»Bevor Sie was, Mistreß Kent? Sie haben keine Trumpfkarte mehr, die sind alle in meiner Hand. Wie Sie sehr bald merken werden . . .«

Seine Stimme war sehr leise geworden, und gerade das trieb Amanda einen kalten Schauer über den Rücken.

»Natürlich habe ich sofort nach Aufdeckung Ihrer kleinen Manipulation etwas unternommen. Noch am Montag nachmittag habe ich alle erreichbaren Mitglieder des Aufsichtsrates zusammengerufen, zu denen neuerdings auch mein zukünftiger Schwiegervater gehört. Zwei Stunden später hatten wir den Beschluß gefaßt, neue Aktien herauszugeben. Dankenswerterweise hatte sich Mister Van Bibb, das ist der Vater meiner Braut, schon zuvor bereit erklärt, eine größere Summe in die Stovall-Werke zu investieren. Anstatt, wie vorgesehen, ein Darlehen für die Modernisierung zu geben, verpflichteten er und zwei andere Gentlemen sich zum Aufkauf aller neuen Aktien. Daher besitzen Van Bibb, die beiden anderen Herren und ich jetzt eine durch nichts zu erschütternde Majorität der Stovall-Anteile.«

Er legte die Fingerspitzen aneinander.

»Sie hätten viel dafür gegeben, Kent und Sohn in Ihren Besitz zu bringen, nicht wahr? Ich habe mich geweigert, den Betrieb an Sie zu verkaufen, als ich von Ihren . . . demokratischen Neigungen hörte. Jetzt habe ich einen noch zwingenderen Grund, dafür zu sorgen, daß Sie den Betrieb nicht bekommen. Glauben Sie mir, Mistreß Kent, ich werde alles tun, daß Sie ihn nie besitzen werden – niemals!«

»Mister Stovall, Sie strapazieren meine Geduld. Sie haben mir klargemacht, daß Sie mich besiegt haben. Jetzt muß ich Sie bitten . . .«

»Aber das war doch erst der Anfang, Lady. Eine der Möglichkeiten, derer ich mich noch bedienen kann, haben Sie anscheinend völlig übersehen.«

Amanda preßte die Hände zusammen und flüsterte: »Welche?«

»Ist das so schwer zu erraten? Ich meine die Sterblichkeit des Menschen. Ich bin um einige Jahre älter als Sie. Wahrscheinlich werde ich vor Ihnen sterben, ich könnte einer Krankheit erliegen. Nach meinem Tod würde mein Besitz von meiner zukünftigen Frau und meinen beiden Cousins, die im Aufsichtsrat sitzen, verwaltet werden, und es besteht durchaus die Möglichkeit, daß sie Kent und Sohn verkaufen würden, wenn ihnen ein entsprechendes Angebot gemacht wird. Aber auch das werde ich verhindern. Ich werde meiner künftigen Frau, meinen anderen Erben und meinen Anwälten strikte Anweisung geben, daß Kent und Sohn auf gar keinen Fall und zu keiner Zeit an Sie oder einen anderen Kent verkauft werden darf.«

Er lächelte sein Totenkopflächeln.

»Das tut weh, nicht wahr? Gut so. Das war meine Absicht. Ich möchte, daß Sie bis zu Ihrem Tod in der Gewißheit leben, daß alles Geld der Welt weder Ihnen noch irgendeinem Mitglied Ihrer Familie das verschaffen kann, um das Sie mit allen Kräften und mit allen Mitteln so lange gekämpft haben.«

Amanda empfand jedes seiner haßerfüllten Worte wie einen körperlichen Schlag. Sie wußte, daß jedes Wort absolut ernstgemeint war. Er hatte sie noch einmal besiegt.

»War das alles, was Sie mir zu sagen hatten, Mister Stovall?«

»Fast alles. Ich möchte noch etwas mehr über Sie erfahren . . .«

Das Auge funkelte sie an, und das Kaminfeuer verlieh der dunklen Iris einen rötlichen Glanz.

»Sie haben richtig gehört, ich möchte mehr über Ihre Vergangenheit erfahren, über Ihr Leben in Kalifornien und wo Sie sonst gelebt haben mögen. Ich werde schon bald zwei vertrauenswürdige Detektive zu den Goldfeldern schicken. Ich bin sicher, daß eine Frau, die so . . . energisch und entschlossen ist wie Sie, sich nicht nur mit guten Werken und Beten durchgesetzt hat. Ich möchte in Erfahrung bringen, wie farbig und interessant Ihre Vergangenheit wirklich ist.«

Amanda starrte ihn an. Was hatte er vor? Was konnte er möglicherweise in Erfahrung bringen, das ihr schadete? Daß sie einen Mann erschossen hatte? Daß sie in Bexar ein Bordell geführt hatte? Beide Informationen würden ihren Ruf und ihr Ansehen nicht gerade fördern, aber selbst ein Skandal würde sie nicht daran hindern können, ihren Geschäften wie bisher nachzugehen – genausowenig wie die verschiedenen Gerüchte Stovall daran gehindert hatten. Und da sie ohnehin nicht den Ehrgeiz hatte, in die sogenannte Gesellschaft aufgenommen zu werden, hielt sie das Stöbern in ihrer Vergangenheit für ein ziemlich sinnloses Unternehmen.

»Und was hoffen Sie damit zu erreichen?« fragte sie.

Stovalls Hände spielten mit dem Stock, den er auf seinen Knien hielt.

»Sie haben doch einen Sohn, nicht wahr?«

Sie fühlte, wie sich ihr Magen zusammenkrampfte.

Mein Gott! Natürlich! Das war der Grund . . .

»Einen Erben des Namens Ihrer hochmütigen Familie.«

»Ich . . .«

»Leugnen Sie nicht. Ich habe mich informiert. Ich weiß, daß Sie einen Sohn haben und sehr hochfliegende Pläne mit ihm haben. Sehr lobenswert, Mistreß Kent. Dann kann man nur hoffen, daß *sein* Ruf nicht zu sehr in Mitleidenschaft gezogen wird, wenn ich meine Entdeckungen veröffentliche. Und ich *werde* sie veröffentlichen, darauf können Sie sich verlassen. Sie kennen die New Yorker Gesellschaft nicht. Jeder Makel, der an

Ihnen klebt, fällt auch auf Ihren Sohn. Kurz gesagt: Ich werde alles tun, um ihm das Leben schwerzumachen, ihn daran zu hindern, in der Welt voranzukommen. Ich werde Ihren Namen – und seinen – so gründlich durch den Schmutz ziehen, bis alle Ihre Hoffnungen, die Sie für Ihren Sohn haben mögen, zunichte geworden sind. Merken Sie sich, Lady: Niemand, der mich angreift, kann hoffen, ungestraft davonzukommen . . .« Das Totenkopfgrinsen wurde immer breiter. »Niemand!«

»Stovall . . .« Amanda konnte kaum sprechen.

»Ah, wie ich sehe, habe ich endlich einen empfindlichen Nerv getroffen!«

»Lassen Sie meinen Sohn aus dem Spiel. Diese Sache geht nur uns beide an!«

»Mitnichten, Mistreß Kent. Und Ihre Reaktion hat mir gezeigt, daß ich auf dem richtigen Weg bin. Jetzt weiß ich, daß es in ihrer Vergangenheit wirklich dunkle Punkte gibt, die Sie nicht ans Licht kommen lassen wollen, und deshalb . . .« Er brach ab und sagte beinahe verwirrt: »Warum lächeln Sie?«

Es war ein Lächeln, das aus unterdrückten Tränen geboren wurde.

»Mein Lächeln wundert Sie? Gut, ich werde Ihnen den Grund nennen. Ich hatte einen ähnlichen Plan im Hinblick auf Sie.«

»Was meinen Sie damit?«

»Ihre Affäre in den Five Points, mit einem jungen Mann und dessen Schwester – Joseph und Aggie Phelan . . .«

Stovall krampfte seine Hände zusammen. Sein Stock glitt ihm von den Knien und polterte zu Boden.

»Ich weiß von dieser Sache«, sagte Amanda. »Und ich habe ernsthaft in Erwägung gezogen, Van Bibbs Tochter darüber aufzuklären.«

»Aber Sie haben es nicht getan . . .«

»Nein, ich habe es nicht getan.«

Er seufzte erleichtert. »Sie haben Skrupel. Und das ist der entscheidende Unterschied zwischen uns beiden.«

»Ich habe es nicht getan, Stovall. Und deshalb bitte ich Sie jetzt um ähnliche Zurückhaltung. Mir ist es egal, wieviel Schmutz Sie gegen mich schleudern. Aber lassen Sie meinen

Sohn in Ruhe . . .« Sie beugte sich über den Tisch, und in ihren Augen standen Tränen. »Wollen wir nicht einen Waffenstillstand schließen? Sie haben Kent und Sohn. Reicht Ihnen das nicht?«

Sie war jetzt verzweifelt. Wenn seine Detektive ihre Spur von San Francisco zurückverfolgten, nach Los Angeles und nach Texas, konnte Stovall ihm jede Chance auf ein erfolgreiches, angesehenes Leben verbauen . . .

Seine Mutter hat einen Mann ermordet . . .

Seine Mutter hatte ein Hurenhaus . . .

Amanda fühlte sich zutiefst erniedrigt, und sie haßte den Mann, der vor dem Kamin saß und sie grinsend anstarrte. Trotzdem tat sie jetzt etwas, das sie noch nie in ihrem Leben getan hatte: Sie flehte ihn an.

»Bitte, Stovall! Schließen wir einen Waffenstillstand!«

»Einen Waffenstillstand?« Er hob die behandschuhte Rechte zu dem weißen Seidentuch, das eine Hälfte seines Gesichts verdeckte. »Mit einer Familie, die mir das angetan hat?«

Er hob das Seidentuch an. Amanda drückte die Handknöchel gegen ihren Mund. Sie wandte den Kopf zur Seite und schloß die Augen.

Als sie wieder zum Kamin blickte, hatte Stovall das Seidentuch bereits wieder über sein Gesicht fallen lassen.

»Nein, meine liebe Mistreß Kent, ein Waffenstillstand steht außer Frage.« Seine Stimme wurde lauter und heftiger. »Wenn es mir möglich sein sollte – und Ihre Reaktionen haben mir in dieser Richtung starke Hoffnungen gemacht –, werde ich dafür sorgen, daß Ihr Sohn in keinem der Häuser unserer Gesellschaft willkommen ist. Soll er von Ihrem Geld leben. Soll er aus seinem Reichtum die Befriedigung ziehen, die einem Geld geben kann, weil er niemals die Genugtuung haben wird, ein Gentleman genannt zu werden – oder der Eigentümer von Kent und Sohn . . .«

Der Rest dieses Satzes ging unter im Klirren zerbrechenden Glases.

5

Hamilton Stovall griff nach Hut und Stock, sprang auf und lief zur Tür der Bibliothek.

Ein zweites Fenster zersplitterte.

Amanda hörte das Wiehern eines erschrockenen Pferdes.

Michael rief aus der Küche.

Stovall hatte die Tür fast erreicht, als Louis hereinstürmte.

Der Junge blieb in der Tür stehen, blickte Stovall kurz an und dann seine Mutter.

Amanda sah die Furcht in seinem Gesicht.

»Ma! Draußen sind Männer! Vor dem Haus! Zwanzig oder dreißig!«

Sie hörte Schreie und Flüche. Und dann hämmerten Fäuste gegen die Tür.

Rynders Schläger! Sie hatten bis zur Dunkelheit gewartet.

Stovall ahnte die Gefahr, obwohl er die Ursache nicht kannte. Mit einem schrillen, hastigen: »Geh mir aus dem Weg!« versuchte er, durch die Tür in die Halle zu entkommen.

Louis reagierte nicht schnell genug. Stovall schwang seinen Stock und schlug zu. Der schwere Knauf traf den Jungen an der rechten Schläfe.

Louis stürzte zu Boden. Sein Kopf schlug dumpf gegen das Holz des Türrahmens.

Die Fäuste hämmerten immer lauter gegen die Haustür.

Er hat ihn getötet! dachte Amanda, und der ganze, lange aufgestaute Haß wallte in ihr empor.

Er hat ihn getötet!

Stovall rief nach seinem Kutscher und trat mit einem langen Schritt über den reglos am Boden liegenden Körper des Jungen hinweg.

Amanda war sich nicht bewußt, daß sie die Schreibtischschublade aufriß, den Colt an sich riß und abdrückte.

Ein roter Fleck breitete sich auf dem Tuch von Hamilton Stovalls Jackett aus, genau zwischen den Schulterblättern. Er taumelte zu Boden. Sein Hut flog in eine Richtung, der Stock in die andere. Er fiel Michael Boyle vor die Füße, der gerade vor der Tür der Bibliothek erschien.

Er blieb stehen und starrte die Frau hinter dem Schreibtisch wortlos an. Ihr rechter Arm war noch immer ausgestreckt, und die Hand hielt den Revolver völlig ruhig. Eine dünne Rauchwolke kräuselte sich aus dem Lauf.

6

Mit einer abrupten Bewegung kam Amanda in die Wirklichkeit zurück. Sie ließ die Waffe auf die Tischplatte fallen, sprang auf und lief zur Tür. Zwischen ihrem Sohn und Stovall kniete sie sich nieder und fuhr mit der Hand über die Lippen des Jungen.

»Er atmet . . .«

»Was, um Gottes willen, hat Stovall . . .«

»Er hat ihn niedergeschlagen. Mit seinem Stock . . .«

»Da ist sie!« schrie jemand von draußen. »Da ist die Schlampe, die die Niggerin versteckt hat!«

Sie fuhr herum und sah verzerrte Gesichter, die sich gegen die schmalen Fenster zu beiden Seiten der Haustür drückten.

Eine andere Stimme fragte: »Wo ist Mickey? Mickey hat die Pistole . . .«

Und eine dritte: »Warum wollen wir auf Mickey warten? Schlagt doch die verdammte Tür ein!«

Mr. Mayor miaute ängstlich, als Männer ihre Schultern gegen die Tür rammten. Das Holz knackte und krachte. Der Kater machte einen Buckel und verdrückte sich vor den lauten Geräuschen, dem Schreien und dem Dröhnen, vor dem Splittern von Glas, als eine Faust durch das linke Fenster fuhr und nach dem Riegel tastete.

Amanda sprang auf. »Michael! Bringen Sie Brigid durch die Hintertür hinaus! Brigid und Louis!«

Michael runzelte die Stirn und deutete auf den Kopf des Jungen.

»Es könnte gefährlich sein, ihn zu bewegen.«

»Es könnte noch viel gefährlicher sein, wenn er hierbleibt! Bringen Sie ihn zu einem Arzt! Sofort!«

»Ich kann Sie doch nicht allein lassen, wenn diese . . .«

»Michael, ich bleibe hier! Sie können Louis besser und schneller hinausbringen als ich. Es gibt hier einige Dinge, die ich beschützen muß . . .«

Die Haustür zersplitterte. Holzteile krachten in die Halle. Die körperlose Hand, blutüberströmt und von den Splittern der Scheibe zerfetzt, tastete noch immer nach dem Riegel.

Michaels Gesicht zeigte seine Unentschlossenheit.

»Ich kann mich wehren!« Amanda hob den Revolver und drehte die Trommel weiter. »Ich habe noch vier Kugeln, und ich bin sicher, daß die Nachbarn bereits die Polizei alarmiert haben.«

Von draußen kam der Schrei: »Erschieß doch den verdammten Gaul, Mickey!«

Ein Schuß krachte. Das Pferd schrie auf.

»Da ist der Kutscher! Er will abhauen! Haltet ihn fest!«

Ein knirschendes, brechendes Geräusch verriet Amanda und Michael, daß die Kutsche Stovalls umgestürzt wurde. Und dann hörten sie den Kutscher schreien . . .

»Verdammt, Michael! Gehen Sie endlich!«

Der junge Ire hob den bewußtlosen Louis auf, warf Amanda einen letzten Blick zu und lief zum hinteren Teil des Hauses.

Hoffentlich kommt er durch, betete Amanda lautlos. Lieber Gott, laß meinen Sohn leben . . .!

Die blutverschmierte Hand fand endlich den Riegel. Als Amanda sich in die Bibliothek zurückzog, sah sie, wie die zertrümmerte Haustür endgültig aufgedrückt wurde. Von draußen hörte sie noch immer das Schreien des Kutschers.

Kurz bevor sie die Tür der Bibliothek zuzog, sah sie Flammen . . . Sie hatten die Kutsche in Brand gesteckt.

Die Männer trampelten in die Halle. Einer, der etwas schneller war als die anderen, sprang auf Mr. Mayor zu. Der erschreckte Kater wollte fortlaufen. Der Mann packte ihn beim Schwanz.

Der weiße Kater schrie und hieb mit den Krallen nach dem Angreifer.

Der Mann schleuderte das Tier mit aller Kraft gegen die Wand.

Amanda sah es in der Sekunde, bevor sie die Tür der Bibliothek schloß. Schweratmend lehnte sie ihre Stirn gegen das Holz und horchte auf die Geräusche der Zerstörung: laute Rufe, Flüche, das Brechen von Möbeln, das Klirren von Fensterscheiben, das Zerreißen von Stoffen ...

Sie taumelte hinter den Schreibtisch, legte den Colt auf einen Papierstapel, nahm das Samtetui mit Jareds Medaille und stellte es auf den Kaminsims. Dann nahm sie ihren Colt wieder auf, trat vor den Kamin und wartete.

Bart hat mir gesagt, daß es einmal dazu kommen wird. Wer das Schwert aufnimmt, der soll durch das Schwert umkommen.

Vielleicht – wenn ich Stovall nicht so sehr gehaßt hätte – oder Kent & Sohn so sehr gewollt hätte –, wäre Louis sicher nicht auf den Gedanken gekommen, Kathleen Gewalt anzutun ...

Und dieser Mob wäre nicht ins Haus gekommen ...

Und Stovall hätte meinen Sohn nicht niedergeschlagen ...

Wenn ... wenn ... wenn!

Schultern rammten gegen die Tür zur Bibliothek. Amanda spürte ihr Herz schlagen, als sie den Revolver hob und zwei Schritte vom Kamin weg in den Raum trat.

Die Halterung des Riegels wurde aus dem Holz gerissen.

Die Tür splitterte ... krachte auf ...

»Da ist die Schlampe!«

»Gebt ihr, was sie verdient hat!«

»Für Kathleen McCreedy!«

Amanda sah ein halbes Dutzend Männer in der Halle. Einer urinierte auf den wertvollen Teppich.

Männer drangen über die zersplitterten Trümmer der Tür herein.

Amanda hob ruhig den Revolver und drückte ab.

Der Schuß krachte, und die Kugel fuhr dem ersten der Männer in die Brust.

Er schrie auf und taumelte rückwärts in die Arme seiner Kumpane.

Während Amanda den Zylinder der Waffe weiterdrehte, zogen sich die Gangster in die Halle zurück. Sie schrien und fluchten, als sie sich von der Last des Toten zu befreien versuchten. Einer von ihnen trat auf Stovalls Kopf.

»Mickey! Wo steckst du denn, verdammt noch mal!«

»Mickey! Bring deine Pistole!«

Überall im Haus hörte Amanda das Trampeln schwerer Stiefel, das Klirren und Knirschen von Glas, das Splittern von Holz . . .

Die Gangster waren jetzt vorsichtig geworden. Sie blieben draußen in Deckung. Plötzlich sah Amanda ein bärtiges Gesicht neben dem zersplitterten Türrahmen auftauchen. Sie hob den Revolver. Das Gesicht verschwand.

Aus der Ferne hörte sie hastiges Geklingel. Polizeiwagen. Noch mehrere Blocks entfernt, aber sie kamen rasch näher.

Von dem Geräusch abgelenkt, sah sie die Hand mit der kleinen einläufigen Pistole nicht, die sich um den Türrahmen schob. In dem Moment, als Amanda sie bemerkte, krachte der Schuß.

Sie wollte sich hinter Michaels Lieblingsstuhl in Deckung werfen. Aber es war zu spät. Sie spürte einen Schlag links an der Brust.

Sie blickte an sich herab und fühlte eine plötzliche Schwäche. Auf ihrem Kleid breitete sich ein roter Fleck aus . . .

Sie sank in die Knie, hielt sich mit einer Hand an der Stuhllehne fest, um nicht ganz zu Boden zu sinken. Die Wunde begann zu schmerzen.

»Du hast sie erwischt, Mickey!« schrie ein Mann und sprang in den Raum. »Jetzt können wir hier alles kurz und klein . . .«

Sie schoß ihm zwischen die Beine. Die Wucht der Kugel riß ihn von den Füßen und warf ihn auf den Körper des Mannes, den sie in die Brust geschossen hatte.

Beizender Pulverrauch hing jetzt in der Bibliothek, und Amanda rang nach Atem. Sie zog sich am Stuhl empor, streckte die linke Hand aus und tastete nach dem Kaminsims . . .

Die Schmerzen waren fast unerträglich geworden. Aber sie durfte nicht aufgeben. Sie mußte die Dinge verteidigen, die ihr am wertvollsten waren. Sie durfte nicht zulassen, daß sie den Säbel und das Gewehr herunterrissen, oder das Etui mit Jareds Medaille zertraten.

Ein Mann versuchte es. Und er hatte Amanda fast erreicht, als sie abdrückte. Die Kugel riß ihm das halbe Gesicht weg.

Die anderen flohen in die Halle zurück, aus der Reichweite ihres tödlichen Colts.

Das Klingeln klang immer lauter. Hufe klapperten auf dem Pflaster, und eisenbereifte Räder schepperten ...

»Polizei!« schrie einer der Gangster.

Amanda hörte Schreckensschreie, das Trampeln von Stiefeln, und dann klirrte Glas irgendwo im hinteren Teil des Hauses.

Amanda hielt sich mit aller Kraft am Kaminsims fest. Die linke Seite ihres Kleides war von der Brust bis zur Hüfte mit Blut durchtränkt.

Ich habe Stovall getötet, dachte sie, als sie auf das Blut starrte.

Und was hatte Jephtha gesagt?

Ohne Blut gibt es keine Vergebung der Sünden ...

Ihr Blick fiel auf die Wanduhr.

Viertel vor zehn.

In fünfzehn Minuten würde der Dampfer von der Pier am North River ablegen, für die lange Reise nach Kanada ...

Sie lächelte.

Sie ließ den Kaminsims und den Revolvergriff los und sank bewußtlos auf den Teppich.

11. Kapitel

Das Urteil

1

Amanda Kent de la Gura lebte noch siebzehn Tage. Sie lag in ihrem Schlafzimmer, war für kurze Zeitspannen bei Bewußtsein und hatte anfangs verhältnismäßig wenig Schmerzen. Während einer der wachen Phasen berichtete Michael Boyle ihr, daß acht der Gangster von der Polizei gefaßt worden waren. Es habe jedoch keinerlei Verbindung zwischen den Gangstern und Isaiah Rynders bewiesen werden können.

Gelegentlich, besonders in den Dämmerperioden zwischen Wachsein und Bewußtlosigkeit, hörte Amanda leise Geräusche – Hammerschläge, Sägen und gedämpfte Gespräche. Michael hatte bereits Handwerker kommen lassen, welche die auf achtzigtausend Dollar bezifferten Schäden reparierten.

In Amandas Zimmer waren keinerlei Spuren des Überfalls mehr erkennbar. Die heruntergerissenen Gardinen und Vorhänge waren erneuert worden, die beschädigten Möbel hinausgeräumt. Die Gangster hatten die gesamte Einrichtung des Hauses gründlich zerstört. Sie hatten riesige Löcher in den Stuck von Decken und Wänden geschlagen und die Teppiche zerfetzt. Aber Michael hatte dafür gesorgt, daß wenigstens in Amandas unmittelbarer Umgebung davon keine Spuren mehr zu erkennen waren. Während Amanda bewußtlos in ihrem Bett lag, hatte er sofort alles ersetzen lassen, was an die Ereignisse der Nacht erinnern konnte.

Als Amanda am zweiten oder dritten Tag aus ihrer Bewußtlosigkeit auftauchte, beugte sich ein Arzt über sie. Sie kannte ihn nicht. Seit sie nach New York übergesiedelt war, hatten weder sie noch Louis einen Arzt gebraucht. Sie konnte sich eigentlich überhaupt nicht erinnern, jemals ernsthaft krank gewesen zu sein.

Der Arzt sagte ihr, daß die Pistolenkugel unmittelbar neben

ihrer linken Lunge stecke und nicht entfernt werden könne. An seinem Tonfall und seinem Gesichtsausdruck erkannte Amanda, daß sie sterben würde.

»Ich habe mich auch um Ihren Sohn gekümmert«, sagte der Arzt.

»Wo . . .« Es fiel ihr schwer, ein paar einfache Worte herauszubringen. »Wo ist . . .«

»Im Haus von Mistreß Ludwig. Wir werden ihn sobald wie möglich hierher zurückbringen. Der junge Mister Boyle hat ihn gerade noch rechtzeitig zu mir gebracht. Ihr Sohn hat eine sehr schwere Gehirnerschütterung erlitten. Aber ich bin sicher, daß wir ihn durchkriegen.«

2

Am vierten Tag brachte Michael ihr ein Exemplar der *Tribune* mit einem Bericht über Hamilton Stovalls Begräbnis und einen Brief mit dem Poststempel der Bundeshauptstadt. Amanda hatte kaum die Kraft, den Umschlag zu halten.

»Ich kann ihn nicht lesen, Michael. Aber die Handschrift kommt mir bekannt vor . . .«

»Ich habe ihn schon geöffnet, Mistreß Amanda. Er ist vom Sohn Ihres Cousins.«

»Jephtha? Er lebt?«

»Er ist in Washington. Er glaubt nicht, daß er je wieder zu seiner Familie zurückkehren kann.«

»Hat er . . . hat er eine Adresse?«

Michael deutete auf den Absender. »Er scheint bei einem Methodisten-Pfarrer zu wohnen.«

»Schreiben Sie ihm. Sagen sie . . . soll herkommen . . . neuer An . . .« Ihre Stimme erstarb.

»Was haben Sie gesagt, Mistreß Amanda?« Michael beugte sich über sie.

». . . herkommen . . . in dieses Haus . . . will ihm helfen, ein neues Leben . . .«

3

Am sechsten Tag erschien Theo Payne aus Boston. Michael hatte ihn telegraphisch um sein Kommen gebeten.

Amanda roch Paynes Whiskeyfahne in dem Moment, als er zur Tür hereintrat. Er blieb stehen und drehte seinen breitkrempigen Hut verlegen in den Händen.

»Setzen . . .«, flüsterte Amanda.

Payne setzte sich zögernd auf die Kante des Stuhls, der neben dem Bett stand.

»Unten . . . Manuskript. Ich will . . . daß Kent und Sohn es veröffentlicht . . . Ich will . . . daß Sie als Cheflektor bleiben . . .«

»Ich soll bleiben?«

»Mister Benbow . . . hat den Erben Stovalls . . . ein Angebot für den Verlag gemacht . . . sind bereit zu verkaufen. Die Testamentsvollstrecker haben kein . . .«, es kostete sie Mühe, das Wort zu formulieren, ». . . kein Vorurteil gegen meine politischen Ansichten . . . finden, mein Geld ist . . . genausogut wie das von anderen . . . Ich möchte, daß Sie meinen Sohn . . . alles lehren, was Sie wissen . . . Theo, ich will, daß Kent und Sohn . . . wieder das wird . . . was es einmal war . . .«

»Sie kennen meinen politischen Standpunkt, Mistreß Kent. Ich bin überzeugter Abolitionist. Ich möchte sogar vorschlagen, wieder eine Zeitung herauszugeben, ähnlich der, die früher von Kent und Sohn gedruckt worden ist.« Er beugte sich vor. »Sie müssen wissen, daß ich auf dem Gebiet einige Erfahrung habe.«

»Wenn Sie eine Zeitung herausgeben«, flüsterte sie, »so muß sie mehr sein . . . als nur ein Blatt . . . das für die Befreiung der Sklaven eintritt. Sie muß . . . außerdem . . . voll und ganz . . . auch für die Einheit . . . der Union kämpfen . . .«

Payne blickte sie zweifelnd an. »Ich bin nicht sicher, ob sich beides vereinen läßt . . .«

Er beugte sich über sie. »Was haben Sie gesagt?«

Amanda hatte keine Kraft mehr zum Sprechen. Lautlos formten ihre Lippen die Worte: »Es muß sein . . .«

Sie schloß die Augen und schien einzuschlafen. Theo Payne

blieb etwa fünf Minuten sitzen und sah schweigend in das blasse, eingefallene Gesicht Amanda Kents.

Als er überzeugt war, daß sie schlief, stand er auf und ging auf Zehenspitzen zur Tür.

»Theo . . .«

Er fuhr zusammen, weil ihre Stimme unerwartet laut geklungen hatte, und wandte sich um.

Ihre Augen waren offen und wirkten klar und wach.

»Theo«, sagte sie, »säubern Sie das Schild.«

»Das Schild? Oh, ich verstehe. Das Firmenschild über dem Eingang.«

»Oder noch besser: Lassen Sie ein neues anfertigen. Das alte ist eine Schande.«

Sie schloß wieder die Augen.

Theo Payne blieb noch kurze Zeit stehen, dann wandte er sich zur Tür und verließ lautlos das Zimmer.

Und er schämte sich dafür, daß er am liebsten vor Freude geschrien hätte.

4

Rose kam am siebenten Tag. Es wurde ein anstrengender Besuch für Amanda.

»Verdammt, Amanda, du mußt – du mußt endlich aus diesem Bett heraus! Ich habe doch keine andere Freundin, die meine stinkenden Zigarren erträgt oder sich mit mir in der Öffentlichkeit zeigt, wenn ich meine Bloomers trage. Mein Gott, ich benehme mich wirklich wie der letzte Mensch, aber ich kann nicht anders . . . ich kann nicht anders!«

Sie vergrub ihr Gesicht in den Händen.

5

Am neunten Tag traf William Benbow aus Boston ein, den Amanda um seinen Besuch gebeten hatte. Nachdem er die Zimmertür geschlossen hatte, verlas er ein Dokument, das Michael

Boyle die Vormundschaft über Louis Kent de la Gura übertrug. Amanda hatte ihn darum gebeten.

»Nur ein ... Fehler«, sagte sie, »streichen Sie ... de la Gura ... sein Name ist Kent ... Louis Kent ...«

Der alte Benbow mußte ihre Hand führen, als sie unterschrieb.

6

Am elften Tag fühlte sich Amanda kräftig genug für ein zweites Gespräch mit Michael Boyle. Sie trug ihren lavendelfarbenen Morgenmantel. Brigid hatte ihr beim Anziehen geholfen. Sie hatte Amandas Haar so gekämmt, daß es wie ein ausgebreiteter Fächer auf dem Kissen lag. Es war in den letzten Tagen so weiß geworden, daß es sich kaum noch von dem Leinen des Kissenbezugs unterschied.

»Michael?«

»Ich bin hier.«

Amanda griff nach seiner Hand und hielt sie fest.

»Louis ...«

»Er ist wieder völlig gesund. Er schläft nur noch ziemlich viel.«

»Ich würde ihn so gern sehen ...«

»Natürlich, Mistreß Amanda. In ein paar Tagen sind Sie wieder auf den Beinen und dann ...«

»Nein, das werde ...« Sie hustete trocken, und ihr Gesicht verzog sich schmerzhaft. »Ich werde nicht wieder auf ... auf den Beinen sein. Ich weiß es ... und Sie wissen ... es auch.«

»Mistreß Amanda.«

Sie hob die Hand. »Ich wollte fragen ... ob Tunworth ...«

»Ob ihn jemand während des Überfalls hier gesehen hat? Nein. Ich vermute, er hat warm und sicher in seinem Zimmer im *Astor House* gesessen.«

»Mary?«

»Die ist längst in Kanada.«

Amanda nickte. Jedenfalls war das Opfer nicht umsonst gewesen ...«

»Jephtha?«

»Ich habe ihm geschrieben und ihn eingeladen, herzukommen und hier zu leben.«

»Gut. Und denken Sie daran . . . alles Geld aus dem Ophir-Claim gehört ihm . . . und auch alle Einkünfte . . . von den Aktien . . . die ich mit einem Teil dieses Geldes gekauft habe . . .«

»Ich werde dafür sorgen, daß er jeden Penny davon bekommt.«

»Und noch etwas, Michael . . .«

»Ja, Mistreß Amanda?«

»Sie dürfen . . . das Wort nicht mehr benutzen . . . Nigger . . . Ich mag es nicht . . . und Sie sind doch nicht mehr . . . der Junge aus den Slums . . . sondern gehören zu meiner Familie . . . Sie sind der einzige Mensch, auf den ich . . . mich verlassen kann . . . verlassen muß . . . der einzige, der dafür sorgen kann, daß Louis . . .« – wieder wurde sie von einem Hustenanfall geschüttelt – ». . . zu einem richtigen Mann wird . . . ehrlich und anständig . . . und von Theo Payne alles lernt . . .« Sie schloß erschöpft die Augen.

Michael Boyle beugte sich über sie. »Ich werde das Wort nie wieder in den Mund nehmen, Mistreß Amanda«, versprach er. »Ich glaube nicht, daß ich stark genug bin, um die Verantwortung tragen zu können, die Sie mir anvertrauen. Aber ich werde alles tun, mich ihrer wert zu erweisen.«

Amanda seufzte. Es war ein keuchendes, rasselndes Geräusch. »Ich habe so vieles falsch gemacht, Michael . . .«

»Sehr viel mehr ist richtig gewesen.«

»Aber« – sie schien ihn nicht gehört zu haben – »zumindest ist Kent und Sohn wieder im Besitz unserer Familie . . .«

Michael nickte. »Ich habe von Benbow gehört, daß der Kaufvertrag unterschriftsreif ist.«

»Michael . . .« Die Finger Amandas legten sich mit der wenigen Kraft, die sie noch besaß, um seine Hand. »Sie müssen mir versprechen . . .«

»Was?«

»Niemals . . . Louis zu sagen . . . wie Stovall gestorben ist . . .«

»Ich hatte mir bereits vorgenommen, ihm die Einzelheiten zu

verschweigen. Die Polizei hat bei der Ergreifung der Gangster eine Pistole gefunden. Einer der Cops hat etwas zu hart mit dem Knüppel zugeschlagen. Nun geht man davon aus, daß dieser tote Verbrecher Stovall erschossen hat. Die Presse hat diese Version auch veröffentlicht. Die Kugel aus Ihrem Colt hat zwar ein bedeutend größeres Kaliber, aber diesen Umstand hat die Polizei übersehen. Ich ... ich habe ihnen etwas dafür zahlen müssen, daß sie vorübergehende Kurzsichtigkeit entwickelten. Aber sie haben sicher auch eingesehen, daß es wenig Sinn hat, eine Frau unter Anklage zu stellen, die ...« Er brach ab.

»Die sowieso bald sterben wird?«

Er schwieg.

»Michael?«

»Ja?«

»Wenn Sie den Grabstein bestellen ... für den Friedhof in Watertown ...«

»Was soll dieses Gerede von Grabsteinen?«

»Hören Sie zu, Michael. Ich möchte den Namen Amanda Kent de la Gura ... eingemeißelt haben.«

Sie schloß die Augen und begann in einen Dämmerzustand zu sinken. Dabei murmelte sie unaufhörlich: »Kent ... Kent ... Kent ... Kent ...«

Michael Boyle liefen die Tränen über die Wangen, und er hielt Amandas Hand noch lange fest.

7

Am fünfzehnten Tag glaubte Amanda, Wachträume zu haben. Sie sah ein vertrautes Gesicht, graue Augen, dunkles Haar, mit etwas mehr Grau, als sie in Erinnerung hatte.

»Bart?«

»Ja, mein Liebes.«

»Wie ... wie ist das möglich?«

»Durch die Zeitungen. Der Bericht über den Überfall auf dein Haus ist von allen Blättern veröffentlicht worden. Zusammen mit der Andeutung, daß du wahrscheinlich einem Negermädchen zur Flucht nach Kanada verholfen hast. Du hättest mal hören sollen, wie dich die Leute in Charleston deswegen verflucht haben.«

»Charleston! Ich ... habe versucht ... nach London geschrieben ...« – Er schüttelte den Kopf. »Ich habe alles hingeworfen und bin wieder nach Hause gekommen. Ich weiß auch nicht, warum. Vielleicht hatte ich das Gefühl, alt zu werden unter Menschen, die ich nicht richtig verstand. Die Engländer sind wirklich nette Leute, höflich, gastfreundlich, besonders gegenüber Ausländern. Und mein Einkommen als Kapitän bei der Royal Sceptre Line war erheblich besser, als ich angenommen hatte, vor allem durch die Prämien. Aber nachdem ich dich verloren hatte, überkam mich irgendwie das Gefühl von – Sinnlosigkeit. Ich hatte nichts, das mir gehörte. Nicht einmal ein Zuhause. Wenn ein Mann keine Frau hat – und ich hatte mir geschworen, keine Frau mehr ernst zu nehmen, bevor ich dich kennenlernte –, dann sollte er doch wenigstens ein Haus haben. Deshalb habe ich von einem Tag auf den anderen bei der Royal Sceptre Line gekündigt und bin nach Hause gefahren. Ich muß dir gestehen, ich habe vor Freude fast geheult, als der Dampfer an Fort Sumter und Fort Moultrie vorbeifuhr und ich die Old Battery von Charleston wiedersah. Jetzt bin ich Kapitän auf einem kleinen Frachtsegler, der mit Baumwolle und anderem Zeug die Küste entlangschippert.«

Sie versuchte zu lachen. Es wurde ein heiseres Bellen.

»Du ... du hast dich also doch entscheiden müssen ...«

»Irgendwie schon.«

»Genau wie ich ...« Sie sah ihn an. »Du hast recht behalten, Bart. Niemand kann sich für immer heraushalten ...«

»Trotzdem: keine zehn Pferde würden mich je in eine politische Versammlung kriegen. Ich bin zufrieden, im milden Klima des Südens leben zu können, und mir gefällt er, so wie er ist. Ich halte meinen Abstand von Orten, wo Männer wie Yancey und Rhett und die anderen sezessionistischen Feuerspeier ihre aggressiven Tiraden von sich geben ...«

»Es gibt ... so viel Haß ... auf beiden Seiten ...«

»Da hast du leider recht.« Er blickte in ihr eingefallenes Gesicht. »Und eines Tages wird er dieses Land auseinanderreißen.«

»Die Union muß erhalten bleiben!«

»Ich weiß nicht, ob das möglich sein wird.«

»Es steht doch so viel auf dem Spiel . . . alles, was wir so hart erkämpft haben . . .«

»Aber auf beiden Seiten geht es jetzt um Prinzipien. Und die Stimmen werden immer lauter . . .«

»Es gibt auch andere Stimmen, Bart. Und Kent und Sohn wird eine dieser Stimmen sein. Gegen die Sklaverei . . .«

»Dein Lieblingsthema«, sagte McGill seufzend.

»Und gegen jedes Blutvergießen . . .«

»Amanda«, sagte er, »eine Lösung des Problems ist unmöglich. Der Norden wird sich nie mit der Sklaverei abfinden, und der Süden wird sie nie aufgeben. Jede Seite will ihr Prinzip als das alleingültige durchsetzen. Und eine solche Haltung führt zu dem unausweichlichen Schluß: ›Wer das Schwert aufnimmt . . .‹«

Er brach den Satz ab, weil er erkannte, daß er für Amanda eine weit näherliegende und persönlichere Bedeutung hatte.

Sie lächelte schwach. »Auch damit hattest du recht, Bart. Stovall ist tot . . . Ich habe ihn erschossen . . . Er hat Louis angegriffen . . . hätte ihn fast getötet . . .«

Bart McGill nickte. »Ich weiß. Der junge Ire hat es mir erzählt.«

Amanda sah ihn eine Weile schweigend an. Dann sagte sie: »Bart . . . küsse mich. Eine solche Bitte schickt sich eigentlich nicht für eine alte Dame . . .«

Er beugte sich über sie.

»Ich glaube, ich hätte dich doch heiraten sollen.«

»Ja, das hättest du wirklich tun sollen, Amanda.«

»Ich habe getan, was ich tun mußte. Aber ich liebe dich . . .«

»Ich liebe dich auch. Viel mehr, als du je ahnen wirst.«

Eine lange Weile herrschte Schweigen.

»Amanda?«

Sie rührte sich nicht. In Panik griff er nach ihrem Puls.

Sehr schwach, aber das Herz schlug noch. Sie war eingeschlafen.

8

Am Morgen des siebzehnten Tages – die Vorhänge waren aufgezogen, um das Licht des hellen Wintermorgens hereinzulassen – fühlte sich Amanda noch schwächer und lustloser als sonst. Selbst das Atmen fiel ihr schwer.

Eine Hand ruhte auf dem blaugebundenen Dokument, das den Verkauf von Kent & Sohn durch die Stovall-Erben legalisierte. Es war spät am vergangenen Abend durch einen Boten aus Boston gebracht worden, und Michael hatte es auf den Stuhl neben ihrem Bett gelegt, damit sie es sofort sah, wenn sie erwachte.

Sie wünschte sich sehnlichst, mit Louis sprechen zu können. Aber der Junge war noch immer in Mrs. Ludwigs Haus und verschlief den größten Teil des Tages, hatte ihr Michael erzählt.

Plötzlich hörte sie eine leise Melodie.

Das Klavier! Das Klavier im Musikzimmer, auf dem nie jemand gespielt hatte . . .

Und jetzt tönten bekannte, melancholische Klänge zu ihr herauf . . .

Bart spielte das Stück von Chopin.

Irgendwie schien die Melodie sie zu beruhigen. Bald kam sie ihr gar nicht mehr melancholisch vor, sondern voller süßer Versprechen und Heilung . . .

Amandas Gedanken glitten zurück in die Vergangenheit, und mit fast unnatürlicher Klarheit lief ihr ganzes Leben noch einmal vor ihr ab, all die langen Jahre . . .

Vom Zelt des jungen Sioux-Kriegers zu ihrer Heirat mit Jaimie de la Gura, zu den unruhigen Jahren in Texas, Cordoba und der Geburt ihres Sohnes, Bart in Kalifornien, bis zum Ende ihres Lebens hier in New York.

Ja, es war Zeit, einen Strich zu ziehen und Bilanz zu machen.

Auf der Habenseite stand die Erhaltung der Familie und des Namens Kent, die Übergabe des Erbes in gute, vertrauenswürdige Hände. Wenn Joshua Rothman, der alte Benbow und Theo Payne ihm bei seiner Aufgabe halfen, würde Michael Boyle – jetzt auch ein Kent, zumindest im Charakter, wenn auch nicht dem Namen nach – dafür sorgen, daß Louis zu einem Mann heranwuchs. Sie betete nur, daß sie ihren Sohn charakterlich nicht zu sehr verbogen hatte und daß es Michael gelingen würde, ihn zu einem anständigen Menschen zu formen. Aber zumindest durfte sie hoffen ...

Vielleicht konnte auch Jephtha dabei helfen, wenn er nach New York kam. Auch von Jepthas Seite waren Erben vorhanden: seine Söhne. Und was immer ihr Standpunkt bei den brennenden Problemen sein mochte, die das Land zu teilen drohten, sie waren Kents. Und mit ihren Einkünften aus dem Ophir-Claim und vielleicht noch größeren aus den vielversprechenden Claims in der Sierra würden sie reiche Männer sein.

Falls es keinen Krieg gab, der sie vernichtete – sie und die Nation ...

Auf der Sollseite stand die Erkenntnis, daß sie sehr oft hart und rücksichtslos gewesen war, um überleben zu können – und auch, um ihre Ziele zu erreichen. Härte und Rücksichtslosigkeit waren so sehr zu einem prägenden Charakterzug geworden, daß sie nahe daran gewesen war, Louis ihren ehrgeizigen Plänen zu opfern.

Kent & Sohn gehörten wieder den rechtmäßigen Eigentümern. Ihre Hand, die auf dem blaugebundenen Dokument lag, bewegte sich ein wenig, und es war fast ein Streicheln.

Amanda fühlte sich plötzlich todmüde. Das Sonnenlicht blendete sie. Die Konturen verschwammen vor ihrem Blick ...

Die Intensität des Lichts sagte ihr, daß das Ende gekommen war. Sie hatte Angst, allein zu sterben. Bart und Michael waren hinuntergegangen, um gemeinsam mit Rose zu frühstücken. Rose hatte die ganze Nacht neben Amandas Bett gewacht. Sie hob den Arm und versuchte, den Klingelzug zu erreichen.

Sie war zu schwach dazu.

Sie war auch zu schwach und zu müde, um sich noch länger über ihr Leben Rechenschaft abzulegen.

Die indianische Legende von der Ranke fiel ihr plötzlich wieder ein, an der die Seele des Menschen emporkletterte, um ins Paradies zu gelangen. Wenn jemand den Einlaß ins Paradies nicht verdient hatte, kamen riesige Frauenhände aus den Wolken und zerrissen die Ranke. Die Erinnerung an diese Legende hatte eine beruhigende Wirkung auf Amanda. Nur eine göttliche Intelligenz war in der Lage, ein gerechtes Urteil über das Leben eines Menschen abzugeben und zu entscheiden, ob es ein gutes Leben gewesen war – oder nicht . . .

Sie hatte getötet, anderen das Leben genommen. Der Mann in Camp Hopeful und Hamilton Stovall fielen ihr ein. Und sie wußte, daß diese Taten ihre Sollseite sehr belasteten.

Aber sie war nicht befugt, darüber zu entscheiden, ein abschließendes Urteil zu fällen . . .

Ich bin eine Kent.

Ich habe getan, was ich tun mußte.

Ich unterwerfe mich dem Urteilsspruch.

Ein Ausdruck von fast kindlicher Fröhlichkeit breitete sich über ihr Gesicht, und sie wandte es dem Licht zu. Sie hatte völlig vergessen, daß es das Licht der Sonne war, die durch das Fenster eines bestimmten Hauses in einer bestimmten Stadt in Amerika fiel.

Aber war es wirklich so?

Sie fühlte, wie der letzte Rest ihrer Kraft aus ihrem Körper strömte. Und plötzlich schämte sie sich ihrer Angst.

Vielleicht war sie schuldig geworden. Aber welcher Mensch ist ohne Schuld? Und es gab viele Dinge in ihrem Leben, derer sie sich nicht zu schämen brauchte, auf die sie sogar stolz sein konnte. Sie würde ein verdammendes Urteil nicht ohne jede Rechtfertigkeit akzeptieren.

Das hätte ihr Großvater auch nicht getan.

Langsam senkten sich die Lider über die Augen.

Seltsam, das Licht blieb . . .

Es wurde heller und heller . . .

Und plötzlich sah sie ganz klar und deutlich die Ranke zum Paradies.

Sie spuckte in ihre Hände und begann, die Ranke emporzuklettern.